改革开放以来，一大批优秀企业家在市场竞争中迅速成长，一大批具有核心竞争力的企业不断涌现，为积累社会财富、创造就业岗位、促进经济社会发展、增强综合国力作出了重要贡献。营造企业家健康成长环境，弘扬优秀企业家精神，更好发挥企业家作用，对深化供给侧结构性改革、激发市场活力、实现经济社会持续健康发展具有重要意义。

——《中共中央 国务院关于营造企业家健康成长环境
弘扬优秀企业家精神 更好发挥企业家作用的意见》

万方圆

当代赣商

曾雅娴 著

江西人民出版社
Jiangxi People's Publishing House
全国百佳出版社

总序

以党的十一届三中全会召开为重大标志，中国改革开放的大幕徐徐拉开，一个波澜壮阔的伟大时代奔涌向前。

时代宏音犹在耳际，改革开放的伟大进程已经走过了整整四十个年轮。

四十年来，民营经济从无到有、由弱而强，写就了我国经济社会发展中令人瞩目的辉煌篇章。改革开放的历史，在某种意义上就是一部民营经济发展壮大的历史。

企业是市场的重要主体，企业和市场的发展都有赖于创新实干的企业家精神。这种精神是企业成长的原动力，也是发展社会主义市场经济最为宝贵的稀缺资源和强大竞争力。习近平总书记指出："我们全面深化改革，就要激发市场蕴藏的活力。市场活力来自于人，特别是来自于企业家，来自于企业家精神。"

改革开放以来，党中央、国务院和社会各界一直高度重视对企业家的培育和鼓励。进入新时代，培育好企业家队伍，弘扬好企业家精神，已经成为坚持和发展中国特色社会主义的重大选择。2017 年，在中央全面深化改革领导小组第三十四次会议上，习近平总书记又指出："企业家是经济活动的重要主体，要深度挖掘优秀企业家精神特质和典型案例，弘扬企业家精神，发挥企业家示范作用，造就优秀企业家队伍。"2017 年 9 月，中共中央、国务院发布《关于营造企业家健康成长环境　弘扬优秀企业家

精神　更好发挥企业家作用的意见》，这是中华人民共和国成立以来中央首次以专门文件明确企业家精神的地位和价值。

伟大时代对企业家地位和企业家精神的充分肯定，不仅促使中国民营经济在发展的过程中涌现出一大批优秀企业家，为企业发展开辟了广阔天地，更赋予了企业家奋力开创事业的强大力量。

伟大的时代也使江西民营经济如沐春风。在历届江西省委、省政府的领导下，江西民营经济迅猛发展。伴随着江西民营经济的发展，在江西这片红土地上，一批创业先行者以敢为人先的勇气汇入了时代洪流。他们顺应时代发展，勇于拼搏进取，艰苦创业，锐意奋进，在伟大时代的进程中成就了人生事业的精彩。同时，在企业不断发展的进程中，他们积极履行社会责任，把企业的发展和社会责任的履行自觉统一起来，展现出企业家良好的时代精神风貌。

抚今追昔，我们在被当代赣商精神感染的时候，不由想起了以敢为人先、艰苦创业、义利兼顾等商业精神与商道品格著称的江右商帮，并深切地感受到赣商精神的传承和发扬光大。江右商帮曾纵横中华商界九百年，明清时期达到鼎盛，以人数之众、操业之广和讲究贾德著称于世，与晋商、徽商等并列为中国古代十大商帮。

历史深处有未来。

任何一个国家的崛起，都是政治、经济、文化、科技等领域的整体崛起。对社会发展和人类文明进步作出杰出贡献的代表者，历史总是以铭记的方式表达着敬意，其卓越贡献与思想精神的不断衍续，也成为永远闪耀于历史长空的精神启迪之星。

然而纵观历史，人们不难发现这样一个事实：青史留名的历史卓越贡献者多为思想家、文学家与科学家；而对社会物质文明进步作出了巨大贡献的企业家，在浩瀚的历史著述中却寥寥无几。

商道长河谁著史。

正是基于这一视野高度，江西省工商联（总商会）在雷元江主席领导下，于 2014 年研究重塑赣商大品牌、引领赣商新崛起的工作部署，把发掘、传承、弘扬江右商帮精神和树立新时代赣商文化自信紧密结合。具体而言，就是把历史上誉满华夏的江右商帮和改革开放进程中稳健崛起的新时代赣商群体整体纳入历史与现实的宏大视野，把传承与弘扬赣商精神作为立意高远方向，把激励赣商群体在改革开放新阶段更加奋发有为作为新起点，着力开创赣商在改革开放新阶段、新时代的大发展格局。

在此过程中，雷元江同志又进一步提出，激励赣商群体在改革开放新阶段更加奋发有为，不但要体现于财富创造上，而且要体现于精神风貌上。他强调在打造同心谷·赣商之家（商联中心）物质载体大厦的同时，还要打造一座赣商精神载体大厦，把改革开放以来赣商与时代脉搏同跃动、共奋进的壮怀激烈创业历程与精神风采真实完整再现出来，汇聚成一部宏大的赣商创业奋进史。由此，形成了组织撰写《当代赣商》大型报告文学丛书的整体创作构想。

在雷元江主席的直接领导和悉心指导下，这部体制宏大的报告文学系列丛书作品，选取一批在改革开放进程中敢为人先、勇于探索、成就大业且具有深厚家国情怀的优秀企业家作为赣商杰出代表，每位企业家自成一卷，以报告文学的形式再现他们的创业历程，展现他们的商业智慧、商道品格和人生情怀。其全部的归旨，就在于忠实呈现改革开放四十多年来的宏大赣商人物志与奋进史。

从 2014 年至 2017 年，《当代赣商》大型报告文学系列丛书的组织撰写工作展开样本创作。在形成蓝本的基础上，于 2018 年正式全面展开。

《当代赣商》大型报告文学系列丛书的组撰工作，既为改革开放进程中崛起的赣商群体著录了宏大创业史，同时也与江西省工商联（总商会）部署实施的《赣商志》《赣商会馆志》《江右人家》《历史的铭记》等编撰创作，共同构建起一部完整而宏大的赣商发展传承史，矗立起一座赣商文化精神大厦。

为改革开放进程中的赣商群体著录宏大创业史，本就是一项具有开创性的工作。更为重要的是，在新时代大力弘扬优秀企业家精神的主旋律中，构建赣商文化精神大厦这一深远立意，又赋予了《当代赣商》大型报告文学丛书深刻的历史与现实意义。

赣商尤其是以江西知名民营企业家为代表的优秀赣商，他们以与江右商帮一脉相承的艰苦创业、义利兼顾精神，在开拓奋进、勇于担当中积淀了宝贵经验和深厚感召力，厚德实干、义利天下是当代赣商最明显的特征。因此，本丛书的出版，必将汇聚成激励和引导广大江西非公经济健康发展的强大正能量。

在改革开放的新时期，江西省工商联（总商会）在引领赣商奋发有为、再创新辉煌的整体谋划部署中，通过赣商精神大厦的打造，也必将为全体赣商在新的奋进征程中注入强大动力。

《当代赣商》大型报告文学丛书在江西省工商联（总商会）的领导部署下，由江西省民营经济研究会承担组织撰写和出版工作。其间，得到了各级领导的大力支持和热情指导，作者们付出了大量心血，在此一并表达诚挚感谢！

江西省民营经济研究会

2018 年 5 月 28 日

前言

在中国商业历史版图上，千年来赣商被称为"江右商帮"，曾与晋商、徽商等鼎足而立。在新安和云贵川，明朝曾经有句话是这样说的："无江西人不成市场。"江右商帮做什么？做瓷器，卖瓷器；做药材，卖药材；做纸张，卖纸张；做米粉，卖米粉；开铜矿锡矿等涉及各种工业。以至于民国时期湖南沈从文先生曾经写江右商帮"一个包袱一把伞，跑到湖南当老板"，以此来夸赞江西商人低调朴素行走江湖的特征。

江西商人素以"厚德实干，义利天下"的精神做买卖，默默地创造了许多商业奇迹。

时代的车轮向前滚动，如今的江西沃土，也孕育了不少新生代商业人物。他们锐意创新、奋力拼搏，不断书写着新的商业传奇。

出生于江西的万方圆，也许骨子里就有商业基因。他出身寒门却涅槃重生，从一个厨师蜕变成集团公司的掌舵人，成功实现了人生逆袭。他的奋斗史，给那些生于平凡却不甘平庸的普通人，探究了改变命运的方法和奥秘。

独到的眼光与严谨的头脑，是成功者具备的必要条件。万方圆因为家境贫寒辍学以后，在社会的大熔炉中千锤百炼。他做过建筑工人，打过各种零工，他认真而努力地对待每一份工作，但是他不甘于现状。他以敏锐的市场洞察力和超前的眼光，不断地寻找发展的机遇。当他在旅游加急签证行业发现商机以后，不断地调整工作思路和方法，最终从一碗米粉的乡愁里，走向自己的事业王国。他立志要做江西米粉非遗传承第一人，要把这碗朴素而人人吃得起的南昌美食，打造成一个连锁王国。梦想有多大，路就可以走多远。万方圆，凭借强烈的品牌意识，用实打实的地方味道在无数江西米粉中脱颖而出，缔造了行业神话。

能够成功逆袭的人，往往都要经历很多磨练。一个人能够承受多大的打击和磨难，就能拥有多大的成就和事业。万方圆经过打拼拥有了千万身价，年少轻狂只想快速扩张事业版图，结果赔光家底还背负了巨额债务。为了活下去，他瞄准了餐饮行业，从卖龙虾到拥有自己的饭店，全天24小时不打烊，全年无休，就连结婚当天也没休息，整整坚持了七百多个日夜。事业刚有起色，他快速扩张了9家店铺，短短几个月的时间又全部倒闭。失败和打击接踵而至，他勇敢地照单全收。挺过了最难捱的时刻，历经了重重磨难，他终于打造了自己的餐饮连锁帝国。把所有的磨难全部变成阶梯，这是每个人都需要学习的能力。它与运气无关，只关乎顽强！

成功如果有捷径，那就是终身学习。

一个人想要成为理想中的那种人，最重要的就是善于思考，终身学习，这样才能找到出路，取得意想不到的收获。对于万方圆来说，年少辍学是他心头最大的遗憾。但是他一直努力在弥补自己的短板，如何利用互联网大数据构建智能化餐饮营销链，如何规范管理运营为集团科学管理提供基本保证，他一直在通过多种渠道进行学习探究，提高自己文化水平和综合能力。他认为，学习绝不是一时的兴趣爱好，需要长期的坚持和不懈的努力。终身学习是一种人生态度，更是一种能力。这种能力决定人生的高度，因为只有那些善于学习的人，才更容易发现生活环境的变化，与时代发展同频共振，从而发现更多的机遇，取得更大的成功。

万方圆的事业还在前进的路上，离他的理想还有一步之遥，但这一步可能还要走一年、两年、三年，甚至更久才能抵达，他还会迎来新的机遇和挑战。毋庸置疑，他的商业眼光和才华，会让他的企业得到更加稳健的发展。但他的今天，也是很多梦想逆袭成功的普通人可以借鉴的案例。或许你会羡慕他的成功和财富，但是我们更应该看看他走过的路，思考一下他获得今天这般成功的关键所在。

本书历时半年，从生活、管理、经营、用人等不同角度，解读了万方圆的奋斗历程。希望那些不甘平庸的年轻人，可以深入了解一个寒门青年的创业经历和人生智慧，并将其不可多得的经验吸纳、运用到自己的工作和生活中，可以少走弯路，实现自己的理想，创造属于自己的财富人生。

目 录

第八章　集团化发展   158

　　人生是一个不断选择的过程，唯独出生这件事情别无选择。有些人出生的起点，就是无数人奋斗一生才能抵达的终点。我们无法选择出身，但可以把握未来。抓到好牌拼的是运气，把烂牌打好拼的却是眼光和实力。

5 岁开始做饭的"小厨子"

江西省南昌市青云谱区，坐落于梅湖之滨、定山桥畔，这里风光秀丽，历代文人墨客曾慕名而来，一览风光直抒胸臆，留下了丰富的历史遗存和文化底蕴。

1987 年，万方圆出生在青云谱。他的出生，给父母带来了无法言说的喜悦和幸福。父母给他取名叫"方圆"，蕴含着他们对儿子的拳拳之心和美好期望："方，是规矩、框架，是做人之本；圆，是圆融、老练，是处世之道。"父母希望他长大后本分做人圆融处世，拥有一个圆满的人生。

父母是从农村走出来的工人，万方圆有个姐姐，一家四口日子虽然过得拮据，却也其乐融融。父亲很勤快，忙忙碌碌总有干不完的活儿。他不苟言笑，但特别疼爱一双儿女。他从外面回来，常常像变戏法似的摸出一点零食塞给孩子们，有时候是几颗糖果，有时是几片饼干。看着孩子们香甜地吃着零食，他的脸色依然严肃，笑意却一不小心就从眼神中溢了出来。

母亲做得一手好菜，能把家常菜做出无比美妙的滋味来。就连一道简单的萝卜干炒油渣，经过母亲的巧手烹饪，萝卜干脆嫩爽口，油渣酥香不腻，吃起来格外美味，让人不知不觉就多吃了几碗米饭。母亲酿的米酒也特别醇香，常常有街坊四邻跟她请教做菜酿酒的秘方。

姐姐比万方圆大不了两岁，却乖巧懂事，特别疼爱弟弟。父母给的零食，她总是小心翼翼地吃一点解馋，然后把剩下来的零食藏起来，在弟弟哭闹的时候拿出来哄他开心。姐弟俩和小伙伴们一起玩耍，要是有人欺侮弟弟，姐姐就会拼命冲上去争个高低。

在儿时的记忆中，最让万方圆难忘的，就是一家人围着饭桌吃饭：围着围裙的母亲摆好碗筷，热气腾腾的饭菜香味中，大家拿起筷子享受母亲巧手烹饪的家常美味。父亲"滋溜"仰脖喝几杯米酒，氤氲的酒香中，他平时严肃的脸色才会缓和下来，表现出极大的惬意和满足。

对于寻常百姓来说，全家人亲亲热热围在一起吃饭，共叙天伦之乐，就是一种最朴素的幸福。

然而，随着万方圆渐渐懂事，他发现家里的日子悄无声息地发生了一些变化。就连全家人坐在一起好好吃顿饭，都成了一种无法企及的奢望。

这种变化，首先是从父母凝重的脸色，以及无法掩饰的长吁短叹中体现出来的。接着，万方圆听到了一个让他陌生的词语"下岗"。虽然他不知道"下岗"意味着什么，但他隐约觉得，这是一件让父母忧心如焚的事情。

终于有一天，万方圆发现父母没有像往日那样早出晚归地去上班。万方圆这才理解了"下岗"的意思，它意味着父母失去了稳定的工作和收入。没有钱，一家四口吃饭穿衣都成了问题，这也意味着本来就紧巴巴的日子，将变得更加步履维艰。

老实巴交的父母，只能通过打零工赚钱养家糊口。很多时候，他们好多天也找不到可以做的零工，为生计奔波，他们无暇照顾年幼的万方圆，只能让他跟着奶奶生活。

奶奶是地地道道土里刨食的农民，她辛苦操劳了一辈子，即使到了步履蹒跚的年纪，依然手脚不停地在地里做农活。就这样，万方圆常常被独自留在家里，肚子饿极了，就自己试着做饭吃。刚开始，他只是小心翼翼地开火，把剩饭剩菜温热果腹。渐渐地，胆子大了些，就动手给自己做碗泡饭，或者煮碗米粉。

虽然万方圆能把生米做成熟饭了，但是跟母亲和奶奶做的饭菜相比，滋味儿却相差千里。他从小就是个细心的孩子，为了找出自己做饭不好吃的原因，奶奶做饭炒菜的时候，他就站在一旁歪着小脑袋仔细地观察琢磨。奶奶认为孩子喜欢做饭这件事，值得鼓励。所以，她不仅没拦着万方圆鼓捣灶火和锅碗瓢盆，还时不时指点一二："荒旱三年，饿不死厨子，喜欢做饭可是好事情……不会做饭的看锅，会做饭的看火，做饭掌握好火候比啥都重要！"

穷人的孩子早当家，渐渐地，只有 5 岁的万方圆看样学样，做饭竟然有板有眼，俨然一副"小厨子"的模样了。很多时候，奶奶在地里忙碌顾不上做饭，万方圆都会早早做好饭菜，坐在门槛上等着奶奶回来一起吃。

万方圆在懵懂的年纪，虽然还说不出什么大道理，但是他显然已经明白了食物所蕴含的意义：做好饭菜，和家人一起吃，这是件很重要的事情！

民以食为天，一粥一饭，一汤一菜，五谷杂粮，暖人肠胃，更暖人心怀！

为了姐姐主动辍学

网上曾经流行一个暖心的视频：小女孩在电视里听到"重男轻女"这个词语，就问太奶奶是什么意思。太奶奶抚摸着女孩儿的头发说："'重男轻女'就是说，重的东西让男孩拿，轻的东西让女孩拿！"

时间一晃，万方圆如拔节的竹子，长成了少年的模样。家乡很多人家，都把家里的男孩看得金贵。万方圆的父母对两个孩子却是一视同仁，手心手背都是肉，男娃女娃都是心头宝。而且母亲还总叮嘱万方圆：这世上，姐姐是你血脉相连的亲人，你是男娃，将来长大了，一定要保护姐姐！

父母打零工赚的钱，只能勉强维持一家人的温饱。姐姐心疼父母赚钱不容易，从来不乱花一分钱。她读书时，每周的生活费只有25块钱，每天5块钱生活费，她总要算计着花。早上花一块钱买份最便宜的饭菜，午饭可以花两块钱，晚饭的两块钱里还要包括打热水的钱。姐姐为了节省一块钱的公交费，每个周日开学时，她总是从青云谱走到学校。为了节省一点菜钱，她上学时总要带上一些母亲腌制的小咸菜。母亲巧手腌制的小菜香辣爽口，姐姐带到学校后，你一筷子我一筷子，总是很快就被同学们一抢而空。

那年夏天，临开学前，父亲"吧嗒吧嗒"抽着烟，满屋子都是劣质香烟呛人的味道。母亲瞄了一眼父亲，低低叹息了一声，勾下头小心翼翼地刷锅洗碗。父亲把烟蒂扔在地上，清了清嗓子说："我跟你大伯借了两千块钱，又东拼西凑了一些……只够一个人的学费！"

万方圆这才知道，家里实在拿不出钱来供两个孩子读书了。那时，他读初二，每次数学考试总得满分，喜欢和同学们一起在宽阔的操场上跑步或者打篮球。他偏科，对于不喜欢的科目，坐在课堂上总盼着听到下课铃声，可是，想到要离开学校，让他厌烦的那些课程，突然都变得可爱有趣起来。人总是在失去的时候才懂得珍惜，他有些后悔，当初没好好听课读书，浪费了那么多宝贵的时光。

姐姐坐在一边抠着指甲，眼泪"扑簌扑簌"地落在衣襟上。她抿了抿嘴唇，倔强地说："弟弟是男娃，让他多读点书，我退学吧！"

"就是因为我是男娃，我才要帮着父母赚钱养家！姐，别胡思乱想了，你就好好读书吧！"万方圆挥着稚嫩的胳膊果断地说道。

万方圆年纪虽小，也知道文化的重要性。对于生活在社会底层的人来说，读书更是改变命运最好的方式。但是，家里经济条件有限，万方圆心甘情愿把读书的机会让给姐姐。他知道没有文化的人谋生，注定要吃更多的苦。姐姐是女孩子，他舍不得让姐姐吃苦。此时的万方圆虽然还是一副瘦弱的模样，却已经有了男子汉的担当。他要做个顶天立地的人，要帮着父母赚钱养家，要给姐姐撑起一片美好的天空。

万方圆悄悄地把自己的书本都藏了起来，他在心里和短暂的读书生涯作了告别，做好了闯荡社会谋生活的打算。

外面的世界光怪陆离充满了诱惑，当然也充满了无法预知的艰辛和磨难。但是，上天不会辜负努力的人。一个人只要做好了吃苦耐劳承受摔打的准备，脚踏实地往前走，道路肯定会越来越宽阔！

"鸟巢"工地的农民工

读书多的人靠智慧吃饭，没有文化的人靠力气养活。那时候的万方圆，初中没有毕业，年龄小也没有多少力气。从辍学赚钱的豪情万丈中冷静下来，他开始琢磨接下来的路该怎么走？

有人说社会是个大课堂，三百六十行，只要认真学习潜心钻研，行行都能出状元。可是任何学习都要付出相应的时间和精力，万方圆迫切地渴望赚钱，他不能成为家里的负担，他要做父母的帮手，分担养家糊口的重任。没有学历是一时半会儿无法弥补的短板，那只能走卖力气这条路了。年龄小力气弱怕什么，无非是多吃些苦而已。

万方圆不顾父母的阻拦，背着简单的行囊，在熟人的介绍下，勉强在建筑工地上找了份工作。包工头看着又瘦又小的万方圆，皱着眉头嘟囔道："这孩子瘦胳膊瘦腿像根豆芽菜，要是干不了就早点走人！"万方圆担心自己被赶走，急忙拍着胸脯保证说："别看我人小，我有的是力气！"

万方圆在工地的简易窝棚中住了下来，因为年龄小，他只能做小工。

每天早上 5 点钟，他在睡梦中被叫醒，用冷水胡乱洗把脸，跟着大伙儿去吃饭。早饭通常都是馒头咸菜和稀饭，刚开始他实在吃不下去，年龄大的工友就会劝他："必须要吃，要不怎么能顶到中午 12 点开饭？"

他逼着自己吃了早饭，就开始了一上午的忙碌。他卖力地干着搬砖、搬水泥、提灰桶、绑钢筋等杂活，被技工指挥得团团转，连喘口气的功夫都没有。好不容易到了中午开饭时间，因为饥肠辘辘，所以白水煮白菜也能吃得有滋有味。

熬到天黑下班，万方圆吃完清汤寡水的晚饭，躺在硬邦邦的床板上，双手磨出的血泡火辣辣地疼，浑身上下也是又酸又疼，连翻个身都困难。工地上冲澡不方便，他和其他工友一样，浑身都散发着被汗水浸泡了一天的酸臭味。然而，就是在这样的环境中，好好地睡一觉也是奢望。极度的疲惫中，他总感觉才闭上眼没多久，就被工友喊着天亮了要上班。

万方圆肯吃苦，脑子也活络，他很快就适应了高强度的工作，并且成了工地上的"全能手"。他做过钢筋工、水电工、木工、泥工、漆工，他不挑活，只要能赚钱，再苦再累的活他都愿意干。在工地上摸爬滚打几年后，建筑过程中各个环节的工作他都能手到擒来。

作为一个农民工，万方圆从来没有想过，自己竟然有机会到北京参与"鸟巢"的建设。2005 年，"鸟巢"建筑工地向全国建筑之乡发出支援请求。万方圆加入了江西的支援队伍，代表江西参加了"鸟巢"的建设。

抵达"鸟巢"工地以后，万方圆算是开了眼界。在他的印象中，建筑工地简直就是"脏乱差"的代名词，焊花四溅，尘土飞扬，机器轰鸣，到处堆满了钢筋水泥。但是，"鸟巢"的工地和他之前待过的工地截然不同，正在施工的地面上不见任何灰尘，所有的建筑工作，都在干净整洁的环境中有条不紊地进行着。好像这里不是一个建筑工地，而是一个大型的搭积木现场。

万方圆领到的《员工守则》上写着一段话："奥运为国争光，我为奥运添彩，让我们共同努力，为奥运工地建设作出应有的贡献。"能为奥运会工地建设出一份力，万方圆心底升腾起一种无法言说的自豪感。

工人住的宿舍干净整洁，每张床的床头都有一个牌子，上面有工人的名字、照片，以及他所属的施工单位及工程部门。宿舍管理也很严格，要求大家的被子都要叠得方方正正，好像豆腐干似的。工人的伙食也不错，隔三差五还能吃上肉炒菜。

那时候，"鸟巢"是世界上规模最大、用钢量最多、技术含量最高、结构最为复杂、施工难度空前的超大型钢结构体育设施工程，是世界上最杰出的奥运场馆代表作。先后有十万工人参与了鸟巢的建设，同设计者和高级工程指挥人员相比，他们显得默默无闻。然而，万尺高台起于垒土，正是农民工们一点一滴的努力和劳作，才将设计师们的创作理念完美演绎成现实。

万方圆认为，在"鸟巢"工地的工作经历，是他生命中最值得回忆的一段时光。

"鸟巢"整体工程接近尾声时，每天都有全国各地的游客围在工地隔离区外观看、拍照留念。每当这时候，他挂着工作证在别人羡慕的目光中进出"鸟巢"工地，感觉骄傲而自豪。

有幸参与完成了"鸟巢"的建设工作，万方圆和工友们就离开北京奔赴了新的工作岗位。

他们在离开北京时，甚至都没来得及好好看看凝聚着自己心血和汗水的"鸟巢"。他和工友们都没有机会坐在"鸟巢"里面，享受现场观看奥运比赛的快乐和体育竞技带来的激情。但是，参与"鸟巢"建设的经历，永远都是他一生中最大的荣耀。

万方圆在满是钢筋水泥的建筑工地上，第一次品尝到了生活的艰辛和酸楚。当然，在这个世界上，从来就没有白吃的苦。五年的建筑工生涯，也让他的身心得到了充分的磨砺和锻炼。他从一个羸弱少年蜕变为强壮的小伙子，就如一棵蓬勃的小树，经历了严寒酷暑日晒雨淋，终于枝繁叶茂亭亭如盖！

广西摩配店里的导购员

农民工是门槛很低的工作，需要的技术手段并不高。所有人都能干，可复制性太强，脱颖而出的机会相对较少。万方圆做农民工，只是想赚份相对稳定的工钱。他赚的钱除了养活自己，都寄回家补贴家用，供姐姐读书。

随着姐姐开始工作，家里的经济条件好些了，万方圆开始琢磨换个工作。他想着自己年纪还小，总不能做一辈子的农民工吧！趁着年轻学点本事，吃技术饭总比出苦力要容易些，发展的机会相对也要多一些。

母亲也很支持儿子的想法，她有个朋友在广西南宁做摩托车配件的生意，就想着让万方圆去朋友店里帮忙。那时候，摩托车行业发展比较好，配件生意也好做，在店里做导购员也算是做销售，好歹也算技术活。万方圆从小就喜欢摩托车，他对销售的工作也感兴趣，就迫不及待地催着母亲跟朋友联系，想尽快开始一份全新的工作。

母亲给万方圆联系工作的事情很顺利，朋友爽快地答应了母亲的请求："你儿子我知道，聪明活络又肯吃苦。我店里正好缺人手，让孩子过来吧！"

就这样，万方圆买了一张车票，踏上了开往南宁的火车。那是他第一次独自出远门，为了省钱，他买的是硬座票，得坐22个小时的火车。那时候的他没有手机，也不认识母亲的朋友，只知道下了火车后，对方会在车站接自己。

下了绿皮火车，忐忑不安的万方圆跟随着熙熙攘攘的人群走出了车站。好在，他顺利地和母亲的朋友见了面，跟着她回到了摩配店。走进店门的刹那间，万方圆就被形形色色的摩托车配件晃花了眼。在这之前，他对摩托车的印象就是车架、两个轱辘以及表面能看到的为数不多的配件，到了这里才了解到，原来摩托车是由这么多林林总总的小配件组成的。

对于刚接触摩配行业的人来说，光是记住那些不同型号不同规格的配件，就要大费脑筋。好在万方圆机敏聪明，他短时间内就把配件的名称记得清清楚楚，那些在外行看起来并无差异的小配件，他会按照生产厂家、材质、尺寸规格等标准，分出精细的类别。

对销售的商品有了足够的了解，才能更好地把商品推销出去。没过多久，万方圆就能帮着老板游刃有余地接待顾客了。然而，摩配销售的工作，可不是动动嘴皮子那么简单。万方圆还有个重要的工作任务，就是每天蹬着三轮车给客户送货。广西山路多，摩托车的配件大多都是金属制品，他蹬着三轮车拉着一千多斤的配件，"吭哧吭哧"地顺着盘旋的山路往上爬。把货送到了，汗水也把他的衣服都浸湿透了，没等他喘口气，就得把沉重的配件从三轮车上搬下来，送到客户的店里。

工作非常辛苦，生活条件也不好。店里的饭菜，天天是水煮青菜和辣椒，想到母亲在家里做的美味小菜，万方圆常常禁不住流出口水来，眼前的饭菜更加难以下咽了。他住在摩配店后面一个狭小的杂物间里，夏天40多度的天气，进屋睡觉就好像在蒸桑拿，破风扇"吱呀吱呀"地响着，扇出来的也是热风，蚊子"嗡嗡"地在耳边飞舞。即使劳累了一天极其疲惫，他也常常在夜里被热醒，抓挠着被蚊子叮咬的包，再也难以入睡。

万方圆爱干净，整天蹬着三轮车搬运配件，一天下来工作服总是脏兮兮的。劳累了一天拖着疲惫的身体，他的手常常抖得都搓不动衣服，但他却坚持每天洗澡洗衣。

累死累活一个月，万方圆可以领到450元的工资。钱虽然不多，但是拿到几张薄薄的人民币时，他心里依然是雀跃欢喜的，好像一个月所有辛苦的付出都得到了回报。

苦才是生活，累才是工作。忍受所有的苦累，在坚持中寻找更好的发展契机，心中永远揣着热腾腾的希望。人生就是个不断历练探索的过程，相信最好的风景在路上，更好的生活永远在前方！

深圳打工险被骗

有人说，趁着年轻去广阔的世界闯荡一番，是人生必要的经历。在万方圆的眼里，南宁和青云谱相比较，称得上是个大地方了。但是，当万方圆听说深圳的繁华时，便蠢蠢欲动，迫不及待地想去闯荡一番。

深圳是改革开放后党和人民一手缔造的崭新城市，那时候，正是这个新生城市快速发展的时期。年轻无所畏惧，浑身都是胆，万方圆提个袋子，踢踏着拖鞋，穿着短裤，揣着一百块钱就去了深圳。他浑身上下最值钱的东西，就是一部二手手机。绿皮火车"轰隆隆"一路南下，万方圆觉得自己一步一步接近了梦想。在他看来，深圳遍地都是机会，只要脑子活络肯吃苦，说不定很快就能赚大钱。

当万方圆踏上深圳这块土地的那一刻，摩天的高楼、湍急的车流以及行色匆匆熙熙攘攘的人群，让他感受到了一种从未体验过的繁华和喧嚣。然而，捏着兜里的100块钱，万方圆又觉得，眼前的热闹和自己似乎相隔万里。他得先找份工作安顿下来，才能与这个现代化都市产生真正的交集。

万方圆走进一个小饭馆，点了份最便宜的盖浇饭填饱了肚子，他深吸了一口气，信心满满地开始找工作。到底是大都市，机会还真的遍地都是，当万方圆在电线杆上看到一则招聘酒吧服务员的广告时，他忍不住就动了心。

招聘广告中最吸引万方圆的，就是七千到一万的月薪，而且，对应聘者的要求也不高，只需要形象好气质佳，善于和人沟通交流即可。万方圆最担心的学历问题，招聘广告中根本没有提及，这让他产生了莫大的信心和勇气。不说一万块了，每个月有七千块的工资，那就是多大一笔收入啊！自己就可以租个像样点的房子，买几件喜欢的衣服，下馆子吃点好的，剩下的钱就给父母寄回去。想到这些，万方圆忍不住热血沸腾，拿出手机就拨通了联系电话。

电话接通后，万方圆先确认招聘广告的真实性，对方信誓旦旦地保证，让他心里更踏实了。万方圆按照对方提供的地址一路找了过去，在一个酒吧门外，一个年轻人热情地招待了他。年轻人用审视的目光把万方圆上下打量了几遍，又问了一些简单的问题，说道："你的条件不错，还是比较符合要求的！"

万方圆的心按捺不住地雀跃起来："那我什么时候能上班？"

年轻人沉吟了一下说道："是这样的，在上班之前，你需要交纳三千块的服装费和两千块的押金。"

"可是，我没有钱……"万方圆嗫嚅着说道。

"可以找朋友借钱啊，一个月就把这些钱赚回来了，而且还有剩余！你想啊，你工作时总不能穿得太随便吧？你要是上着班拍屁股就走了，我去哪里找你去？所以，服装费和押金，都是少不了的。"年轻人做出一副诚恳的样子，竭力想说服万方圆，先把这笔钱交上再说。

万方圆好像被人兜头浇了一盆凉水，同时，他心里也警惕起来："上来不说工作先让交钱，会不会遇到了骗子？不说兜里没钱，就是有钱，想让自己往外掏钱，没门！"

万方圆心念一转，笑嘻嘻地对年轻人说："那能不能让我先上班，这些钱从我的工资中扣？我确实没有钱，我也没有可以借钱的朋友！"

年轻人扫了万方圆一眼，做出为难的样子："这事儿我做不了主，我得跟上司请示一下。我的手机没电了，把你手机借给我用一下，我给上司打个电话!"

万方圆下意识地把手机递了过去，年轻人接过手机，做出要避开人打电话的样子，转身快步要向路对面走去。

"不对，他要骗走我的手机"，万方圆脑海中警铃大作，他一个箭步上去抢回了手机，"我才想起来，我手机没话费了!"

年轻人悻悻地看着万方圆，一句话也没说，就转身急匆匆地走掉了。万方圆顿时明白了，自己差点被骗了，对方本来是打着招聘的幌子骗钱的，眼看骗不到钱，不甘心空手而归，就打起了骗手机的主意，只是因为自己的警惕，对方没有得手而已。

吃一堑，长一智。经历了一场未遂的诈骗以后，他明白了，天上不会掉馅饼，努力奋斗才能梦想成真。只有俯下身子脚踏实地去工作，才能在深圳这块热土上留下来。

深圳是个包容性很强的城市，不同文化背景的人，都可以找到适合自己生存的土壤。万方圆机敏活络，很快就在一个服装批发城找了份店员的工作。服装城每天都人流熙攘热闹繁荣，万方圆帮着老板卖衣服，心里也悄悄滋生了一个做老板的梦想。尽管这个梦想好像遥不可及，但是不想当老板的店员不是好店员。在万方圆的心里，无论做什么工作，都不仅是为了赚份糊口的工资，也是在积累经验和阅历，让自己的心智和眼界变得更加成熟和广阔。

后来万方圆打过各种零工。他在深圳辗转奔波，看起来，他和这个城市好像并没有多少瓜葛，因为他随时可以拎起简单的行囊，奔向更广阔的世界。但是，他做过的每一份工作，他结识的每一个人，都在他的经历中留下了深浅不一的痕迹，他的生命因此变得更加丰饶和深厚。可以说，他实实在在被自己经历过的每一个城市滋养过，深圳也不例外。

万方圆至今都保存着一张照片，他站在大梅沙的海滩上，人很瘦，略显拘谨和青涩，但是，他的眼神却充满了亮光，有一种对未来饱含希望的笃定！

香港、澳门闯世界

世界很大，有梦想的年轻人从来都不会给自己设限。万方圆在深圳的工作虽然还算顺利，但是他渴望走得更远，见识更大的世界。

众所周知，香港是全球经济发达的地区之一，工人的工资非常高。万方圆心里一直在合计，既然都是打工，为什么不去香港闯一闯呢？

机会总是青睐有准备的人，万方圆有个同乡招募去香港工作的建筑工，薪水非常诱人，但是对工人的专业能力和经验，要求都比较高。万方圆有5年的建筑工经历，他熟悉工地上所有的工种，所以他很顺利地成为了一名香港民工。

就像万方圆事先了解的那样，在香港做建筑工薪水相当可观，比内地那些白领还要高。尤其是工地上需要点技术含量的工种，日薪更加让人羡慕，比如说油漆工、挖掘机司机每天能赚到一千元，模型工、搅拌水泥工甚至每天能赚到两千元出头。

欲戴其冠，必承其重。万方圆和工友们的薪水挺高，但是他们的工作也特别辛苦。他们每天要工作十几个小时，其间根本不能休息，抽支烟喝口水都没有时间，甚至去趟厕所也有人在后面催着赶快去工作。而且，香港的物价也非常高，为了省钱，十几个人挤在一个小房间睡觉，饭菜粗糙简单，只能填饱肚子。

在香港的工地上，工人只要肯耗费汗水和心血，就能赚到钱。万方圆渴望赚钱，也不怕吃苦，因为他一直认为，自己还年轻，应该去尝试不同的赚钱机会。

万方圆有个朋友去了澳门，在一个旅游公司工作，其实就是帮客人跑跑腿，做一些杂事，做得还不错。万方圆听说朋友在"旅游公司"工作，心里就打起了退堂鼓，毕竟自己没有学历，无法从事"财务"这样高门槛的工作。但想到同样没有学历的朋友可以做的工作，自己为什么就不行呢?

经过一番准备，万方圆到了澳门，加入了朋友说的"旅游公司"。

主要是"货币兑换"，就是内地的客人在澳门或澳门赌场需要用人民币兑换港币时，他帮忙兑换，赚取一点汇率差价。

为了多挣一点工钱，很多时候他会没有休息时间，要为客人提供订酒店、买东西、找车等跑腿服务。要是客户运气好赢了钱，也会豪气冲天地给他发数目可观的小费。但是，客户输了钱气急败坏，说不定就会拿他出气。

有一次，万方圆接待一个客户，他殷勤地想帮他提皮箱，结果，对方一脚就踢了过来:"你想干什么，要抢老子的钱吗?"客户沉重的皮靴踢在万方圆的肚子上，他感到一阵剧痛，捂着肚子就躺在了地上。客户提着皮箱扬长而去，万方圆躺在地上，屈辱的眼泪差点就夺眶而出。他想冲过去把客户揍得满脸开花，可是，想到还没有到手的佣金，他只能忍气吞声，挣扎着站起来，跌跌撞撞地跑过去，跟在客户后面亦步亦趋。

如果说万方圆之前的打工经历，都是在社会底层游走，他所接触的都是平凡普通的人，那么澳门的工作则是另一番景象。他面对的都是形形色色的赌徒，有人一夜暴富，有人顷刻间一无所有。他每天有意无意地目睹那些赌徒的疯狂行为，几乎颠覆了他的世界观和金钱观。

澳门是个纸醉金迷的世界，万方圆却没有沉迷其中，他是个沉稳而冷静的人。他清楚地意识到，这里的奢侈繁华不属于自己。年轻而饱满的生命，应该去做有意义的事情!

香港、澳门闯世界的经历，让万方圆见了大世面。有人说，见世面就是丰盈生命和灵魂，再剔除杂质的过程。一个人只有视野足够开阔，才能更清醒地自我认知，明确自己最想要的东西，清晰自己要走的路！

人生在世，从来没有白走的路，也没有白吃的苦。所有的经历都是积累，让人生美好而辽阔。岁月赐予的颠沛流离，终将成为宝贵财富，让生命丰饶而厚重！

第二章
辉煌路径

　　无论梦想有多大，目标有多高，都要脚踏实地去拼搏。努力的人不畏惧山高路远，勇敢的人不在乎挫折打击。趁着年轻就要大胆闯、勇敢拼，没有等出来的成功，只有走出来的辉煌。

成功需要"好眼光"

这个世界从来都不缺少商机，缺少的是发现商机的眼光。万方圆在澳门期间，他任劳任怨地为客户服务，收入也还算不错。但是，他一直在寻找机会，离开那个与自己格格不入的工作环境。他相信身边的世界充满了机会，只要勇于发现机会，并且敢于去尝试，那就有成功的可能。

万方圆去澳门工作，通常要办三本证：港澳通行证、护照、台湾通行证，每本证可以在澳门呆 7 天，三本就能呆 21 天。一本证用完，出关后换一本再进，也可以休息几天再过去。很多同行都是提前算好，一个月工作21 天，用完后回来再签一次，签好再次工作。

有一次，万方圆在休息期间，一个老客户联系他工作。这个客户不能得罪，他对万方圆还不错，赢钱时也舍得给小费。万方圆着急去澳门陪客户，但是办理签证需要走流程，一时半会儿拿不到签证。这时候，有个朋友跟他说："你要着急过去，可以办个加急业务！"

"可以啊，只要能尽快拿到签证，这个客户不能丢。"万方圆急忙跟朋友说。

万方圆按照朋友给的联系方式拨打了电话，说明了自身情况，一个甜美的女中音说道："没问题，保证不耽误您的事儿！"

帮万方圆办理加急签证的人是一位姓王的姐姐，她穿着职业装，说话办事干练利索，待人接物亲切温和。万方圆如愿及时拿到了签证，他着急赶去澳门工作，满怀歉意地说道："谢谢王姐帮忙，等我工作回来请你吃饭！"

在社会上闯荡多年，万方圆对自己最基本的要求就是说话办事要靠谱，要懂得感恩。他可能讲不出什么大道理来，但是他认为与人相处就是人心换人心，要记得别人的好，并且要懂得回报别人的好。只有这样，路才能越走越宽。他拿着加急签证赶去澳门后，工作很顺利，客户赢了钱，还给了他一笔丰厚的小费。他从澳门回来，第一件事情就是请王姐吃饭。

时至今日，万方圆还记得当时请王姐吃饭的情景。他约王姐在八一桥附近见面，那里有个饭店叫"万家灯火"。饭店很寻常，但是"万家灯火"四个字，莫名地击中了他心底最柔软的地方。多年来离开家乡南下闯荡，夜幕降临，都市万家灯火升起，自己却只是过客。他渴望赚很多很多钱，在繁华都市买房安家，有一方属于自己的灯火。然后，把父母和姐姐都接到身边，让他们也过上好日子。而且他坚信，生活如果是条湍急的河流，只要勇敢地去搏击，浮浮沉沉间，总有出人头地的那一天。

走进"万家灯火"，万方圆和王姐面对面坐了下来，他想表达心中的感谢，把菜单推过去让王姐随便点，王姐扫了一眼菜单，却只是点了两个家常菜："就我们两个人，点太多菜也吃不了！"

王姐的实在随和，让万方圆的话多了起来，两人聊到了各自的工作经历，气氛特别融洽。万方圆敏锐地意识到，加急签证行业很有发展潜力，他试探性地问道："姐，我找你拿证时，看到大厅有很多人都在办理这个业务，我也想做你这行，你看行吗？"

"当然可以啊！"王姐豪爽地说道："你这么聪明，业务肯定会越做越好！"

万方圆给王姐夹了一筷子菜，强压心中的兴奋说道："姐，那太好了，我明天就去试试看！"

万方圆一直觉得王姐是自己命中的贵人，其实，人生最大的贵人就是自己。一个人的品行修养，眼光格局，为人处世的态度，都决定了他是否能遇到贵人。

商机总是偏爱有眼光的人，那些善于发现机会，并且勇于拼搏的人，更容易获得成功的青睐！

脱颖而出的黑马

被称为日本"经营之圣"的稻盛和夫曾经说过："各行各业所谓的名人、高手，他们在达到这个境界之前，无不踏实努力、孜孜以求。"万方圆敏锐地嗅到了签证加急行业的商机，经过一段时间的努力，他在签证加急业务上取得了一点成绩以后，并没有沾沾自喜，而是把所有的精力都投入到这件事情中去。

多年的摸爬滚打，万方圆做过不同的工作，他渐渐明白了一个道理：任何行业，都存在着"28定律"，社会上20%的人占有80%的社会财富。10个人进入同一个行业，其中只有2个人赚钱，8个人持平或者是亏本。要想在签证加急行业做出名堂来，那就要跻身20%之列，甚至要做TOP1。要想战胜竞争对手，让客户优先选择自己做业务，那就要在服务质量上表现出差异化。

要想提高服务质量，那就要针对客户的需求下功夫。客户做签证加急业务，他的需求就是一个字"快"。万方圆想尽办法，缩短加急业务所需要的时间。

比如，同行2—4天才能办理好的业务，自己1天就要让客户拿到签证，最大程度地满足客户的需求，付出的业务成本可能就要比同行高，但是万方圆觉得，在积累客户资源提高客户黏性阶段，这样做是值得的。

当然，万方圆不会为了单纯地追求"快"，而忽略了"稳"。"稳"是成功者的一大制胜法宝，他们在做事时，宁可选择忙中求稳，也不愿意急中出错。牢牢守住一个"稳"字，脚踏实地，才能一步一步地获取成功。相反，那些做事急躁冒进的人，则容易失败。因为"急"会使一个人失去理智和清醒，做不出正确的决策。如果能稳扎稳打，对进退缓急做到心中有数，那才能避免出现一些意料不到的问题。

客户的口碑，是最无敌的广告。在前期阶段，为了实现"又快又稳"的目标，很多时候万方圆不赚钱，甚至还要赔钱。但是，无论做什么事情，都要高瞻远瞩，眼睛不能只盯着眼前的利益。就如企业推销产品要花广告费，为了赢得客户的口碑，也需要付出一定的成本。万方圆坚信，自己得到的肯定比付出的成本更有价值！

很快，万方圆签证加急业务，"又快又稳"地逐步推进，赢得了较好的客户口碑。新客户源源不断地找上门来，万方圆一个人忙不过来，他招兵买马成立了自己的团队，形成了签证服务品牌。品牌就是价值，这时候，很多客户宁可出更高的价钱，也要找万方圆做业务，他随即提高了自己的业务价格。完成了客户资源积累和客户口碑积累之后，前期的付出和投资，都得到了最大的回报。

万方圆用了三年的时间，成为江西省"最快、最稳、最贵"的签证服务品牌。他成为业内脱颖而出的一匹黑马，积累了一定的财富，取得了人生中的第一次成功！

买了人生第一辆车

有人说，无论富有还是贫穷，每个男人都有一个关于汽车的梦想。万方圆也不例外，他从小就有个汽车梦。

万方圆5岁那年，小伙伴过生日，得到了一辆玩具汽车。那是一辆蓝色电动小汽车，精致的小车门可以打开、合上，按下开关，小汽车就可以跑出去很远，遥控可以指挥它自己跑回来。

万方圆央求小伙伴让自己玩会儿，可是小伙伴根本不让他碰小汽车。小汽车跑到了万方圆的脚下，他忍不住拿起来想玩一小会儿，结果小伙伴却像杀猪一样哭嚎起来，说万方圆抢他的小汽车。小伙伴的父母闻声过来训斥万方圆不懂事，他委屈地跑回家，央求母亲也给自己买一辆玩具车。结果他被母亲数落了一顿，家里的日子过得紧紧巴巴，哪里有钱买玩具车呢？拥有一辆蓝色的玩具车，曾经是他童年时期最大的愿望。

四处打工那些年，他不止一次暗暗地发誓："等我赚了钱，一定要买辆属于自己的车！"那时候他赚钱不多，要寄回家补贴家用，要租房吃饭，买车是一个遥不可及的梦想。但是，这并不影响他对汽车的热爱，他平时上网的时候，喜欢逛汽车论坛，了解汽车的品牌、性能以及构造。他喜欢坐在街头，看着川流不息的车流，汽车一晃而过的瞬间，他能根据车标和车的外部形状，准确地说出车的品牌型号、功能配置等信息。他坚信，自己早晚都会拥有属于自己的汽车。

万方圆就如一个跋涉者，凭着敏锐的觉察力和卓越的执行力，精准地找到了宝藏的位置，并且成功地挖掘到人生第一桶金。他终于有了足够的经济条件，实现多年的汽车梦。

很多人买自己人生中第一辆车时，往往是一头雾水不知道如何下手。但是万方圆凭着对汽车的了解，结合自己的情况，很快就锁定目标，买了一辆蓝色的雪佛兰乐丰。

那一年，万方圆才20岁，这个年龄的男孩子，很多人还在读书，或者四处打工，他们还离不开父母的供养和呵护。万方圆却在摸爬滚打中，完成了人生第一次财富积累，少年得志，靠着自己的拼搏，梦想照进了现实。

办完提车手续，万方圆坐在车里，新车内部皮料的气味扑面而来，握着簇新的方向盘，一时间百感交集。他调整座椅，系上安全带，转动车钥匙，车子缓缓启动，稳稳地往前行驶。窗外的街景快速地后移，万方圆觉得自己的人生，从此翻开了崭新的一页。

万方圆买了车，工作生活上都方便了很多。他还特意开车回了趟家，想让父母看看他买的新车，让他们高兴高兴。当他把崭新的汽车停在家门口时，父亲围着汽车上上下下地打量，随后拍了拍儿子的肩膀，他没有说话，眼神却亮起了光，满满的都是对儿子的赞许和鼓励。母亲小心地抚摸着汽车的后视镜，责怪他乱花钱，叮嘱他开车一定要注意安全。万方圆不耐烦地打断了母亲的话："知道了，上车，我拉着你们去兜风！"

到底是年轻，万方圆并没有把母亲的叮咛听进去，反而喜欢开快车，在风驰电掣间，享受速度和激情带来的刺激。开车无畏惧就容易出事儿，万方圆第一辆车开了十个月，就出了一场车祸。

人总是经历了一些事情之后，才会明白一些道理。那场车祸，万方圆人生中第一辆车报废了，但是他的心态却因此成熟沉稳了很多。

之前的他初生牛犊不怕虎，勇闯天下无所畏惧，车祸过后，他认识到生命的脆弱和宝贵，明白了只有珍爱生命，人生才有一切可能。他对责任也有了更深刻的理解，车上任何一个朋友如果出了事，那他身后的家庭就会因此陷入无法弥补的巨大悲恸，那自己终其一生也无法摆脱负疚感。人在社会从来都不是独立的个体，一言一行随时都可能影响到别人。一个人首先要对自己负责，才能对他人负责，对社会负责。

车祸以后，万方圆买了辆东风本田思域。随着业务越做越好，他又买了辆奥迪 A5。23 岁那年他买了辆路虎，隔年还买了辆商务车。万方圆买车，除了喜欢车，更多的是为了满足事业发展的需要。

汽车对于男人来说，不仅仅是交通工具，更是身份的象征。20 岁出头的万方圆，就实现了自己的汽车梦，获得了很多人奋斗一生也无法企及的成功。

10套房子和3家公司

人在年轻时就要有冲劲儿，要勇于闯荡敢折腾。如果万方圆是个安于现状的人，那他做签证加急积累的财富，足以让他衣食无忧地过一生了。但是，对于他来说，那样一眼就能望到头的安逸生活，有什么意思呢？人生的乐趣，就是在不断的折腾中寻找更多的机遇，赚更多的钱做更多有意义的事情。

人们实现了经济自由以后，最先做的事情往往就是买车买房，万方圆也不例外。他买了第一辆车之后，就买了一套房子。如果说，买车是为了实现速度和激情的梦想，他买第一套房子时，则是为了在不断折腾的人生中，获得一方安稳的归宿。在他四处打工颠沛流离的日子里，住过工地上四处漏风的窝棚，租过狭小暗无天日的地下室，还常常因为没钱付房租，被房东赶着搬家。那时候他居无定所，行囊就是个简单的大袋子，随时都可能背上全部家当，重新寻找晚上睡觉的地方。

万方圆买了第一套房子，拿到鲜红的房本，他感觉自己漂泊多年以后，终于在繁华城市扎了根。以前他只是漂浮在城市的过客，买了房子，自己才真正融入了城市的万家灯火，这让他拥有了一种无法言说的底气和自豪。

22岁那年，万方圆一口气又买了两套房子。他从来没有忘记，当年辍学时暗暗下定的决心，自己要赚很多的钱，让家人过上好日子。当他有了足够的经济能力时，他首先想到的就是让父母和姐姐住上宽敞明亮的新房子。他精心挑选了宜居小区买了房，装修好，催着父母和姐姐搬进去。乔迁那天，喜庆的鞭炮声中，父母笑得嘴角差点都咧到了耳朵根。那一刻，万方圆觉得，自己多年的奔波和拼搏，有了最实在和最本真的意义。

万方圆买了住宅房以后，又在国际金融中心买了商铺做投资。当很多人忙于低头赚钱的时候，聪明的人已经开始做投资了。投资的方式多种多样，商铺投资是一种非常受重视的投资。有人说"一铺养三代"，很多人因为买了商铺，随着铺面不断升值，租金不断上涨，改变命运过上了惬意的收租生活。万方圆以卓有远见的眼光，前前后后一共买了10套房子，坐拥让人艳羡的固定资产。

人随着时间和环境的改变，往往会调整自己的目标和梦想。万方圆认为，男人生来就是要通过不断的拼搏和奋斗，来实现自身的价值。他实现了相对的财务自由以后，就跃跃欲试地开启了创业梦。他开过酒店，先后开了三家公司，只不过因为种种原因，最后都以倒闭收场。

年轻最大的资本就是经得起失败，也敢于面对一切困难。年轻人没有真正的失败，所有的绊脚石终将成为垫脚石来提升自己的人生高度。所有的挫折都是坚韧和成熟的催化剂，让自己更加稳健地前行，从而最终拥有匹配成功的能力！

青春因磨砺而出彩，人生因奋斗而升华。青春就是年少有为，就是在不顾一切的拼搏中有所收获，让年轻的生命散发出耀眼的光芒。

第三章
开创品牌

人生不是一场物质的盛宴，而是在于灵魂的修炼。一个有思想有实力的人，即使拥有了丰富的物质生活，也不会放弃创造自我价值。真正有品质的人生，就是找到自己的价值所在，不畏挫折艰难，义无反顾砥砺前行。

捕捉到酱料行业的新商机

一个人要想得到良好的发展，首先要对自己有个清晰的定位。立足自身，在优势领域精耕细作，发挥自己的专长更容易创造价值。

万方圆淘到了人生第一桶金以后，近乎野蛮消费，把以前想得到的东西都感受了一遍。买车买房实现了物质生活的充足和富裕，他想做点体现人生价值的事情，结果频繁开公司却快速倒闭。失败并没有让他一蹶不振，而是让他冷静下来，反思失败的原因，思考如何规避风险，打造出属于自己的品牌。

经过一番探索和考量，万方圆决定发展餐饮行业。民以食为天，吃饭是中国人最大的民生，餐饮因此成为经久不衰的行业。而且，万方圆从小就对做饭很感兴趣。四处打工颠沛流离时，做一顿美味的饭菜，或是下馆子饱餐一顿，都是对自己最好的犒劳和安慰。从自己感兴趣并且擅长的领域入手，创业的道路相对来说会容易一些。

餐饮市场从来不缺少美食，但是随着消费者要求的提高，传统的美食项目逐渐失去了发展的动力。要想在餐饮市场打拼出一席之地，就要选择一个与众不同的项目，那样更容易脱颖而出。

万方圆做了一番市场调查，打算从江西传统小吃米粉和瓦罐汤入手，开始自己的餐饮事业。对于地地道道的江西人来说，万方圆深知酱料对于拌米粉的重要性，米粉的味道要想出色，酱料配方是关键。

万方圆在考察研制酱料的时候，却意外发现了酱料市场的新商机。他发现小小的酱料，竟然坐拥几百亿元的大市场。除去"老干妈"凭借极强的供应链、高性价比和稳定的品质，圈了45亿元的市场以外，其他各种大大小小的地方性品牌，分享着剩下的大部分市场。随着林依伦、黄磊等名人纷纷涉足辣酱业，他们强大的带货能力，打破了酱料市场的平衡，也增加了市场重新洗牌的可能性。如果品牌能找到独特的定位，避开同质化竞争，挤进酱料市场不是问题。

万方圆在蓬勃发展的酱料行业发现了商机，但是他也意识到，要想打造出属于自己的酱料品牌，在找准定位，精准施策的同时，还要基于消费者的感知和价值体验，立足长远，做好推广和品质输出。反之，如果仅仅是抱着投机心态，则很难获得酱料市场带来的红利。

此时，在创业道路上经过捶打的万方圆，已经摆脱了当初的狂热和鲁莽。越折腾越成功，不努力就会死，依然是他的人生宗旨。但是，经过失败和挫折的磨练，他就如一粒经过风沙磨砺的顽石，渐渐蜕变成通透温润的璞玉。在创业的道路上，他根据自己在失败中积累的经验，理智而沉稳地迈出了新的步伐。

拜师学习传统酿造工艺

消费者的味蕾是有记忆的，一款产品能不能打动他们，是检验其能否立足市场的根本。万方圆打造个人品牌酱料的第一步，就是要研制出能征服消费者味蕾的酱料。

《舌尖上的中国》导演陈晓卿曾对"酱"有过一番精彩的论述："一般来说，酱被认为是中国人的发明，成汤作醢到今天应该有几千年历史，国人对酱的依赖已经成为民族性格的一部分。"自古以来，中国人认为酱料能把一切珍贵食材的美味发挥出来。中式酱料种类繁多，豆酱、肉酱、甜面酱等种类十分丰富，每一种都蕴含着特殊的色、香、味，是人们日常生活中不可或缺的调味品。

万方圆认为，酱料既然是传统的佐餐食品，那自己将来打造的品牌酱料，就一定要具备传统的酱料风味。在他的记忆中，奶奶就是做酱料腌咸菜的高手。奶奶做的大豆酱，味道醇厚绵香，制作工艺特别复杂。奶奶把新收的黄豆炒熟磨碎，经过一定时间的发酵，晾晒成一种红褐色的调味料。豆酱做好以后，无论是当作烹饪食物时的佐料，还是加入辣椒、蒜瓣以及葱段下油锅翻炒当作单餐，浓郁的味道都让人垂涎欲滴。

辣椒成熟的季节，奶奶都要做辣酱。鲜红的辣椒洗净，晾干，剁碎，装在坛子中，奶奶用布满皱纹的手拿着勺子，盛来盐、糖、醋等各种调料放入碎辣椒中，一盛一放，看似随意，其实她手下自有分寸。配料和原料有严格的比例，稍有偏差，味道就相差千里。奶奶的辣椒和配料从来不用称量，做出来却永远是那种鲜香绵长的味道。

奶奶做酱菜的手艺，是跟着她母亲学来的，经过了70余年的传承，蕴含着悠长时光的味道。万方圆决定先把奶奶的酱菜手艺学到手，详细了解做酱菜的基本工艺流程。

万方圆特意买了奶奶喜欢吃的点心，驾车回老家探望奶奶。奶奶听说孙子要做酱卖酱，惊讶得差点把刚吃进嘴里的点心喷了出来："啥？你要卖酱？我做酱菜，就是让咱家里人吃的。"

万方圆给奶奶捶着背说道："现在大家对传统的、私家秘制的口味都特别感兴趣，酱菜只要味道好就能卖出去，就有市场。"

奶奶听不懂孙子讲的大道理，但是孙子要做的事情，她肯定要不遗余力地去支持。她把自己做酱菜的流程和窍门，手把手地教给了万方圆。

万方圆做出来的酱料，要推向广阔的市场，他将来面对的是遍布全国各地的消费群体。奶奶的秘制酱料虽然美味，但是众口难调，他要针对不同消费人群研制出不同口味的酱料，就要探寻不同的做酱方法。

高手在民间，把"老干妈"做成全球产品的陶碧华，就是农村妇女出身，刚开始就是在路边摆摊卖辣椒酱，凭着不服输的劲头，一步一步打造了自己的"老干妈"帝国。不可否认的是，做酱不需要"高科技"，但是能做出独特口味酱料的人，肯定都有自己的核心配方和技术。那些秘方和工艺，是做酱者在长期的实践中摸索探究出来的，是经过家族中一代一代人传承下来的。经得起时光检验的东西，都具有一定的价值，做酱秘方自然也不例外。

万方圆在民间遍访做酱师傅，先后跟着全国30多位民间酱人，学习酱料配方。他从小饭馆到大酒店，试吃了几百种辣酱。品尝到口味比较独特的辣酱，他就想尽一切办法找到制酱师傅拜师学艺。

万方圆拜师极其虔诚，遇到做酱者愿意倾囊相授，他总是毕恭毕敬地呈上心意或者礼物，以表谢意。遇到不容易沟通的人，万方圆也能理解："人家辛苦琢磨出来的配方，愿意分享是仁义，不愿意外传也在情理之中。"

但是，万方圆是个不达到目的不罢休的人。他拜师学艺的宗旨是"不给就买，不卖就求"，只要他能看上的配方，想尽方法也要拿到手。有一次，他在朋友家品尝到一种酱料，味道特别好，他像得到了宝贝一样惊喜地问朋友："这个辣酱是谁做的？"

"我阿姨做的，她做的辣酱，吃过的人都说好吃！"朋友得意地答道。

万方圆立刻拉着朋友说："走，带我去找阿姨，我要跟着阿姨学做辣酱！"

朋友有些为难地说："阿姨平时也做辣酱卖辣酱，她应该不会把配方给别人，教会徒弟饿死师傅，这道理谁都懂啊！"

万方圆跟朋友说尽了好话，朋友才答应带他去拜会阿姨碰碰运气。

他带着大包小包的礼物在朋友的带领下去到了阿姨家。阿姨热情地招待了他们，但是，当万方圆提出想学习做辣酱时，她怔了一下，勉强笑着说："也没啥秘方，我就是瞎做的！"

万方圆恳求道："请阿姨教我做酱，我愿意付学费，您开个价！"

阿姨脸色有点不好看了："我只卖辣酱，不卖配方！"

万方圆说尽了好话，阿姨就是不肯传授做辣酱的手艺。朋友见聊不出什么结果，就打圆场说："阿姨挺忙的，咱不打扰她了，走吧！"

万方圆从阿姨家离开以后，并没有气馁，而是第二天又提着大包小包的礼物登门去讨教。阿姨远远地看到他走过来，干脆闪身回屋关上了门。他在门口等了好几个小时，阿姨也没有开门。没办法，他把礼物放在门口离开了。

第三天，万方圆如法炮制，早早地提着礼物又守在阿姨门口。这一次，阿姨打开门："小伙子，进来坐吧！我算看出来了，你是个做大事的人，也真心喜欢做辣酱。"万方圆激动得不知道说什么好，他凭着自己的诚心，终于拿到了阿姨的辣酱配方。

万方圆在民间搜集的酱料配方，每个都非常精细，有些核心做法，没有十几年的研究是做不出来的。他把秘方整合起来，取其精华去其糟粕，经过反复摸索探究，融入了自己的想法，用了半年的时间，终于做出了"万方圆酱"。

真正决定一个人成败的，不是天分，也不是运气，而是做事的态度。万事只怕有心人，无论做什么事情，只要把心思用到了极致，成功往往就是水到渠成！

锁定目标消费群体

精准选择细分市场，是市场激烈竞争环境下营销成败的关键所在。万方圆认为，酱料要在市场上占有一席之地，就必须摒弃传统的宏观营销模式，进行市场细分，做更深层次的微观精准营销。

精准营销的第一步，就是要定位目标消费群体。万方圆用互联网思维做品牌，准确地说就是运营年轻消费群体。他要把传统的酱料，推销给年轻的上班族。他在研发的过程中，针对传统的制作工艺进行了改良，提高了酱料的口味和品质。

万方圆为了精准地把握年轻消费群体对酱料的口味要求，做出了一个大胆的决定。制作 1 万瓶酱，免费邮寄给 30 个城市的朋友试吃品尝。

团队的员工跟万方圆算成本账："这不是烧钱吗？还没开始赚钱，这么多钱就砸进去了？"

他耐心地跟员工解释："满足消费者需求的产品，才能推向市场接受检验。要想满足消费者的需求，我们先要弄明白消费者的需求是什么！推出免费试吃酱看起来是赔钱，但是可以避免我们走弯路！"

万方圆每次给朋友邮寄免费试吃酱，都会附上调查问卷，询问他们口味是否喜欢、辣度是否合适以及是否有宝贵建议等问题。然后根据调查问卷，有针对性地调试酱料口味。

他对员工要求非常苛刻，他说："酱是一种化学反应，把很多种食材加在一起，变成一个另外的产品。配方比例要恰到好处，多一克都不行，都会导致整个产品的口感偏差。"

万方圆潜心研发产品的同时，也严格地完善了工业链。食品的工业链非常复杂，哪个环境出现问题都可能功亏一篑。他购买食材非常挑剔，因为最好的原材料，才可能打造出最好的产品。他本着"健康饮食、以人为本"的理念，深入原产地用心甄选顶级食材，决心打造健康、良心的酱料品牌。

他精挑细选买回来的原材料，要求员工必须进行手工分拣，把分拣出来的原材料按照严格的比例配制，清洗、捣碎、炒制、罐装、冷却，随后还要经过金属检测、成品检验、检验报告、入库等诸多环节。

从购买食材到检验合格入库，一瓶辣酱需要经过十大环节50多道工序。原材料下锅顺序、火候，都会对口味产生影响。炒制酱料的关键环节，需要18道工序，有的酱料需要冷热锅交替使用，有的则要热锅一直翻炒。万方圆对每一道工序都严格把关，倾注了极大的心血。五百平方米的工作间，架着几个大锅，灶火十几个小时没有停歇过，每天生产200—400瓶酱。

2014年9月，万方圆经过100多次口味调试，9款成型产品上线推向市场。"万方圆酱"的主打经典口味，在传统口味的基础上，打造了自己的特色。口味以南方人口味为主，结合南昌的城市特点，比如用鄱阳湖的草鱼制成的香辣鱼酱和原味酒糟鱼酱。万方圆将近四个亿的年轻白领确定为目标客群，在传统口味上，研发了年轻人喜欢的个性口味。比如牛肉酱，不仅有传统的麻辣、香菇味，还研发了芥末等新潮口味。

做事先做人，用良心做品牌，稳扎稳打脚踏实地去运营，才能成就品牌。用匠心做有温度的产品，才更容易打动消费者，企业才能得到良好的发展！

上线淘宝店一炮走红

做足了充分的准备，才更容易达到预期目标。万方圆在潜心研发产品的同时，也在紧锣密鼓地为产品营销做准备。万方圆的目标消费群体是年轻人，他就要打开线上销售渠道。

万方圆第一个目标，就是让产品上线淘宝店。他和大多数年轻人一样，常常在网上买东西。但是，网上开店对他来说是一个全新的尝试。没有人一开始就精通淘宝，他通过各种渠道研究学习开网店的方法和技巧。

传授淘宝理论的课程很多，介绍淘宝经验的文章也不少，但往往都是纸上谈兵。万方圆独辟蹊径，观察研究淘宝优秀头部卖家的成功经验，融入自己的思想，琢磨出一套稳妥有效的线上销售方案。

2014年12月，"万方圆酱"正式上线淘宝店铺售卖，主打经典牛肉酱，还有豆豉酱、螺蛳酱、肉丁酱、银鱼酱、香辣酱等可供选择。产品上线第一天，万方圆紧张地坐在电脑前，看到不断有买家下单，他提着的心渐渐放了下来。上线第一天就卖了6000元，淘宝搜索关键词升到第三位。

产品上线淘宝一炮走红，万方圆和团队制作了一组九宫格图片，在朋友圈大力推广。以前寄往全国各地1万瓶试吃酱所积累的粉丝，这时候彰显了强大的宣传力量，大家纷纷转发万方圆的朋友圈，淘宝店订单纷至沓来。上线淘宝店第一个月，销售约5000瓶酱，这给万方圆的团队带来了极大的鼓舞。

初战告捷，万方圆花费了很大的精力，尝试打开更多的营销渠道。他研究各类网络营销模式，对于一些新出现的营销渠道，他也勇于关注和尝试。

万方圆对于销售渠道，有自己的理解和规划。他认为，商家要想取得销售成功，就要做好品牌社群体系的搭建，借助各种手段拥有客户流量池。商家通过好的产品和服务，让客户产生品牌好感。客户在消费中产生信任，商家就可以形成品牌影响力。

他认为，社群运营体系的核心就在于沟通和分享，让客户与商家之间零距离感知，这样才能提升客户的黏性。商家借助社群打造精准的社交，转变交易模式，结合线上线下融合去提升商品销量，从而实现闭环营销。

万方圆将粉丝称为"酱友"，精心运营"酱社群"。他定期举办一些线下导流沙龙活动，提高品牌影响力。比如，他通过举行聚会，把"酱友"聚集在一起，让大家用酱料做菜。在烹饪美食的过程中，拉近彼此的距离，加深对美味酱料的印象。还能通过"酱友"朋友圈分享聚会图片，对品牌进行推广和宣传。

　　"万方圆·帮你找对象"的沙龙活动，深得"酱友"推崇和喜爱。大龄青年找对象难，是困扰很多家庭的问题。万方圆敏锐地抓住了这个"社会痛点"，以"酱"为媒，把年轻人聚在一起。通过各种有趣的活动和环节，把对彼此有好感的男孩女孩撮合在一起。要是能有情人终成眷属，他们的人生大事得到解决，那么万方圆颇有成就感。同时，也有利于提高"万方圆酱"的品牌知名度。

　　除了淘宝店、微信等线上销售渠道，万方圆在南昌开了线下体验店。在他的规划版图上，他希望"万方圆酱"直营体验店未来能覆盖国内每个城市。

　　万方圆打开销售渠道的同时，还根据客户需求，对产品进行升级。他根据白领上班族的用户特点，推出了15g小包装的便捷系列。随后又推出了500g的超级系列，价格为38元、89元不等，这个系列在线上渠道卖得特别火爆。

　　万方圆丰富的工作经历，积累了广阔的人脉资源。比如，他做旅游签证时，与各个旅行社都有过业务合作，积累了人脉。"万方圆酱"推出便携系列，方便和旅行社进行合作。便携系列主要和B端企业合作得比较多，除了旅行社还有快餐店等，销售效果也很不错。

　　运筹帷幄，决胜千里。不到一年的时间，"万方圆酱"在酱料市场就崭露头角，成了格子间白领备受追捧的调味品。在南昌这座城市，万方圆的品牌酱更是小有名气。在他拼尽全力的努力之后，获得了让人羡慕的成功。

新媒体大赛获得种子轮融资

　　心有多大，舞台就有多大。万方圆开始做酱料时，心里就有了创业规划和梦想。他的目标，远远不是每个月卖几千瓶酱，他要把"万方圆酱"做成一个深入人心的大品牌。他用心经营品牌的同时，一直在寻求更好的发展机会。

2015 年 3 月，"中国自媒体创业大赛"面向全国征集优质自媒体创业项目，在创业群体中引起广泛关注。大赛的宗旨，就是在全国范围内挖掘垂直细分的优质自媒体创业项目，助力自媒体创业者成长、成功，助力自媒体行业的发展。

万方圆敏锐地意识到，这是一个不可多得的好机会。所谓的自媒体创业，从广义上可以理解为通过互联网把产品信息推广出去，从而达到销售的目的。"万方圆酱"的线上销售运营模式，也属于自媒体创业的范畴。只要能参加大赛，就有推广宣传品牌的机会。更重要的是，如果经过努力脱颖而出拿到奖项，得到投资人的青睐获得融资，就可以助力"万方圆酱"得到更好的发展。

作为全国性的自媒体创业大赛，当然有一定的参赛门槛。大赛组委会要求参赛者报名时，需要提供一份自媒体创业项目计划书。万方圆早就做过缜密的规划，写计划书对于他来说，只不过是用文字把自己的创业规划呈现出来而已。他有足够的信心，自己能凭着商业计划书拿到大赛的入场券。

大赛组委会在海选阶段，一共收到来自全国各地 200 多份自媒体创业项目商业计划书。万方圆顺利通过海选，接到了大赛组委会的参赛邀请。

万方圆参加大赛以后，认识了很多来自全国各地的自媒体创业朋友。他之前用互联网思维创业，是自己在摸索琢磨单打独斗，这次近距离接触自媒体创业新贵，听他们分享自媒体创业心得，拓宽了他的创业思维，让他对自媒体创业有了更深刻的理解。

更让万方圆欣喜的是，他在大赛中结识了中国青年天使会会长麦刚、中大联合创投创始人舒纪铭等知名互联网领域的天使投资人。投资人从投资的角度，剖析自媒体的投资逻辑，解构自媒体商业模式，这让万方圆站在更高的视角，更加全面地了解自媒体创业这个领域。

大赛历时三个月，经过了创业拓展营、线上投票和创业项目实地走访等环节，到了最后的决赛阶段。万方圆凭着自身的实力和不服输的劲头，从200人中脱颖而出挤进了前三，获得了"最受投资人青睐奖"。

在大赛获奖者的融资路演环节，万方圆的表现也很出色。他根据自己对酱料市场的研究探索以及自己的创业规划和经验，踌躇满志侃侃而谈，赢得了投资人的肯定和赞许。

万方圆在路演中提到了当前酱料市场存在的问题，他认为：整个市场一家独大，酱料品类势能缺失；酱料口味、包装陈旧不变；整个市场缺少互动和社交，和年轻一代消费群体沟通失联；没有成长出一个能真正代表80后、90后的品牌；食品添加剂使用很严重，酱料"不健康"的刻板印象难以改善。

目标用户的痛点和需求中蕴含着无限的商机。创业者创业的过程，就是解决消费者痛点和需求的过程。万方圆根据自己对酱料市场的认知，踌躇满志地跟投资人畅谈自己的创业动机和规划："我们发现，目前中国有近一半的人能吃辣，且人数呈上升趋势，酱料市场具有很大潜力。但是这个行业的竞争格局和市场规模并不匹配，除了老干妈，以及全品类的调味品品牌外，几乎没有其他辣酱品牌能被消费者快速识别。老一辈消费者的消费习惯已经十分稳固，他们的需求已经基本不会增长，抓住年轻人就等于抓住了关键，除了酱料的口味和品质，更重要的是好玩、有社交属性。"

万方圆在路演中还提到，随着"天然、营养、健康"成为餐饮热门词汇，酱料重盐重辣、使用防腐剂的刻板印象还有待改观。怎样说服年轻人酱料是健康的，或许将成为下一个突破口。他致力于把"万方圆酱"打造成一个年轻的创业品牌，这需要有过硬的产品质量，懂得年轻人的诉求，也懂得如何用互联网思维运营用户、玩转餐饮，填充80后、90后心中新潮酱料代表品牌的空白。

万方圆精彩的现场融资路演结束后，得到了投资人的好评，获得了中大联合和龙翌资本的种子轮融资。对于创业者来说，融资成功得到资本的支持，意味着项目会更快更稳地迈入良性发展的轨道。

成功不在于力气有多大，关键是看野心有多大。野心是人奋发向上的动力，它会促使人们坚定信念，为了达到目标而拼尽全力！

北上谋求新发展

创业者的眼界和格局，决定着他事业的高度。自媒体创业大赛，为万方圆打开了一个链接资源的窗户。他构建的宏大的创业梦想，单靠自己的力量是无法实现的。他需要一个更好的创业环境，助力他把"万方圆酱"推向更广阔的市场。

经过了前期的调查和探究，以及后来的摸爬滚打，万方圆对酱料市场有着清晰客观的认知。拥有可观市场体量的酱料领域，为什么进来的玩家却并不多？因为做酱料需要雄厚的资金实力，超市的进场费、线上推广流量费都很高。尤其是有宏大愿景的创业者，又想做品牌又想做工厂，推广品牌要烧钱，工厂管理起来也特别复杂，每一个环节都在考验创业者的耐力和韧性。万方圆迫切地需要人脉和资本的支持，帮助自己一步一步实现自己的创业梦想。

万方圆经过深思熟虑，产生了去北京发展的想法。相比于南昌，北京经济市场化程度更高，市场秩序更为公平，拥有更加成熟的商业合作环境。北京资本和金融业更为便捷和发达，人力资源更为丰富。北京作为全国经济最发达的城市，消费水平最高，辐射能力最强，是创业者的沃土。很多企业面临扩张发展，或者有融资需求时，都倾向于将总部搬迁至北京。

万方圆跟团队成员提出了北上的想法后，团队发出了两种不同的声音。有人摩拳擦掌，跃跃欲试要去北京大干一番。有人则认为，"万方圆酱"好不容易在南昌闯出了一点名堂，到了北京，一切就得从头开始。从南昌去北京创业，就如一条小虾米要去大海冲风破浪，谁也无法料到会遇到什么样的困难和挫折。

父母和家人也苦口婆心，劝万方圆踏实安稳一些，母亲说："我从来没想过，咱家能过上现在的日子。你有好几套大房子，有汽车，有厂子，好好做酱不行吗？到了北京，咱可是两眼一抹黑，你折腾个啥啊……唉！"

知子莫若母，母亲知道儿子是个一心想做大事的人，他一旦做了决定，没有人能说服他改变主意。母亲只是担心儿子去了北京会受苦，忍不住唠叨几句。

没有人能改变万方圆北上的决心，他说："无论是资源、资金还是人脉，北京都是不二之选！"他在创业前期专注于产品研发，如今产品已经成熟，面临的就是渠道和品牌推广。他决心要让品牌得到茁壮成长，在酱料市场博得一席之地。他认为北上发展，会让自己更快地实现创业梦想。

有了目标就要行动，否则再好的梦想都是空想。经过一番筹备，万方圆在北京的公司正式成立了。他知道创业的路充满了困顿和艰辛，但是他坚信，只要拼尽全力往前闯，就一定能拼出一方新天地。

机遇更青睐那些勇敢的人，创业就需要一股勇往直前的拼劲。认准了要做的事情，那就不遗余力去努力。成功了，那是努力过后的水到渠成。即使结果不尽如人意，只要没有辜负自己，便虽败犹荣！

推出"今日现做"品牌

创业的过程，就是不断尝试和突破的过程。万方圆在北京积极融资寻求合伙人的同时，也着手对"万方圆酱"进行量产的升级。

万方圆在南昌的工厂是手工作坊，无法完成大批量的生产。建立自己的酱料生产工厂，各方面条件又不成熟。所以，他选择了找代工厂合作。产品由工厂生产，运往南昌物流仓库存储，再按订单统一发货。

万方圆说："了解这个行业你才会知道，酱是属于微生物，易产生细菌，必须通过国家的专项卫生标准，而手工酱是没有保证的。"

万方圆用3个月的时间，考察了国内30多家代工厂，希望能找到一家现代化程度高、生产操作透明、可随时参观的工厂。最终，他选定了山东的一家工厂，这家工厂是帮海底捞、呷哺呷哺制作酱料的，拥有国家食品安全SC认证，符合他对代工厂的所有要求。

然而，因为"万方圆酱"的产量相对较小，如何说服厂家答应合作成了关键。他隔三差五就往工厂跑，一待就是半个月。他和老板谈"万方圆酱"的研发历程、未来规划，谈自己的创业梦想。老板最终被万方圆执着的精神和创业激情打动，最终答应了合作。

至此，"万方圆酱"完成产品量产和安全保障的升级。产品由工厂生产，运往南昌物流仓库存储，再按订单统一发货。经历了手工作坊到代工厂的转型，"万方圆酱"年销售额突破100万元。

万方圆为了扩大品牌的影响力，摸索探求新的发展路径。2016年9月，继"万方圆酱"之后，万方圆又推出了"今日现做"品牌。"今日现做"的首款产品，万方圆从熟悉的产品入手，做又好吃又安全的牛肉酱。

"今日现做"更像个平台，采取C2B模式，商家接到客户的订单，再采购食材，联系工厂生产包装，通过第三方物流把产品送到顾客手中。

万方圆在消费者反馈中发现，很多人希望把"酱"当作"菜"来吃。比如吃牛肉酱，大家希望一筷子夹下去，就会夹到牛肉，像吃"菜"一样吃"酱"。当然，还有一个前提就是，牛肉酱要既好吃又安全。用大块牛肉现做牛肉酱，并且及时送到消费者手里，这就是万方圆运营"今日现做"品牌的初衷和目标。

味道好还不能添加食品添加剂，这是个比较难解决的问题。这就要在牛肉酱做好之后，保证牛肉新鲜的同时第一时间把酱送到消费者手里。

"今日现做"的牛肉酱，选用澳洲黄牛的腱子肉为原料，最大的牛肉块与7号电池一样大。因为肉块太大，机器切割达不到要求，所以切割、灌注都交由人工完成。牛肉中加入辣椒、香菇、花生等辅料，不加味精、防腐剂。牛肉酱味道对于重口味的人来说可能淡了一些，但是却有效地改善了人们对于酱料多盐、有添加剂等不健康食品的刻板印象，融入了"健康饮食"的社会潮流。

平台接到客户的订单后，采购原料，联系工厂生产包装，72小时内用京东物流送至顾客手中。

"今日现做"推出一个月后，主打产品"大大大块"牛肉酱上线京东众筹，至2016年11月9日共筹得211847元。众筹是预订制，万方圆打出了"72小时牛肉酱"的旗号。但众筹结束后，有顾客表示，他们想随时都能买到牛肉酱。为了满足消费者的需求，万方圆尝试了定量生产。但是，他很快就发现，定量生产以后，牛肉酱的时效性达不到要求。走了很多弯路之后，他明白，订单体量上不去，就没办法生产。

遇到问题就解决问题，随后，万方圆一直在调整策略。2017年2月之后，"今日现做"仍实行预订制，采用月卡的形式售卖牛肉酱。他说："我们能保证牛肉酱是当天现做的，只是加上物流配送需要72小时。"

追求品质，势必就会提高成本。为了让牛肉酱更快地送到顾客手中，平台选择了京东物流，物流方面的成本就增加了2.5倍。成本价位高，而且还要把零售价控制在低于行业水平的50%。每瓶"大大大块"牛肉酱售价为15元和19.9元范围内，让利消费者，平台的利润空间非常有限。

万方圆在保证产品品质的前提下，尽量降低成本。大规模、百万级的采购；短渠道销售，没有中间商，直供给销售者和代理商。

"今日现做"在万方圆的苦心经营下，跌跌撞撞地往前发展。在这个过程中，万方圆感觉到了前所未有的压力。融资筹钱，研制产品，他整个人一直处在一个高度警惕的状态，随时做好准备应对可能出现的突发问题。

　　但是，放弃安逸富足的生活，选择布满荆棘的创业之路，万方圆从来没有后悔过。成功了是事业，失败了是历练，重要的是在这个过程中，他体会到了奋斗的意义。

　　所谓创业，就是不断试错的过程。试错就意味着要承受挫折和困顿，一个人只有经得住困境的历练，才能变得更强大，才有足够的实力承担更大的重任。

第四章
千万"负翁"

创业是一件非常残酷的事情。据统计，第一次创业能撑过一年的只有20%，两年以上的不到10%，而最终只有1%的人能成功。然而，创业不以成败论英雄，得到丰厚的金钱回报获得成功固然值得骄傲，历经磨砺在失败中成长，也未尝不是一种收获。

1 天见了 10 位投资人

创业圈曾经风靡一句话：作为一个创业公司的 CEO，这辈子受过最大的委屈都在融资这件事上了。

万方圆刚来北京时，在他眼里，那时候的北京好像遍地都是黄金，弯弯腰就可以收获巨大的财富。他常常看到媒体报导，今天这家创业公司融资 2000 万，明天那家企业融资 1 个亿。而且，他亲眼看到身边有个朋友，轻而易举就拿到了千万元的融资，公司瞬间就身价百倍。这一切对万方圆来说都是巨大的诱惑，好像敢闯敢做，成功就是手到擒来的事情。

很多事情，置身事外时看到的都是歌舞升平，真正躬身入局，才能体会到其中的辛酸和不易。

万方圆的公司在大望路附近，每个月的房租需要 5 万元，加上 20 个员工的工资，月开销非常大。更不用说，新产品的研发和推广，都要靠着烧钱来进行。有一段时间，他每天睁开眼睛，巨大的压力就迎面而来。今天要开支多少钱，这些钱要从哪里来？

万方圆把公司具体的事务交给团队员工处理，他把大部分时间和精力，都用在融资这件事情上。在他眼里，投资人有花不完的钱，公司有酱料项目，自己要做的只是找到投资人，促成彼此的合作而已。

万方圆四处寻找投资资源，他混迹于北京各大咖啡馆，是星巴克、costa、太平洋的铁杆粉丝。他天天刷 36Kr、虎嗅、IT 桔子，担心有什么新融资、新风口出来了，自己跟不上节奏。他还研究了不少互联网思维和"鸡汤"，C2C、O2O、B2B张口就来。

万方圆渐渐融入创投圈，他开始有机会和投资人见面。他清楚地记得第一次去投资机构和投资人见面的情景。

那天一大早，他在约好的时间内赶到了位于三环里的一家投资机构。走进办公室，他和投资人交换了名片，做了自我介绍。办公室冷气很足，他却紧张得冒汗。不过他很快就调整了心理状态。他是投资人，我是创业者，大家都是在寻求合作，应该是平等的关系，有什么可紧张的呢？

这么想着，万方圆也就镇定下来。他跟投资人介绍完产品的基本情况以后，就到会议室开始演示产品。投资人针对商业模式和市场布局，提出了很多问题，他都做出了详细的解答。

彼此谈了一上午，投资人说要和团队商议以后才能决定是否继续往下谈，让万方圆回去等消息。投资人的态度，让他看到了融资成功的希望。但是，当他等不到结果，不得不打电话询问对方时，得到的回复是："团队商议的结果，对酱料项目不太感兴趣。"

短短几天，万方圆好像坐了一场过山车，从希望的顶峰跌落到失望的谷底。那时候他还没意识到，融资失败才是常态，成功地拿到真金白银并不是容易的事情。

万方圆重拾信心，一鼓作气又见了几位投资人。他去过好几个看起来颇有实力的投资机构，有一家公司大概有1000平方米，装修豪华气派，会议室可以容纳20人，投影仪、幕布一应俱全。

万方圆把准备好的PPT打开投影到幕布上，讲解阶段，公司的估值、融资成功以后资金的使用、公司未来1—3年的市场规划，他认真而努力地对待每一个细节，希望能打动投资人，得到合作的机会。然而，最终得到的结果往往是"不好意思，临时出差，没法沟通了""我们可能暂时不关注这个方向，不好意思"。面对接踵而至的打击，万方圆终于体会到了融资的艰难。一次次的失败过后，他难免会焦虑失落，但他却从来没有想过放弃。

万方圆见的投资人越来越多，他也见识了投融圈的一些乱象。有的骗子披着投资人的外衣，利用创业者急于融资的心理进行诈骗。有一次，万方圆在咖啡馆认识了一个"牛人"，他说自己认识红杉资本、真格基金等著名投资人，可以帮忙把万方圆推荐给这些圈内大神。就在万方圆期待与投资大神见面的时候，"牛人"表示这些资源是需要付费的。万方圆谨慎地打听了一下才知道，无论付费与否结果都是一样的，所谓的"牛人"只是想从创业者身上骗钱的骗子罢了。

万方圆还遇到过一个投资人，前期交流还算顺利。终于决定合作了，快签协议的时候，他提出让万方圆做房产抵押，而且如果项目赔钱了还要算利息。这样不靠谱的投资人，更像是高利贷骗子。

在投融圈闯荡了一番，万方圆渐渐领略到，融资简直是一场看不见硝烟的战役。不仅要承受投资机构的冷遇，还要甄别投资人的真假谨防被骗。

箭在弦上，不得不发。为了维持公司和团队的开销，为了把产品做大做强，万方圆只能迎难而上。有一段时间，他不是在见投资人，就是坐着公交地铁在见投资人的路上。那天他一大早出门，半夜回公司的路上计算了一下，他竟然在一天之内见了 10 个投资人。

只要心怀希望，即使身处暗夜，也相信前方会有曙光！

融资陷入骗局

那个全民创业的时代，北京的投融圈里，不乏怀揣理想和项目的创业者，以及拥有雄厚资本的投资人。当然，也有不少浑水摸鱼的骗子混迹圈内，他们摸准了创业者急于融资的心理，精心设计骗局，一步一步引诱融资者落入他们的圈套。

尽管万方圆南征北战闯荡多年，有着丰富的社会阅历和经验，但是对于洋溢着资本气息的投融圈来说，他只是个涉世未深的新人。因为年轻气盛急于求成，他曾经一不小心陷入融资骗局，损失惨重。

万方圆在咖啡馆认识了一个朋友，对方戴着眼镜，看起来文质彬彬，给人一种很靠谱的感觉。朋友很欣赏万方圆创业的拼劲，得知他正在融资，就向他推荐了一个投资机构。那时候，万方圆在投融圈已经摸爬滚打好几个月了，他也只是抱着试试看的心理，先去投资机构看看情况。

那家投资机构位于东三环 CBD 最好的写字楼里边，占了整整一层楼的面积，装修非常豪华。万方圆心里忍不住犯嘀咕，根据以往的经验，这样的投资机构更青睐投资大项目，估计看不上自己的小公司。

然而，让万方圆想不到的是，他和投资经理前期交流竟然十分顺利。投资经理说，自己也曾经是个创业者，深知创业不容易，而且投资机构对新零售领域比较感兴趣。投资经理提出了一些问题，万方圆觉得对方特别专业，流程也非常规范。万方圆顿时放松了警惕，心里又一次燃起了希望。这样有实力的投资机构有意合作，自己一定要抓住这个来之不易的机会。

万方圆按照投资经理的要求，递交了精心准备的资料，做好了深入合作的打算。投资经理翻了翻资料说："资料比较齐全，但是缺少一个可行性报告。正规的投资机构，对项目审查程序比较多，希望你能理解！"

万方圆本来想让公司团队去做那个可行性报告，但是投资经理接着说："有专业的公司做这种可行性报告，专业的事情交给专业的人去做，可以节省我们彼此的时间和精力！"

万方圆觉得投资经理说得有道理，团队成员都是做产品运营的，对融资这块完全不懂。做出来的报告不规范，耽误了融资的顺利进行，那损失可就大了。但是他又不知道去哪里找这样的专业公司，就让投资经理帮他推荐一下。

投资经理向万方圆推荐了三家公司："他们做这个报告都很专业，你跟他们谈一下，具体选哪一家，自己做决定！"万方圆风风火火赶过去跟三家公司的经理分别谈了谈，选了一家价格比较合适的公司，花了两万八做了可行性报告。

万方圆做好了可行性报告，相关资料也准备齐全。投资经理也说材料没问题，机构接下来会派人对项目进行实地考察。万方圆当时的公司看起来也颇有实力，投资机构来了三个人实地考察，万方圆接待他们的吃喝拉撒，还悄悄送了价值不菲的小礼品。虽然又花了好几万，但是他想着，融资成功了，这点钱也就不算什么了。

考察人员回去没多久，就打来了电话，他们回到总部跟领导汇报过后，公司对这次现场考察非常满意，融资就要进入下一个流程了。这个消息让万方圆非常兴奋，毕竟往前多走一步，离成功就近一步。

几天后，投资经理反馈回来一个情况："你们的商业计划书，不够规范不够仔细，而且没有英文版。我们的总部在美国，这个计划书得传给总公司审核。所以，商业计划书需要重新做！"

万方圆一时半会儿，也找不到合适的公司做符合要求的商业计划书。他只好请求投资经理说："做这样的计划书大概需要多少费用啊？你们有没有这样的合作公司？"

投资经理就给万方圆推荐了几家公司，这次做商业计划书的费用比较高，开价最低的公司也需要收费四万八千元，这差不多是公司一个月的房租费用了。但是也没有别的办法，万方圆还是付了费用，做了一份商业计划书。好不容易拿到商业计划书，万方圆觉得几万块花得还是比较值。计划书有六七十页，而且是中英文对照，看起来特别高级。

商业计划书达到标准了，万方圆觉得这下应该可以正式签合同了吧。

然而，投资经理却说，正式签合同前，还有两个步骤要完成：一是需要找会计师事务所，做资金监管的第三方证明；二是需要找律师事务所，做第三方见证协议。

万方圆在投资经理推荐的会计师事务所和律师事务所，分别花费一万六千元和两万五千元，做了一份资金监管证明和第三方见证协议。但当万方圆催促投资经理签合同时，他却又说道："我们把你提供的所有材料都报到总部了，总部回复说，我们还缺一份综合性的尽职调查报告！"

找专门机构做这样一份综合尽职调查报告，需要六万元。这时候，万方圆已经隐隐感觉到，自己可能一步一步掉入了陷阱。但是，他前期已经花费了很多时间和精力去做这件事情，而且已经投进去十几万了。如果这时候放弃，那前期的努力就都白费了，钱也就白花了。反正剩下最后一步了，万方圆给自己设置了一条底线，做了综合尽职调查报告，如果对方还不签合同，那就要及时止损。

万方圆在投资机构推荐的公司，花费五万八做了尽职调查报告。一个礼拜以后，他收到了投资经理的电话："我感觉很抱歉，总部经过研究，这个方案没有通过。"

投资经理说了一大堆方案没有通过的理由，万方圆这时候才确定，自己上当受骗了。投资经理推荐的关联公司其实就是一个利益集团，从开始的可行性计划、商业计划书，到后来的资金监管、见证协议和尽职调查，他们同属一条产业链的利益团体，合伙对需要融资的创业者进行诈骗。

万方圆反应过来后第一时间向公安局去报警。他把事情的来龙去脉讲了一遍，并且提供了相关证据。结果得到的回复却是："从目前提供的证据来看，我们没法立案，因为这看起来就是正常的商业交易，没有任何证据能证明对方的行为属于诈骗。"

原本万方圆公司的财务状况已是举步维艰，如今陷入骗局又被骗了近20万元，无疑是雪上加霜。但是，万方圆很快就振作起来了，被诈骗的钱就当交学费了，吃一堑，长一智。融资如果要花钱，那对方肯定就是骗子。只要不往外掏钱，那就不会上当。

创业的道路上，创业者不仅要有抱负和远见、韧性和拼劲，还需要不断提升专业度。毕竟，少犯一些错误，就更容易获得成功！

避开融资那些"坑"

很多创业项目失败不是因为产品或运营有问题，而是一不小心陷入了融资的"坑"，导致全盘皆输。

创业者在早期融资中因为缺乏经验，常常会犯一些无法挽回的错误。吃一堑，长一智。万方圆是个善于思考的人，在融资上走了一些弯路后，他认真地琢磨了融资过程中存在的陷阱，时刻提醒自己要避开那些"坑"。

创业初期对资本的渴望，容易让创业者丧失应有的警惕，认为出现在身边的投资人，都是驾着祥云拯救自己的天使。融资骗子就是利用创业者的这种心理，披着天使的外衣却干着魔鬼的勾当。要想避开融资的"坑"，首先要学会甄别，选择出优质的投资机构。

有实力的投资机构，往往具备以下几个特征：一是投资人可能会要求实地考察，但是他们不会索取路费、住宿费以及名目繁多的招待费等等。诸如此类的费用，他们会自行承担。二是他们不会要求创业者提供调查报告、意见书之类的材料，这些工作他们会自己做，或者委托专业机构做。这也是他们对投资项目做进一步认识和了解的过程。三是需要创业者提供的财务报告等材料，他们会提出相关标准，不会指引创业者到所谓的"专业机构"去做这些材料。

万方圆经过用心甄别，发现骗子投资机构也具备一些可辨别的特征。比如公司名字通常都比较"高大上"，多冠以某国某某国际投资集团代表处的名义。而且他们的办公场所和装备，看起来都比较上档次。毕竟，要想取得创业者的信任，就要下点本钱显示实力。

万方圆也遇到过一些号称是某某投资机构的工作人员，但是当谈起具体项目时，他们明显就显得外行。这些人谈得更多的往往是如何贷款、必要的程序及花费等等。骗子机构不会花大钱请素质高的专业人员任职，而且真正素质高的专业人士，也不会加入骗子公司。所以到后来，往往一个回合聊下来，万方圆就能看出对方是真的在找投资项目，还是在装大尾巴狼骗钱。

曾经有一段时间，万方圆花费了大量的时间和精力，在网上寻求融资途径。网络上的融资圈更是鱼龙混杂，稍不留神就会掉入陷阱。有一次，万方圆在网上给一家投资公司发了一份有融资意愿的邮件。他本来只是抱着试试看的态度撞运气的，没想到对方很快就发来了回复函："贵司符合我司投资策略，请提供评估报告和符合我司要求的商业计划书！"惊喜来得太突然，万方圆回过神来，脑海中又敲起了警钟，事出反常必有妖，对方没有约见详谈，直接就判定项目符合公司策略，未免有些太随意了吧？

心存疑惑的万方圆，想出了一个试探虚实的办法。他换了邮箱，给对方提交了一家明显不具备投资价值的外地公司的资料，并注明外地联系方式。结果，邮箱很快也收到要求提供商业计划书的回复函，而且两份回复函的措辞几乎一字不差。很显然，对方就是一家骗子公司了。

真正的投资公司都有不同的投资侧重点，比如不同行业的项目、项目的不同时期，不是见到项目就考虑投入的。当一家投资机构对什么项目都感兴趣时，往往就存在问题。骗子投资机构都是广撒网好捕鱼，他们对任何一家有融资需求的企业，不论企业是否有投资价值，是否具备融资条件，都会回复公函。

创业者对投资方缺少判断力，是陷入融资骗局的重要原因之一。万方圆明白，要想避免陷入融资的"坑"，关键要提高防范意识和防范技术，要不断地积累经验，主动学习相关知识，提高自己的判断力。

万方圆无比渴望融资成功，借助投资人的资本，让"万方圆酱"尽快进入良性发展的轨道。然而，融投资江湖刀光剑影，稍有不慎就可能给项目招来无妄之灾。如果说来北京之前，他把更多的精力都放在产品的研发和推广上，那么在北京的融资经历，则是他对新领域新探索。这里充斥着金钱的气息，投资人、创业者以及那些浑水摸鱼的骗子，大家为了各自的利益和目标，在探寻中进行着较量。置身其中，万方圆承受了挫败和煎熬，但是也得到了历练和成长。

人生最有意义的，不是成功，也不是失败，而是一路走来的那些经历。很多事情，身处其中时觉得是磨难，事后回头看，那也是一场成就自己的淬炼！

得到熊青云的提点

斯坦福研究中心曾经发表一份调查报告，报告结论指出：一个人赚的钱，12.5%来自知识，87.5%来自人脉。人脉资源是一种无形的资产，是创业者获得能量支持的来源。

当年，万方圆辍学四处打工的时候，家人就总叮嘱他："在家靠父母，在外靠朋友，不管干啥活，都要和别人好好相处！"他为人真诚踏实，无论在哪里打工，人缘都特别好。后来，他做旅游签证赚了些钱，生活圈子发生了变化，结交了一些富二代。刚开始，他只是和富二代朋友吃喝玩乐，但是他很快意识到，这不是自己的人生目标。一个有追求的人，应该趁着年轻做点有意义的事情。他说服几个富二代朋友，大家一起投资合伙做生意。他们开了饭店、鲜榨果汁厂还有一家辣酱酱厂，当时没有创业经验，公司一直亏损赔钱，朋友们撤资退股，三家公司不得不关门大吉。他后来选择在酱料行业发展，除了看中酱料行业的发展潜力，也是因为之前开过辣酱厂，积累了相关的经验。

万方圆以诚交友，愿意为朋友付出，也懂得运用人脉资源，让自己得到更好的发展。来到北京以后，他更舍得花费时间和精力，经营自己的人脉资源。因为他比谁都懂得，好的人脉资源可以帮助自己摆脱困境，迎来向往已久的成功。

2016 年，万方圆机缘凑巧，得知时任京东副总裁的熊青云女士和自己是老乡，并且有一些渊源，他就产生了一个大胆的念头，他想与熊青云见上一面，希望能得到她的提点！

熊青云大名在业界如雷贯耳，在加入京东前，她曾担任宝洁大中华区美尚事业部副总裁、宝洁大中华区市场部副总裁和品牌运营副总裁等主要职位，见证了宝洁中国从初创期到品牌鼎盛时代的全部历程，她一手将玉兰油、佳洁士、舒肤佳打造成为家喻户晓的知名品牌。2015 年 7 月，在宝洁工作 23 年的熊青云宣布离职加入京东，全面负责京东商城的市场部工作。

真正的人脉资源应该是互补的，有等价交换的价值，有互惠共赢的机会。万方圆清醒地认识到，熊青云是个巨大的能量库，如果能得到她的帮助，自己就能链接到优质的融资资源。但是，熊青云是叱咤风云的行业大咖，自己只是个寂寂无闻的创业者，人家凭什么要施以援手呢？

万方圆是个执着的人，很多事情不去试一试，怎么知道行不行呢？哪怕只有百分之一的希望，就要付出百分之百的努力。即使得不到自己想要的融资资源，哪怕只是得到熊青云的当面提点，那也是收获颇丰。

做了决定就要行动，不达到目标绝不轻易放弃，这是万方圆的做事风格。他知道要想见到熊青云不是一件容易的事情，但是，他还是义无反顾地按照自己的计划去行动了。

万方圆为了见到熊青云，几经周折，但还是一无所获。其实这也是他意料之中的事情。

万方圆琢磨了一番，决定在熊青云上下班必经之处守候，这也许是接近她最简单且最能显示诚意的方式了。熊青云上班的地方，在亦庄经济开发区的京东总部大楼。万方圆曾经试图接近门岗，打听熊青云的消息，却被门卫礼貌却不失严肃地劝说离开。他只好转变策略，跟老乡打探熊青云的住处和车牌号以后，每天下午守在那里，等候熊青云经过。

那天，万方圆看到熊青云的车行驶过来，趁着车子在门口减速时，他鼓足勇气拦住了车。司机放下车玻璃有些生气地问道："有什么事情吗？"

"我是熊总裁的老乡，我想和她见一面！"万方圆弯着腰，真诚地说道。

司机一句话也没说，他升起车玻璃一踩油门，车子就滑走了。万方圆甚至都没看清楚，熊青云是否在车上。

万方圆遭到冷遇后并没有放弃，他坚持每天下午守在门口，看到熊青云的车他也不拦，只是恭敬地站在那里等候。接连几天，熊青云终于下了车跟他打招呼："小老乡，你天天守在这里也不是个事儿啊？"

万方圆在电脑上搜索过熊青云的图片，她干练沉稳，气场强大，震慑力十足。但是眼前的熊青云，也许是被小老乡的真诚和韧性打动，她说话的口气亲切，显得平易近人。

"熊总裁，我一直都很仰慕你，特别希望能得到您的指点！"万方圆按捺紧张的心情，激动地说道。

熊青云沉吟了一下说道："上车吧，我们找个地方坐下来聊！"

熊青云带着万方圆来到一个环境清雅的饭店，两人坐定后，万方圆聊起了自己当前的困境，而且踌躇满志地表示，再苦再难也要坚持下去，绝不会被困难击倒。

万方圆的眼神中闪烁着不肯退缩的执着，熊青云看着倔强的小老乡，好像看到了曾经的自己。她1992年入职宝洁公司，从最底层做起，一步一步坐到副总裁的位置，外人只看到她一路高升的光鲜，却不了解她一路走来的辛酸和不易。职场如战场，在看不见硝烟的厮杀和拼搏中，她能杀出一条血路来，凭的就是不服输的执着和坚韧。

但是，身经百战的熊青云更加明白，通向成功的道路从来没有坦途，只有一身孤勇是不行的，还需要足够的智慧和谋略，要懂进退知取舍，否则可能一事无成，还落得遍体鳞伤。

熊青云语重心长地对万方圆说："年轻人敢闯敢干是好的，但是要看得长远一些，不要急于求成。要沉下心来，想一想现在做的事情是否合理。"

万方圆听明白了，熊青云在委婉地劝他先停下来，认真地思考接下来的路到底该怎么走。但是，年轻气盛的万方圆并没有意识到形势的严峻，也没有停下来的打算。盘亘在他心底的，更多的是不甘心，当初他豪情万丈地北上发展，又怎能一败涂地铩羽而归呢?

屋漏偏逢连夜雨

有人说，创业再难，只要熬过去就是成功。可是，有很大一部分的创业者，都倒在了熬的路上。不是他们不够坚强和勇敢，而是因为创业确实是一道错综复杂的难题，很多时候，仅凭一己之力，根本无法顺利解决问题获得圆满的答案。一个团结协作的团队，能更好地帮助创业者渡过难关。不靠谱的团队，则会给创业者带来致命一击。

万方圆来到北京之后，最困扰他的就是资金问题。种子轮投资方中大联合继续领投100万元以后，"万方圆酱"通过大众筹召集了二十几位小股东，筹集了一些资金。他在融投圈的奔波和努力，也成功地融到一些资金。

但是，筹到的钱与维持公司正常运转需要的资金比起来，无异于杯水车薪。房租、人员开销、产品加工以及产品推广等等，各方面都需要钱。公司一直处于入不敷出的状态，万方圆在外奔波一天，疲惫不堪地回到公司，听到财务人员提到公司的财务状况，他忧心如焚之余，也有一种深深的无力感。

万方圆虽然竭力维持公司的运转，但明显感觉心有余而力不足。他觉得自己好像把一艘小船划进了波涛汹涌的大海，即使他拼尽全力，根本无法把握小船航行的方向。好像一个巨浪打来，小船随时都可能粉身碎骨葬身大海。

万方圆已经感觉到了即将来临的危机，但是他仍然想再搏一把。为了节省开销，他裁掉了一大半的员工，公司也从市内搬到通州月租只有四千元的小房子里。最困难的时候，唯一让他感觉安慰的就是身边还有两个好朋友。他把所有的精力都用在开拓市场和融资上，公司核心工作他完全交给了两个朋友。他们一个负责财务，一个负责市场营销，算是掌控着公司的命脉。

疑人不用，用人不疑，这是管理中的重要原则。万方圆在生意圈摸爬滚打，他的阅历和经验都在增长，却是初心不改，真诚正直的秉性从来都没有改变过。要把事情做好，先要把人做好，这是他一直秉承的信念。

然而，让万方圆万万没有想到的是，他最信任的朋友，却给了他致命的一击。

那天，万方圆需要支出一笔钱，他让负责财务的朋友转钱。对方"吭哧"了半天，才说这笔钱拿不出来。万方圆有些疑惑地问道："不是月底才盘点过，财务上应该还有点啊？"

"公司是有点钱，但是……这笔钱暂时拿不出来……"朋友憋得满脸通红，结结巴巴地解释道。

万方圆有点生气了，他厉声说："大家这么熟，有什么事情就不要绕弯子了，到底怎么回事儿？"

朋友颤抖着手点了一根烟，狠狠地抽着烟不说话。在万方圆的逼视下，他掐灭烟蒂，像是下了很大的决心似的，终于开了口："我对不起你！那笔钱，我拿去炒股了。"

原来，朋友看到股市情况不错，就挪用公款想赚一笔，想着赚钱后尽快把本钱撤出来。却不承想，自买入以后，股价一路下跌，出手就要赔钱，他没办法把财务的窟窿给堵上。想着加仓降低损失，结果越陷越深，一不小心就赔进去了 30 多万元。

万方圆只觉得"腾"地一下，火气冲到了头顶。他为了融到一点资金，整天在外面给别人说好话赔笑脸，不承想被自己人釜底抽薪。公司本来就摇摇欲坠，失去这笔钱，马上就面临瘫痪的状态。

"你这是挪用公款，你就不怕我报案吗？"万方圆气得嘴唇直打哆嗦。

朋友一下子就红了眼圈，他揪着头发说："我错了，我对不起你！可是……我不想去坐牢，你给我个机会，我会努力赚钱，争取早点把钱还上。"

万方圆依然是一副气呼呼的样子，但是他的心已经软了。即使报案把对方送进监狱，30 万元一时半会儿也追不回来了。更何况，坐牢会给一个人留下终生都无法洗涤干净的污点，如果这么做，对方的一生可能就被毁掉了。

比起损失的 30 万元，更让万方圆难受的是，他失去了一个自以为可以信赖的朋友。双重的打击，无疑是雪上加霜。定力再好的人，面临这样的处境也会不堪重负。万方圆只是个不到 30 岁的年轻人，满腹的焦灼以及对未来的担忧，压得他喘不过气来。

为了宣泄压力，他约负责产品营销的朋友喝酒。几杯酒下肚，聊到当月不如人意的业绩，万方圆积郁已久的情绪忍不住彻底爆发了："你是怎么工作的？业绩怎么这么差？你到底有没有用心做？"

"公司是什么情况你不知道吗？资金周转不过来，很多业务根本没办法进行，能维持现状已经很不错了。"朋友仰头喝了一杯酒，也是满腹委屈。

万方圆"咣当"一声，把酒杯摔在了地上："线上线下推广烧了多少钱，你做出这点业绩，还有脸给自己找借口！"

朋友不甘示弱踢翻了凳子，两个人撕成一团。公司状况良好，遇到任何问题，大家都会心平气和地坐下来商量。苦苦支撑公司已经让他们疲惫不堪，加上对公司未来的发展存在分歧，两个人借着酒劲儿，积郁已久的负面情绪终于彻底爆发了。

"大不了散伙，各走各的道！"万方圆瞪着血红的眼睛吼道。

朋友怔了一下，随即狠狠地回击道："散伙就散伙！"

万方圆盛怒之下转身离开酒吧，一个人走在灯火辉煌的街头，他忍不住泪流满面。公司倒了可以重振旗鼓，失去的朋友却再也找不回来了。

冷静下来，万方圆问自己："当初在南昌，如果知道北上会遭遇这么多磨难，我还会来吗？"

"落棋无悔，时光不会倒流，人生没有回头路！"他听到心底依然铿锵有力的回音。

万方圆握紧拳头告诉自己："硬着头皮往前闯，总会有出路的吧！"

他带着一线生机来到上海，但是上海没有投资拯救万方圆，反而把他拖进了更深的泥潭。这期间公司出现了近100万元的资金空档，拖欠供货商、产品设计、宣传等方面的费用，沉甸甸地压在万方圆的心头。

此时的万方圆已经到了山穷水尽的境地。但即使濒临绝境，他仍然拼命挣扎，竭力想把欠款还上。前期为了维持公司的运营，他已经卖掉了几套房产。

最终因为没钱付房租，万方圆被房东赶了出来。他在上海的公司，也随之关门大吉。走在十里洋场的繁华里，一种前所未有的挫败感，让他开始重新审视脚下的路。

万方圆感觉自己已经站到了悬崖边，再往前一步，等待他的便是万丈深渊万劫不复！尽管心有不甘，他还是第一次产生了返回南昌的念头，他告诉自己："如果方向错了，那么停下来就是进步！"

20 万元融资惹来的官司

有人说，真正的失败是决定放弃的那一刻。但是，暂时的放弃，是为了终止错误，然后蛰伏起来等待涅槃重生。只要不放弃尝试，就永远不会失败。

万方圆骨子里是个勇往直前的人，铩羽而归对他来说是个艰难的决定。然而，就在他意识到形势严峻，打算停下来及时止损，伺机而动时，才发现自己已是骑虎难下，根本无法全身而退。

万方圆是个有责任感的人，回南昌前对于一些暂时无法偿还的欠款，他都提前办理好相关手续，同时承诺将来一定归还。扔下烂摊子一走了之不是他的行事作风。创业就是与人打交道的过程，如果失去了做人的基本原则，那就失去了商业生命，就成了商海中的一叶孤舟，那就永远没有翻身的机会了。

就在万方圆善后期间，两个投资人跳了出来，他们拿着当初签订的投资协议合同，向万方圆讨要赔偿。

万方圆在北京融到的第一笔资金，就是这两个人投资的。当初的万方圆初到北京，对融资圈里的骗局套路还缺乏警惕和防备。两个投资人投入 20 万元资金后许诺后期要融资 500 万元。

万方圆被他们的承诺所吸引，为了拿到 500 万元的融资，他立即和对方达成了初步合作意向。那时的万方圆还没有意识到，创业者与投资人的合作就像婚姻，与不适合的投资人联姻，很可能会毁掉创业项目。面对送上门来的第一笔融资，万方圆忽略了资金背后的投资人，他们的行业背景、他们所拥有的资源以及他们投资的项目，而是深陷在融资的憧憬中。

正式签合同的那天，两个投资人拿来了厚厚的一本融资协议。万方圆本打算仔细地通读合同条款，却在两个投资人一唱一和的忽悠声中放松了警惕，大笔一挥便签了字。

然而，承诺的 500 万元融资并没有成功。万方圆努力地寻找新的融资途径，也逐渐淡忘了那笔 20 万元的融资款。

正当万方圆打算离开之际，投资人却拿着融资协议上门声称要"维护投资人的权益"。万方圆回过头来仔细阅读协议条款，越往下看越让他心惊肉跳，这份协议简直就是一个巨大的陷阱，当初他看也没看就跳了进来。

融资协议里关于对赌协议的条款，每一条都把万方圆置于被动的境地。其中在财务业绩对赌协议里，要求被投公司在约定期间，要实现承诺的财务业绩，否则被投公司就要承担责任。现在，而当初设定的财务业绩增长幅度根本就不可能实现。其中业绩赔偿条款是一种保底条款，这本身就是个有争议的条款。公司经营有亏有赚，受很多客观因素影响，谁也无法承诺一定会赚钱，赚多少钱。正规专业的投资机构，根本不会出现保底条款。但是，两个别有用心的投资人，却把保底条款也写在了融资协议里面。

根据融资协议相关规定，万方圆瞬间就背负了千万债务。然而，这还不是最坏的结局，最让万方圆无法接受的是，融资协议里还有竞业限制的相关条款，规定万方圆在四年以内，不得通过其他公司、其关联方或以其他任何方式从事与公司业务相竞争的行业。这也就意味着，一旦关闭公司，万方圆四年内不能再涉足酱料行业。

除此之外，协议相关条款规定，无论万方圆的公司以后做任何投资，都要把两个投资人现有的股份折算到下一份合同里。也就是说，万方圆做任何事业，投资人都要持有股权。

两个投资人拿着融资协议说事，其实就是逼着万方圆继续把"万方圆酱"做下去。他们不愿看到投资款打水漂。项目对投资人来说只是盈利的工具，但是在万方圆心里，这个项目凝结着他的心血和创业梦想。但凡有一线生机，万方圆又怎么会轻易放弃呢？

然而，投资人眼里只有利益。他们撕下了伪装，扬言道："你如果不坚持做下去，我们就要告你贪污公款，告你欠债不还！"

此时的万方圆背着一身债务，被投资人逼得走投无路，只能应承着在淘宝上卖酱还债，私下再去找机会翻身。

即使身处绝境，依然要努力寻找亮光。执着而坚韧地往前走，相信跨过山重水复，总会迎来柳暗花明！

壮士断腕负债而归

努力到无能为力，懂得放弃也是一种智慧。网上卖酱只是权宜之计。两手空空要想东山再起，绝不是一件容易的事情。

就在万方圆苦苦挣扎的时候，两个投资人还是把他告上了法庭。他们要求万方圆支付巨额赔偿，同时，按照融资协议规定，万方圆在四年之内不能从事与酱料相关的行业。这一切意味着，万方圆要拱手让出苦心经营了数年的酱料事业。他轰轰烈烈的北上创业梦想，也随之怦然破灭。

万方圆最终决定，放弃"万方圆酱"这个品牌。没有人能够体会他那一刻的无奈和悲怆。当初，他拍着胸脯跟奶奶保证，要把她的做酱手艺传承下去发扬光大，跟着奶奶学做酱料的画面历历在目，却没有完成对她的承诺；他遍访民间寻找酱料配方，雄心勃勃地要打造属于自己的酱料品牌，要让全国甚至全世界的人们都能吃到"万方圆酱"。铿锵的誓言还在耳边回荡，梦想却被现实击打得七零八落；经过潜心研制产品终于问世，他倾尽心血去经营品牌，就如一个父亲对待他的孩子，想让他得到最好的成长拥有广阔的前程。哪料到轰轰烈烈的北上，却以这样惨烈的方式收场！

万方圆承受了巨大的打击。但是他并没有因此消沉，而是积极善后。在北京创业期间，为了项目发展，他已经卖掉了好几套房产。其他的债务可以慢慢还，但是他不能让征信出问题。他卖掉最后两套房子还清信用卡，最后一辆商务车也被卖掉还债。

万方圆离开北京的时候，除了官司和巨额债务，其他一无所有。赤手空拳拼打了十几年，又回到了原点，他好像回到了为供姐姐读书主动辍学的少年时期。如今归来，经济上却陷入了更加不堪的境地。

网络上曾经流行这么一句话："愿你出走半生，归来仍是少年！"大概意思是，希望你闯荡世界，无论遭遇什么挫折和困难，都要自信坚强不改初心！

万方圆就是那个归来的少年，虽然创业失败惨遭挫折，但是，倔强而坚韧的人，从来都不会对命运俯首称臣。他冷静而客观地审视失败的原因，同时积极地寻求新的发展途径。

万方圆认为自己北上发展惨遭失败最大的原因，就是心存幻想，急于求成，渴望天上掉下融资的馅饼，帮他快速实现创业成功的梦想。经此一遭，虽然前途未知，但他仍坚信，无论做什么事情，都要脚踏实地去努力！成功的路是一步一步走出来的，脚踏实地的成功，才是真正的成功。

北上归来，万方圆就如花费千万买了一张北京的门票，仅参观一圈就被劝退。他从富贵到负债，跌到了人生的谷底。然而，他也并非一无所获。北京的经历，让他真正领略创业的残酷和不易，也磨掉了他身上的浮躁和冲动，让他的心性日益成熟和完善！

人生没有白走的路，弯路也算数。所有的经历都是历练，所有的感悟都是重生。创业是一个人走向成熟的最佳途径，创业不以成败论英雄。拼尽全力虽然没有成功，却让自己得到了磨砺和成长，虽败犹荣！

第五章
从头再来

创业的道路上，一时的失利不代表永远的失败。对待失败的态度，往往决定着一个人最终的人生高度。遭遇失败溃不成军，那人生就会一蹶不振。面对挫折迎难而上，积极寻找突破口从头再来，人生就会翻开崭新的篇章。

小龙虾中的大商机

2017 年 4 月，万方圆回到了南昌。他背负着千万债务，每个月还要还巨大的利息款。此时的他没有精力去考虑情怀和梦想，他首先要解决的是还债和活下去的问题。

南昌的初夏并不炎热，但是万方圆却像暴晒在酷夏的烈日下，身心都有种说不出的焦灼和烦躁。他的眼睛布满了血丝，空洞无神，胡子拉碴的脸上写满了疲惫，他像魔怔了一样，脑海中不断重复着一句话："我要活下去！我一定要活下去！"

重新再来不仅要有"不死就要拼"的勇气，还需要审时度势确定新方向的能力和智慧。万方圆琢磨了不少东山再起的项目，但是没有启动资金，再好的计划也都是海市蜃楼。现在的他除了丰富的创业经验、活络的头脑和吃苦耐劳的精神，别无一物。

那天傍晚，万方圆站在出租房的窗口，茫然地看着熙熙攘攘的人群，对于未来的发展他毫无头绪，债务像大山一样压得他心烦意乱。窗口的正前方是个大排档，初夏的夜宵市场生意日益火爆，人们三五成群坐在一起吃烧烤喝啤酒。他们不用为巨额的债务烦心，享受着俗世的烟火快乐。

万方圆脑海中突然冒出一个念头：做餐饮能成！

万方圆在北京做酱料项目时，曾跟朋友开玩笑说道："要是我创业失败赔了钱，以后靠炒菜也要把赔的钱赚回来！"没想到竟然一语成谶。

喜上心头，他扔掉手里的烟头，心底涌起一股新生的力量。确定了努力的方向，就如迷航的船看到了灯塔的亮光。接下来要做的，就是克服一切艰难险阻，乘风破浪努力前行了。

万方圆创业之初开过饭店，他在餐饮方面积累了比较丰富的经验。但斥资几十万开饭店和小打小闹卖小吃，需要不同的经营思维。

万方圆在大排档市场考察了一番，最终决定卖小龙虾。小龙虾是南昌人饭桌上常见的美食，它以独特的风味得到了人们的喜爱。小时候，家里日子虽然过得拮据，但是逢年过节，或者家里来了客人，母亲都要做一道小龙虾。

小龙虾称得上是南昌的传统美食，随着时间的推移，在某种程度上已经形成了一种饮食文化。有人说，在南昌，只有吃过小龙虾才算体验了当地人的夜生活。

小龙虾全年都可以繁殖，每年的 5 月至 9 月为繁殖高峰期，这段时间不管是温度还是气候，都是最适宜的。夏天的小龙虾，高产且高质量，喜欢吃小龙虾的人，又怎么会错过这个黄金时段？所以，小龙虾是夏天代名词，是人们迎接盛夏的一种仪式，好像只有吃过了小龙虾，夏天才算真正开始。

毋庸置疑，在即将到来的夏天，小龙虾有着广阔的市场。重要的是，卖小龙虾不需要多大的本钱。万方圆说干就干，他没有做过小龙虾，但是事在人为，没有什么能难倒他。经过一段时间的钻研，他做出的油爆龙虾、麻辣龙虾，也别有一番味道了。

因为没有钱租店面，万方圆凭借丰富的线上推广经验，外卖小龙虾就这样开张了。然而，问题很快就来了。他在租住的出租房内做小龙虾，因为没有条件办理相关的营业手续，生意刚开始就被居民投诉了。

万方圆已经确定了要做这行，他绝不会轻易放弃。默念着只要找到一个月租便宜的店面，小龙虾生意就可以继续做下去了。

所有的问题都有解决方案，只要勇于探索不放弃，迈过一道道的坎儿，就会迎来曙光。

"赞"来的外卖店

那些看起来是天上掉馅饼的好运，往往是努力过后的水到渠成。万方圆没有充足的资金租店铺，小龙虾外卖就没办法做下去。就在他一筹莫展之际，一条随手发出的朋友圈帮助了他："万能的朋友圈请告诉我，红谷滩哪里能找到 3000 块钱一个月，50 平方米以上，不要转让费并且临街的店铺？"

尽管没有充足的租店资金，万方圆却没有降低对店面的要求。因为他明白店铺的位置，直接掌握着生意的命脉。他把目光瞄准到红谷滩的美食城。

每个城市都有美食街，吸引着八方来客蜂拥而至，那里是吃货云集享受美味的场所，也是餐饮商家使出浑身解数淘金的地方。例如南京夫子庙夜市、上海寿宁路夜市、西安回民风味小吃街、杭州河坊街夜市等。南昌红谷滩也有一条有名的美食街，那里聚集着南昌的各色美食，称得上是吃货的天堂。

万方圆相信自己的眼光，心想着只要能在红谷滩美食街站稳脚跟，小龙虾生意绝不会差到哪里去。但是，美食街店铺的房租都贵得吓人，想用 3000 块钱租到临街的店面，简直是天方夜谭。

然而，万方圆却被从天而降的馅饼砸中了。他的朋友圈刚发出去没多久，就得到了餐饮陈老板的点赞。他是陈王府泡椒田鸡的老板，当年万方圆做餐饮的时候，彼此有过交集加了微信。没想到，在万方圆走投无路之际，陈老板的一个赞，为他点亮了希望的曙光。

陈老板邀请万方圆见面详谈，经过交谈了解到，陈老板饭店生意不太好，房租加上各项开支，餐厅一直处在亏本赔钱的状态。陈老板了解了万方圆的创业经历，很欣赏他的商业头脑和运营能力，约见万方圆的目的，原本是想请他到店里当店长，帮他运营饭店。

万方圆历经了创业的磨练，他的格局和思维已经发生了很大的变化。他宁愿吃苦受累掂勺炒菜，也不愿意做相对舒服的管理岗。宁做鸡头不做凤尾，为别人打工不用承担风险，但也因受制于人而无法施展拳脚。创业比自己打工要承受很多意想不到的压力，却可以按照自己的规划大显身手。

万方圆实地考察了陈老板的店面，主门头两面有两个正对着马路的包厢，非常适合做外卖小店。

陈老板极力想说服万方圆去他的饭店当店长，还提出只要能帮他把田鸡店的营业额推上来，工资就能随便开的优厚条件。

万方圆深谙谈判技巧，征服对方最简单的办法，就是先帮助对方达到目标，然后再提出自己的要求。他沉吟了一下回答道："陈老板，你看这样行不行？我可以帮你做经营提高营业额，但是，你得给我一个包厢做外卖。包厢房租按营业额的8%支付给你，水电费自负！"面对这样诱人的条件，陈老板没有拒绝。

君子一诺千金，万方圆答应了陈老板要帮他做运营，便尽心尽力想着做出业绩。与此同时，小龙虾外卖店的经营也特别耗神费力。人的时间和精力都是有限的，他很难做到两者兼顾。

为了外卖店的发展，万方圆邀请了两个合伙人加入。他们分工明确，一人负责前厅，一人负责媒体运营，万方圆负责后厨。麻雀虽小，五脏俱全，"万方圆龙虾"正式挂牌开张了。

万方圆打响了"革命第一枪"。因为没有钱请帮手，很多时候，做菜、端盘子、打扫卫生，都是他一个人搞定。凭借着他的运营能力和拼劲，外卖店的生意很快就红火起来了。不负所望，陈老板饭店的营业额在他的帮助下也有了明显的提升。

万方圆说："创业的道路上，大多数人只能坚持 1—2 年，只有少数人能坚持 3—5 年，甚至是 10 年以上。而笑到最后的往往就是这些'被行业剩下的'人。与其说胜利，不如说是'剩利'。那些失败的人多数不是被打败的，而是自己提前放弃了！"

万方圆的字典里只有"创业"两个字，大不了从头再来，绝不会轻易放弃。30 平方米的外卖小店，给了万方圆冲出人生低谷的勇气和信心，他如一匹陷入泥潭的骏马，经过拼命挣扎终于站起来了，抖落一身泥水，即将奋蹄疾驰奔向万里前程！

从"点赞"开始的爱情故事

没有女主的故事是不完整的，万方圆的爱情故事，从一个"点赞"开始。

一天，万方圆忙完外卖小店的活，疲惫不堪地躺在床上，习惯性地刷起朋友圈。当刷到一个花店老板的朋友圈时，忍不住点了个赞。

花店老板娘叫马雪，万方圆和她有一面之交。马姑娘开了一家小小的花店，生意不太好，通过朋友介绍，她认识了擅长运营的万方圆。两个人互加了微信，马姑娘请万方圆帮忙，指导运营方面的工作。

万方圆在生意场上叱咤风云，是个敢打硬仗的拼命三郎。但是看到漂亮的女孩子，他却腼腆了起来。马姑娘很漂亮，个子高挑，眉目清秀，看起来温婉，却有一种高冷的气质。万方圆第一次见到她便心生好感，然而在短暂的花店运营支招过后，两人便再也没了交集。

万方圆给马姑娘的朋友圈点了赞，还主动询问了生意状况。然而醉翁之意不在酒,他主要是想跟马姑娘搭讪。经过聊天万方圆慢慢了解到,她虽然看起来高冷,却善良热心,是个难得的好姑娘。

马姑娘说自己喜欢吃龙虾,但在南昌却找不到合口味的龙虾店。万方圆对自己做的龙虾口味也不是很满意,他一直在琢磨,想研制出一种独特的味道,以此征服食客的味蕾。马姑娘对龙虾口味的挑剔,顿时让他产生了一种英雄相惜的感觉。

万方圆心底的琴弦,彻底被马姑娘拨动,牵肠挂肚的爱情曲正式奏响。心动就要行动,"憨厚老实"埋头创业的小伙子,能有什么坏心思呢?他只不过想把心仪的姑娘娶回家而已!

经过"别有用心"的策划,万方圆和马姑娘热聊了一段时间,感觉火候差不多了,就开始了具体的行动。马姑娘喜欢吃龙虾,万方圆就提出要跟她"合作":"我有一辆面包车,闲着也是闲着,可以帮你运花。我做小龙虾需要客户对味道进行客观的评价,你帮我提提宝贵意见。我帮你运运花,你帮我尝尝虾,咱们互助合作怎么样?"

有人帮运花,还能吃免费的小龙虾,马姑娘想也没想,就痛快地答应了万方圆的要求。

两个人的交往,就这样拉开了帷幕。白天,万方圆抽空开面包车帮马姑娘运花。晚上,马姑娘陪着万方圆去南昌各个饭店吃龙虾试口味。

有一次,万方圆打电话请马姑娘试吃龙虾,马姑娘却说:"不好意思啊,我要去看电影!"

"你跟谁看电影啊?"万方圆的心一下子吊了起来。

马姑娘脆生生的声音传了过来:"就我自己啊!"

万方圆悬着的心落地了,一种说不出的柔情和喜悦油然而生:"一个人看电影多没意思!我陪你看吧?"

马姑娘的心底,好像有一朵花儿在悄悄绽放,散发着甜蜜的香味儿,她抿着嘴角说:"好啊!"

其实，马姑娘本来就买了两张票，她想约万方圆看电影，只是没好意思直接说。此时的马姑娘也对万方圆产生了好感。

万方圆趁热打铁，提出和马姑娘打赌："我们打个赌吧，我打赌肯定能做出让你满意的龙虾，如果我赢了，你就做我女朋友。"

马姑娘表面做出不屑的模样，心里却早已春意盎然："赌就赌啊，谁怕谁?"

春风得意马蹄疾，万方圆情场得意，外卖店的生意也越来越红火。他忙得不可开交，抽不出时间约会，就找借口说店里的收银机坏了，让马姑娘来店里帮忙看看。马姑娘风风火火地过来了："收银机不是好好的吗?"

"刚才出了点故障，可能是看到你来了，它不敢偷懒了吧!"万方圆笑嘻嘻地回答道。

万方圆的那点小把戏，马姑娘看破却不说破，她心里也惦记着万方圆，只是不好意思主动过来。她看到万方圆忙得脚跟直打后脑勺，干脆挽起衣袖帮着洗龙虾、端盘子。

很快，马姑娘就成了万方圆店里的最美"义工"。她得空就赶过来，用那双摆弄鲜花的手，干起了剪虾头、端盘洗碗的粗活。万方圆在后厨炒虾，抬头的间隙，看到马姑娘在一旁手脚利索地忙碌，他心里感觉特别踏实，有一种俗世的安稳和幸福。他笃定，马姑娘就是那个可以相伴一生的女人!

万方圆没有忘记那个赌注，他一定要做出让马姑娘满意的龙虾，然后把她"赢"到手。功夫不负有心人，经过无数次的琢磨调试，他终于做出了一道极品甜辣小龙虾。万方圆盛着小龙虾的盘子端到马姑娘面前，忐忑不安地说："快尝尝，味道怎么样?"

马姑娘剥掉虾壳，把小龙虾放进嘴里，鲜香甜辣的味道顿时在唇齿间弥漫开来，迎着万方圆期待的眼神，她点头说道："嗯，味道不错!"

万方圆伸手就把马姑娘拥入了怀里："我做出了你喜欢的小龙虾，你现在是我女朋友了！"

关于那个赌注，两个人都赢了。万方圆抱得美人归，赢得了马姑娘的芳心。同样，马姑娘也赢得了爱情。

妙不可言的缘分制造了两个人相遇的契机，这是"命"，通过自己的努力获得美妙的爱情，这是"运"。命由天定，运由己生，在茫茫人海中，找到那个真正适合自己的人，真的不是一件容易的事情。

风雨人生中，两个人找到了彼此的依靠。他们还打算用极品甜辣油焖小龙虾，打一场翻身仗。这也意味着在收获爱情的同时，他们还将迎来事业上的新篇章。

命运不会辜负每一位认真而努力的人，所有的付出终将得到回报。认准的路，坚持走下去，终会守得云开见月明！

万老板的恋爱经

好的爱情，能让彼此成为更好的人。万方圆这辈子最引以为傲的事情，并不是自己的创业经历，而是他在人生低谷时，顺利追上了美丽能干的马姑娘。

万方圆如愿追上了马姑娘，常有朋友打趣地问他："你这个其貌不扬的小厨子，怎么能追上这么漂亮的花店老板啊！"

万方圆神秘一笑："我有恋爱秘笈！"

沉浸在幸福中的人，更愿意分享自己的成功经验。万方圆总结了自己的恋爱经，恨不能昭告天下，让有情人都成眷属。

万方圆"恋爱秘笈"的第一步，是要和目标建立联系并且保持联系，也可以简单地理解为"死缠烂打"。

男性主动追求心仪的女性，这是天经地义的事情。男性主动，才有可能、有故事；不主动，故事就无从谈起。万方圆认为，追求心仪的另一半，最忌讳的就是"矜持"。他通过一个"点赞"，跟马姑娘建立了联系。既然对方愿意回复消息，那就说明她不讨厌自己。这时候，他便想方设法制造话题，得空就主动找马姑娘聊天。

很少有年轻人不喜欢聊星座，万方圆就很好地利用了这个话题："你是什么星座啊？"

"我是水瓶座！"马姑娘回答说。

得知马姑娘跟自己是同一个星座，万方圆顿时就有了很大的发挥空间："真的假的，太有缘了吧，我也是水瓶座。有人给水瓶座打的标签是'叛逆，异类'，有很多不切实际的想法，并且愿意去一一尝试。"

"我觉得说得很对，我就是这样的人。很多事情不去尝试怎么知道行不行呢？努力去做了，即使失败也没有遗憾。"马姑娘接住话茬说道。

聊天不仅能增加两个人的感情，还可以了解对方的人品、三观以及性格等重要信息。所以谈恋爱时，一定要主动找机会和对方多聊天。

在人们的大众认知里，女性在恋爱中应该矜持一些。万方圆却认为，在一段感情中，无论男女，积极主动的人都更容易获得成功。他的看法和英国恋爱专家 MatthewHussey 的观点不谋而合。MatthewHussey 有一段演讲视频，曾经迅速走红网络。视频中谈到，如果女生总是等待男生来找她们，那么可能就会和"好男人"失之交臂。因为，很多规矩本分的男生根本不懂怎么追求异性，这时候，如果女生表现得主动一些，男生受到启蒙，说不定就会打开感情的任督二脉，开始一段轰轰烈烈的爱情。

很多女生收到男生发来的消息后，觉得应该故意"冷落"对方，吊一下胃口。但很多时候，男生可不是这么想的！因为，他们并不能分清"矜持"和"拒绝"的区别。所以，女生故作矜持的话，就有可能弄巧成拙。

万方圆"恋爱秘笈"的第二步，就是保持联系并加强联系。简单来说，就是"死缠烂打"的升级版。他用过来人的经验总结道："当他/她愿意每天陪你聊天，你就别再局限于聊天！"也就是说，要在聊天的基础上，进一步发起进攻了。

万方圆要炒龙虾卖龙虾，他虽然十分想和马姑娘见面，可他总不能动不动就扔下店里的生意去找马姑娘。但是，他可以想办法让马姑娘来店里玩。当然，这时候时机还不太成熟，他还不能直接约马姑娘，而是找一些借口，例如："外卖后台出了点问题，不知道为什么接不到单子了，你会设置吗？""这会儿店里生意太火爆，我实在忙不过来，你能过来帮忙吗？"

万方圆找不同的借口约马姑娘，她每次都欣然赴约。万方圆尝到了甜头，开始得寸进尺了。依然走的是"找借口"约马姑娘的路线，只不过，他的借口就带了点赤裸裸的表白的味道："今天心有点空，你住进来吧！"

马姑娘看到这样的信息，一颗心难免会"噗通噗通"乱跳，这明显就是爱情来敲门的节奏啊！

万方圆"恋爱秘笈"最后一步：姜太公钓鱼——愿者上钩。

创造一个让他/她点头的机会。"死缠烂打"的招数，运用起来要拿捏好"度"。如果对方积极回应，那么"死缠烂打"就要不断升级更新迭代，一步一步俘虏对方的心。最后一步，要停下来，等对方做最终的回应："我愿意和你在一起，我们相依相伴，风和日丽在一起，狂风骤雨在一起！"

需要注意的是，"死缠烂打"不是唱独角戏，而是去唤醒对方对你的感情。如果对方对你根本没兴趣，你一厢情愿的纠缠，反而会让对方心生厌恶躲避不及。谈恋爱是两个人的共鸣，你永远也叫不醒一个装睡的人。当你的付出得不到任何回应时，鸣金收兵也许是最好的选择。

有人说，爱情是命运的恩赐，在最好的年华里，你爱的人正好爱着你，真的很难得。时间的荒野中，茫茫的人海中，没有早一步，没有晚一步，恰巧就遇上了，这是"缘分天注定"。没有辜负缘分的安排，通过自己的努力追到了心仪的人，这是"事在人为"。

命由天定，运由己生，命运掌握在自己手里。好的爱情，也需要自己努力去争取！

被合伙人踢出局

创业的过程，就是一路踩坑一路填坑的过程。万方圆的外卖小店生意越来越红火，单天最好的业绩曾经卖到 2 万块。有了一些利润积累以后，万方圆就有了开连锁店的打算。

当初，万方圆开店缺少资金，为了让外卖店得到更好的发展，他找了两个合伙人和自己一起经营外卖小店。而且，万方圆还慷慨地答应，三个人平分股份。

如今，万方圆要开连锁店，让"万方圆龙虾"遍地开花，连锁发展。首先就要与合伙人商议，征得他们的同意。万方圆把两个合伙人约在一起，畅谈了连锁发展的优势："餐饮连锁经营，不仅能大大提高我们自身的业绩，还可以通过加盟等形式，借助他人的资本进行低成本扩张。可以集中进行采购、加工和广告营销，让我们取得规模效益，降低成本，提高竞争力……"

"我不同意连锁发展，咱们只有三个人，摊子铺得太大，管理不过来。而且开连锁店风险太大，你只想着赚钱，要是赔了呢？"负责媒体运营的合伙人沫沫，不等万方圆说完，就打断了他的话茬。

另外一个合伙人立刻表示，自己站队沫沫："对，我也反对扩张，现在的收入挺好的，我们心往一处使，努力把这个店经营好就行了！做生意不能这山望着那山高，野心太大不太好！"

万方圆想努力说服他们："市场非常残酷，要想持续生存下去，就要让自己变得强大起来。否则，早晚会被别人挤垮，到那个时候，要想翻身就难了……"

沫沫干脆地表达了自己的意见："我们两个不同意开连锁店，少数服从多数。"

三个人的意见无法统一，外卖店其实主要是靠万方圆撑起来的，但是他却没有话语权。除了三个人持有相同的股份，还有一个重要的原因就是，当初因为万方圆身负巨额债务，他也相信两个合伙人，就让负责外卖店前厅的合伙人与陈老板签订合同。也就是说，万方圆不是这份协议的乙方，他虽然拥有股权，但是没有权利决定外卖店的发展规划。

两个合伙人话里话外的意思就是，如果万方圆一意孤行，那只能退出。面对这样的局面，万方圆果断决定，离开他亲手创办的小店，他要重新开一间真正属于自己的外卖店！

做决定容易，真的离开时，万方圆心里也有不舍。小店刚开起来时，因为没有资金，从招牌到简单装修，从桌椅板凳到后厨的锅碗瓢盆，都是他亲手一件一件添置的。他把不起眼的小店，做成了生意火爆的外卖店，却被合伙人踢出局，他有些黯然神伤。但是，他很快就调整了状态，他不想被困在这里，离开是为了去开创更广阔的天地。

而且，因为合伙人的原因散伙分家，从而造成创业失败，万方圆从中也收获匪浅。创业容易守业难，创业者挑选合伙人，以及与合伙人相处时，都需要谨慎，要有效地降低散伙风险，提高合作效率。

创业时找合伙人，必须找价值观、思想高度统一的人。所谓的道不同不相为谋，不能为了钱或者资源，而忽视共同的价值观。团队成员有相同的经历，或者志同道合，这样才更容易产生凝聚力。在创业初期，这种力量是抵御困难的法宝。反之，则会对创业团队内部造成伤害。万方圆是经历过大风大浪的人，他心存创业梦想，绝不满足于单纯经营一间小店。而其他的两个合伙人，一个只是兼职赚点外快，每个月有笔固定的收入就欢天喜地了。另外一个也没有什么大想法，安于现状，对外卖小店的收入很满意。他们阅历不同，生活的环境不同，对未来的规划存在差异，遇到问题就容易分道扬镳。

创业之初，要合理分配股权。股权分配不能失衡，有的合伙团队一家占去90%以上股份，其余股东只占1%、2%的股份，这样的合伙制度很容易导致小股东缺少归属感与工作动力，一旦遇到诱惑或困难，很容易倒戈或散伙。因此，核心股东占股至少应该大于10%，同时要避免平均分配股权。当初万方圆担心股权失衡会影响合伙人的积极性，就平均分配了股权，却从一个极端走到了另外一个极端。平均分配股权引发的最明显的不良后果，就是没有分配决定权。在创业开始的"蜜月期"可能不会产生争执，但常言道，可以共患难，难以同甘苦。到了一定阶段，分歧出现的时候，缺乏一个拥有绝对控制权的人，大家谁也不服谁，最终的结果就是分道扬镳。

合伙人相处，最好先小人后君子。很多合伙人之间反目，就是因为责权不明，而往往因为事先没有明文约定，以致问题无法得到有效解决。所以，应该在合伙创业之初，把责、权、利划分清楚，达成共识，最后白纸黑字写进合约里。合约则会引导我们人性中诚实、善良、积极的一面。如果去考验人性，往往会输得很惨。万方圆当初和陈老板签合同的时候，对合伙人非常信任，所以让他全权处理合同签订事宜。如果当初在协议中，约定万方圆对外卖店有管理权，就可以避免如今黯然离场的结局。

在残酷市场环境里，创业即使有了得力的合伙人，也不见得会成功。但是，处理不好合伙人之间的关系，创业一定会失败。找到同心同德的合伙人，是创业成功的重要因素。

榕门路第一家实体店

脚踏实地努力的过程中，永远对未来充满热情和希望，这是一个优秀的创业者必须具备的基本素质。万方圆为了实现自己的创业梦想，果断地离开自己一手创办的外卖店，立即着手创办真正属于自己的饭店。

此时的万方圆手里已经有了一些积蓄。有了钱，就有了选择的余地，他可以按照自己的规划创办饭店。在地址的选择上，他决定在榕门路寻找合适的铺面，因为马姑娘就在那里开花店。

当初决定从包厢外卖店退出来的时候，万方圆还是跟马姑娘商量了一下，马姑娘无条件的支持让万方圆心底一热，差点就红了眼眶。他跟两个合伙人畅谈自己的品牌梦想时，他们都觉得是痴人说梦瞎折腾。马姑娘却坚定地站在他身边，无条件地信任他。从生意火爆的外卖店退出来，这意味着他又要重新出发。他对自己有必胜的信心，但是未来永远都是未知数。马姑娘的信任，给了他无法言说的鼓舞。

在这之前，万方圆一直是孤军奋战，在生意场上摸爬滚打起起伏伏，独自扛下了所有的磨难，其中的辛酸不言而喻。现在不同了，他身边有了马姑娘。同时，他肩上承担的责任更大了。他铆足了劲儿，要让马姑娘过上好日子。他的拼劲也更大了，因为他有了坚强的后盾和支持，风再急雨再大，身边有人陪伴同行，再苦的日子也就有了甜滋味。

当初，与其说万方圆凭着一道极品油焖小龙虾赢得了马姑娘的芳心，不如说，马姑娘被万方圆强韧的创业精神打动。能享受得了成功，也能扛得住失败，脚踏实地地打拼，永远对自己充满信心。马姑娘相信这样的男人值得托付。跟着他，可能要承受一起打拼的艰辛，还要随时准备倾家荡产支持他的事业，但是，马姑娘的心里是踏实的！

经过一番紧锣密鼓的筹备，榕门路的"万方圆龙虾店"开业了。这是一家完完全全属于万方圆一个人的店，在他心里，这家店就是他品牌梦想开始的地方。他要以这家店为根据地，打造属于自己的餐饮品牌帝国。

榕门路龙虾店开张了，这也意味着万方圆迈出了创业路上从头再来的第一步。道阻且长，万方圆虽然还没有做出亮眼的业绩，但毋庸置疑的是，在创业的历练中，他已经具备了一个优秀创业者的基本素养。

优秀的创业者，应该具备哪些特质？有人觉得专业能力最重要，比如马化腾、李彦宏、比尔盖茨。有人觉得资源背景最重要，比如王健林、王石。也有人觉得运气很重要，一个好的创业者，商业运气第一，有了运气一切都水到渠成。

　　斯坦福大学跟踪研究了几万名成功创业者，总结得出以下几点成功创业者应该具备的优良素养：

　　一是专业能力。俗话说："一事精，百事精。一无成，百无成。"每个行业的专业知识各有不同。在专业知识方面，虽然不能说通一行就可以通百行，但是生意的运行规律本质是相同的，通百行，说的是生意本质。做一行精一行，做不同的生意要求有不同的专业知识。万方圆通过代办旅游签证积累了人生的第一桶金以后，他就一直在餐饮行业打拼。从最初做酒店，到后来做品牌酱料，虽然都失败了，却也在餐饮行业积累了丰富的创业经验。从头再来，他依然选择投身餐饮行业，而且是从最基础的掂勺下厨做起。总的来说，在餐饮行业，他具备较强的管理经营能力的同时，还具备了基础的烹饪能力。由此可见他的专业能力。

　　二是商业能力。成功的创业者，往往都有超凡的商业能力。创业者在市场和商海中拼搏，这是一场没有硝烟的战争，能者胜，劣者败，这与创业者的素质和经商能力有着直接关系。具备有良好素养和经商能力者，其成功率要高很多。万方圆头脑活络，生来就有商业头脑。否则他也不可能迅速在旅游签证方面崭露头角，成为行业黑马脱颖而出。年纪轻轻拥有一定的财富，他没有无度挥霍，而是致力于开发实体产业，由此可见他的商业能力。

　　三是决策能力。创业者的决策能力，直接决定着创业能否成功。在创业的过程中，事无巨细都需要凭借创业者的超强决策力引导。创业失败的大多数原因是创业者优柔寡断所致。决策不果断容易丧失机会，成功也就遥遥无期了。可以说，不敢做决策、拖延，是创业者的公敌。万方圆是个果敢的人，无论是当初决定北上发展，还是放弃自己一手创办的龙虾外卖店，他都能做到速战速决。

四是思考判断能力。市场竞争惨烈，未来的发展道路有着太多的不确定性。有许多的机遇等着创业者去发掘，也有许多的陷阱在等着创业者。较高的思考判断能力，才能帮助创业者分辨机会和陷阱，从而提高成功的概率。万方圆为此可以说是付出了高昂的学费。当初他北上发展，结果陷入融资失误的泥潭。正是这惨痛的教训，教会了他冷静思考、谨慎行事，提高了思考判断的能力。

五是正视困难的能力。创业路上，顺风顺水非常少，困难重重是常态。创业者要能够坦然面对困难、正视问题、解决问题。如果面对困难习惯性地逃避，出现问题就六神无主，那就寸步难行。万方圆一直坚信，所有的问题都有对应的解决办法。北上创业虽然以失败告终，但这个过程中也大大地提高了他解决问题的能力。

六是坚韧的品格。创业是一场马拉松，创业者要经历起步阶段、发展阶段、成熟阶段、转型阶段，过程中拼的就是创业者的耐力。只有具有坚韧的特质，才有可能熬到最后，走向成功。如果创业者遇到挫折就放弃，终将走向失败。很多成功的大公司，都是经历九九八十一难，凭借创业者坚韧的特质走到最后。"不搏一搏，单车永远变不了摩托"，这是万方圆的口头禅。他认为坚持拼搏，就会取得成功。他的坚韧，让他从不认输，他认为所有的失败都是通往成功的阶梯。他对成功的理解，就是坚持到最后谋求"剩"利。

七是专注力。很多创业者短期内看不到效果，就会放弃，重新寻找新的创业项目。不断地更替行业、商业模式等等，这样很难有所成就。优秀的创业者都是在一个行业坚守多年，对行业、对产品专注。经过时间的沉淀，最终成为行业内的佼佼者。所以，对于创业者来说，是否专注是比较关键的因素。万方圆有着一股倔劲，一直在餐饮行业打拼，即使到了山穷水尽的地步，也没有转行的打算。专注餐饮多年，让他积累了丰富的行业经验，为将来的成功打下了坚实的基础。

天降大任，必先苦其心志。万方圆在生意场上经过磨练，已经具备了一个优秀创业者应有的优良素养。创业的道路荆棘遍布，但未来他一定会走得越来越稳健！

万方圆娶了马姑娘

万方圆创业的过程曲折坎坷，爱情之路却顺风顺水。

榕门路的龙虾店开张后，万方圆和马姑娘见面的机会更多了。马姑娘每天在花店老板和刷虾小妹之间来回转换。白天她妆容精致地坐在鲜花丛中，巧手剪花插花，优雅美丽，像是不食人间烟火的仙女姐姐。到了晚上，她换上 T 恤衫，围着围裙戴上手套坐在路边清洗龙虾，成了夜宵摊上漂亮的刷虾小妹。

马姑娘和万方圆的约会方式和别人不太一样，没有花前月下卿卿我我，也没有时间逛街看电影，每天就是一起在龙虾店里忙活。长此以往，两个人成了配合默契的好搭档，只需要一个动作一个眼神，彼此就能明白对方的心意。

有一次，万方圆忙完后厨的工作走出操作间，就看到马姑娘挽着袖子坐在路边刷虾。她扎着随意的马尾，拿着剪刀娴熟地剪着虾头。这一幕让万方圆感到前所未有的安稳和踏实。就在那一瞬间，他在心里对自己说："这辈子，就是她了！"

接近凌晨，店里终于打烊了，马姑娘在收银台算账，万方圆端来夜宵，用勺子盛了一口汤送进她嘴里，还细心地帮她擦掉嘴角的汤汁，嗫嚅着说道："马雪，我想跟你商量点事儿！"

"说呗!" 马姑娘头也不抬地说道。

万方圆鼓起勇气说道:"我们结婚吧!"

马姑娘依然忙着手头的活儿,脱口说道:"好!"

马姑娘在心里也早就认定了万方圆,对于两个笃定的人来说,结婚就是水到渠成的事情。

万方圆和马姑娘正式交往不到三个月就领证结婚了。爱情需要时间来检验,但是时间却不是衡量感情的唯一标准。多少人倾其一生也找不到心性相投的人,但有缘的人却是一眼定终生。

结婚是人生大事,很多时候,两个家庭为此忙得不亦乐乎。万方圆和马姑娘却把心思都用在生意上,结婚前一天,龙虾店和花店都还照常营业。他们在龙虾店忙到凌晨,万方圆做完最后一份油焖小龙虾,马姑娘打扫完卫生,两个人依偎在一起打了个盹儿,才开始准备婚礼的事情。

万方圆开车载着马姑娘,去她的花店装扮花车。凌晨空旷的街头,昼夜连轴转让万方圆疲惫不堪,但是他的心里却充满了希冀和憧憬。如果说在这之前他是单枪匹马闯世界,结婚以后,有了马姑娘两人相濡以沫结伴同行,他就有了坚强的后盾。在不久的将来,他们还会有自己的孩子。想到这些,万方圆的肩头又多了份为人夫为人父的担子。他会暗下决心未来要更加努力地去拼打,让家人过上更好的日子,再苦再累都值得!

马姑娘帮着万方圆给汽车扎鲜花。她双手利索地扎着鲜花,偶尔瞄一眼身边的新郎官,心花怒放。虽然这个男人目前一文不名,但她相信,总有一天他会干出一番事业。马姑娘也曾问过自己:"为什么会爱上万方圆?"喜欢她的人很多,可是她却从来没有动心过。短短几个月的时间,自己怎么就心甘情愿把后半生交给他?也许是万方圆不服输的韧劲打动了她,也许是被他跌宕起伏的人生经历所折服,又或许仅仅因为两个人心性相投……反正,自己的后半生要和这个男人风雨同舟、不离不弃。

两个人扎好花车,天也蒙蒙亮了。万方圆开着花车,马不停蹄地把马姑娘送回了娘家。然后，他再开着花车把马姑娘迎娶了回来。新郎官亲自开婚车接新娘子，可能除了万方圆和马姑娘，很少有人能做出这么"拼"的事情。但是，对他们来说，结婚是人生大事，做生意赚钱也同样重要。目前，事业还在起步阶段，休息一天就要遭受一天的损失，所以结婚赚钱要两不误。

马姑娘穿上嫁衣，在亲朋好友的祝福声中嫁给了万方圆。婚礼上，当司仪声情并茂地问道："无论富贵贫穷，无论健康疾病，无论人生的顺境逆境，在对方最需要你的时候，你能不离不弃直到永远吗？"

马姑娘坚定地回答："我愿意！"

司仪转头又问万方圆："你是否愿意这个女人成为你的妻子与她缔结婚约？无论疾病还是健康，无论贫穷还是富有，或任何其他理由，都爱她、照顾她、尊重她、接纳她，永远对她忠贞不渝直至生命尽头？"

万方圆的回答铿锵有力："我愿意！"

有人说，仪式感不是你一定要给我一个多么华丽的婚礼，也不是你一定要带我去巴厘岛和爱情海，更不是依托于物质而存在，而是在柴米油盐的烟火日子里，这一天是个特别的存在。只有仪式感，才能放大你的情绪，让爱情在平淡的生活里开出花来，变成充满感动的细水长流。

充满仪式感的婚礼结束了，当天晚上，万方圆和马姑娘又做了一件让人意料之外的事情，那就是龙虾店照常营业！

万方圆当晚发了个在龙虾店工作的朋友圈，朋友们发现新婚的他坚持在工作，纷纷赶来捧场道贺。

2017年9月16日，这是个值得纪念的日子，万方圆和马姑娘的爱情修成了正果。对于他们来说，结婚是两个人组建了一个小家庭，更是彼此结伴创业打拼。人生漫长，生活不易，因为有你，未来可期！

重回红谷凯旋店

万方圆刚结婚没两天，就接到了红谷凯旋店陈老板的电话。

陈老板寒暄了几句，就直接切入了主题："我想把店转让出去，我考虑了一下，觉得你是最好的人选。你了解店里的情况，只有你能把这个店盘活……"

经过交谈，万方圆了解到，他离开红谷凯旋后的这几个月，包厢里的龙虾外卖店经营不善关门了。陈老板的生意也是每况愈下，实在支撑不下去了，这才想着把饭店转让出去。

陈老板的眼光没错，如他所料，万方圆特别想把握这个机会，接下红谷凯旋店。榕门路的龙虾店，不论是地段还是规模，都无法和凯旋店相提并论。凯旋店平台更大，可以助力万方圆走得更快、飞得更高。

但是，万方圆也明白此时接下凯旋店意味着什么。随着秋天的来临，龙虾生意马上就要进入淡季。要想维持饭店的正常运营，昂贵的房租、水电费、人员工资等，每天都需要庞大的开支。生意清淡没有业绩入账，要想维持偌大一家饭店，稍有不慎就可能全军覆没。

然而，机遇往往和困境是并存的。如果此时是龙虾旺季，凯旋店生意红火，陈老板肯定不会转让饭店。只有把握机会接下饭店，想方设法冲破困境，才有可能抓住机会打一场翻身仗。

万方圆又一次和陈老板面对面地坐在了谈判桌上。只不过，短短几个月的时间，双方的身份却发生了比较大的变化。万方圆刚从北京回来的时候，还只是想借着陈老板的一个包厢，迈出他从头再来的第一步。而如今，他的目标是整个凯旋店。

陈老板的神情有些落寞和无奈："唉！你走后，没有人帮我做运营，生意渐渐就不行了。你是懂行的人，咱这个店的地理位置，硬件配置都挺不错的，只要好好做，肯定能赚钱！"

"陈老板，我们这么熟，我就不绕弯子了，你打算要多少转让费！"万方圆已经决定接下饭店，他最关心的就是价格的问题。

陈老板说出的转让费，万方圆觉得是合适的。他在脑海中飞快地盘算，凯旋饭店要想正常运营，他最少需要准备 60 万元。问题是他刚结完婚，手里一分钱也没有。

万方圆沉吟了一下说："陈老板，我回去跟家人商量一下，尽快给你回复！"

结了婚，他就不是一个人了。以前单枪匹马的时候，为了目标他想也不用想，就可以破釜沉舟背水一战，现在有了妻子，不久的将来还会有孩子，做什么事情都需要稳妥一些。

万方圆回到龙虾店，马姑娘见他心事重重的样子，小心翼翼地问道："怎么样，谈得不顺利吗？"

万方圆拧着眉头不说话，被马姑娘逼急了才说："盘饭店得几十万，我们拿不出来，还是算了吧！"

"你想接下来，我们就想办法，大不了借呗！"马姑娘伸手捏了捏万方圆的脸："别愁眉苦脸了，这不是你的性格！"

有了马姑娘的全力支持，万方圆下定决心要接手凯旋饭店。但是，马姑娘借的钱以及万方圆想办法凑来的钱，还是远远不够。然而此时的万方圆只能硬着头皮往前走，绝不能后退半步。

"陈老板，我确实凑不够钱，能不能通融一下，让我分期付款！"万方圆恳切地对陈老板说。

陈老板思索了一下，点头答应了万方圆的要求。陈老板急于把饭店转出去，而且，他相信万方圆有能力把饭店盘活，也有能力按时还上后续款。

很多时候，机遇就是强者的代名词。强者并不一定就是天才，而是善于把握机会。面对同一件事情，大多数人盯着风险时，强者却能从中发现机会、抓住机会，往往就迈开了走向成功的第一步！

"蠢老婆"和"穷亲戚"的最野组合

机遇不会直接转化为成功，需要我们用行动去争取。机遇只是为强者提供了一种可能性，并不是必然性，机遇和成功之间并没有必然的因果关系。要将机遇转换为成功，就需要付出行动。

2017 年 10 月 1 日，万方圆正式接手了凯旋饭店。他重新回到了被合伙人踢出局的地方。只不过，这次他把"万"字招牌挂在了正门口。然而，他没有心情享受重回故地扬眉吐气的喜悦，要想把饭店盘活并不容易，各项开支和贷款利息，像两座大山压在他的心头。

但是，他一定要活下去！

当天晚上，万方圆顶着光头回到家，马姑娘被吓坏了："出了什么事情吗？"

"削发明志，既然接下了饭店，除了破釜沉舟把饭店做好，没有别的退路！"万方圆郑重地说道。

不断地尝试新出路，是突破困境的有效途径。万方圆为了打破生意清冷的僵局，他卖螃蟹、火锅、烧烤、赣菜，他把能想到的办法都尝试了一遍，不遗余力地去拼了。

万方圆不停地折腾，饭店的厨师受不了，他跟万老板吵了一架辞职了。饭店没有厨师，但这难不倒万方圆，转身他便亲自顶了上去。

有一次，一位客人点了一道藜蒿炒腊肉。这道菜在南昌，上至宾馆酒店，下至美食排档，都少不了它的身影。咸香的腊肉，配上藜蒿独特的淡香，让人唇齿生香回味无穷。然而，越简单的菜越考验厨师的功力。当马姑娘把万方圆炒的菜端上桌时，挑剔的客人吃了一口菜，就扔下筷子喊道："把你们老板叫来，这菜太难吃了，腊肉硬得能把牙硌掉。"

万方圆闻声从后厨出来，跟客人说好话："真是不好意思，这道菜给您免单！"

"厨师就这水平，你们也敢开饭店……"客人指着万方圆的鼻子，不依不饶地骂道。

万方圆耐着性子，把一切都忍了下来。客人虽然蛮不讲理，但菜的味道有问题是事实。虽然他之前掂过勺炒过菜，但是现在看来，小饭馆和大饭店对厨师的要求还是有很大区别的。

有问题不要紧，重要的是要发现问题解决问题。万方圆埋头琢磨做菜的功夫，很快就能在厨房独当一面了。

万方圆除了在饭菜花样上不停地折腾外，就连饭店的门头，他也想折腾出新花样。饭店的门楣上挂过各种吸引人的招牌："美蛙鱼头""泡椒田鸡""万方圆小龙虾"，这样凸显了饭店的特色，还显得中规中矩。"马姑娘美蛙鱼头火锅""万方圆爱上马姑娘"这样的名字，则是一边向老婆表白，一边吸引年轻客人的注意。

饭店每换一次招牌，就意味着万方圆又做了一次新尝试。然而理想很丰满，现实却很骨感。尽管他拼尽了全力，一个月过去了，饭店生意没有任何起色。生意最惨淡的时候，饭店一天的营业额不到1000块。

饭店的收入不稳定，账单却总是如期而至。第二个月，饭店依然没有赚到钱，万方圆拿着账单，愁眉苦脸地思忖了一番，鼓起勇气跟马姑娘商量："实在不行，我们把房子卖掉吧？"

"好啊！"马姑娘想也没想回答说。

那时候，马姑娘怀孕了，卖掉房子就意味着，她要挺着肚子跟着万方圆租房子住。在这个时候，换作别的女人，可能都不会同意。但是马姑娘什么也不说，一口就答应了万方圆。

万方圆心底的感动无法言说，他该是多幸运，才遇到了这样的"蠢老婆"。为了支持他创业，她义无反顾拼上全部身家。马姑娘虽然说不出"风雨同舟"这样文绉绉的话，但是她却用实际行动演绎了什么是夫妻同心。只要你需要，我必将全力以赴！

"可是，咱们要是把房子卖了，你妈妈同意吗？"万方圆稳了稳情绪，迟疑地问道。

马姑娘干脆地回答："你笨啊，瞒着她不就行了！"

马姑娘当初要嫁给万方圆时，父母提出的唯一要求，就是男方一定要有套房子。在老人的观念里，女儿有了房子才算安顿下来，才算真正有了家。要是老人知道女儿刚结婚，女婿就把婚房给卖了，他们在气头上，说不定会认为女婿在骗婚。

万方圆郑重地向马姑娘保证："老婆，你放心，等我们赚了钱，我一定给你买套大房子！"

第三个月，饭店生意有所好转，但还是入不敷出。这时候，万方圆的姐姐和姐夫也站了出来，他们卖掉了唯一的房子。姐夫还把父母养老的钱也借出来，支持万方圆渡过难关。

姐姐和姐夫白天在工地上干活，晚上在饭店帮着端盘子洗碗。他们为了帮万方圆，再苦再累也毫无怨言。

全家人租住在不到一百平方米的三居室里，因为马姑娘怀着孕，姐姐、姐夫把主卧让给了万方圆小两口。但是，很多时候，万方圆就住在饭店里。他不分昼夜地忙活，累得趴在桌子上马上就能睡着。晚上，他就睡在一张小小的行军床上，或者干脆把几张椅子拼在一起，蒙着被子倒头就睡着了。马姑娘大着肚子端盘子、炒菜、洗龙虾，累得不想动了，就也住在店里。店门口没有玻璃门，北风呼呼地吹进来，万方圆和马姑娘相拥取暖。外面天寒地冻，他们累极了很快就沉睡了，好像连冷也感觉不到了。

万方圆很多次在忙碌的间歇，抬头看到马姑娘挺着孕肚，还在端盘子洗碗，他心里特别不是滋味。他能做的，就是抽出空给马姑娘倒杯水、揉揉肩膀、说几句暖心的话。马姑娘干起活来手脚利索，却是个讷言的人。她说不出甜言蜜语，只是默默陪着陷入低谷的万方圆东山再起。万方圆在心底暗暗发誓，一定要努力成功，让马姑娘跟着自己过上惬意、自在的生活。

万方圆苦苦撑着饭店确实艰难，但是他坚信自己能熬过寒冬，迎来春暖花开。因为他不是孤军作战，他身边有世界上最漂亮的"蠢老婆"，有姐姐、姐夫这样掏心掏肺的"穷亲戚"。他们毫无保留的付出，不仅给了万方圆金钱上的支持，还给了他莫大的鼓励和信任。

家人就是一个团队，他们不眠不休全天营业，起得比卖早点的早，睡得比卖夜宵的晚，早餐和夜宵全品类售卖，为饭店在美食街博得了生存空间。慢慢地挣了点钱，万方圆便开始着手改造店里的硬件设施，他在店门口装上了玻璃门，在店里隔出了包厢，还设计了明档厨房。

2018年2月15日是大年三十，万方圆和家人提前吃了团圆饭，又投入到工作中，春节也是照常营业的一天。

过了春节，冬天也就过去了。万方圆的饭店也挺过了寒冬，终于活过来了。他们在生死线上挣扎，熬到了小龙虾上市的时节，从3月份开始，每天的业绩稳步上升，销售额最高达到了3万元/天。苦苦支撑了5个月，他们打了一场漂亮的翻身仗。

万方圆的生意好起来了，紧接着儿子也出生了。

3月9日凌晨5点，万方圆和马姑娘在算账。他们忙完正准备睡下，马姑娘突然感觉不对劲，可能要生了。天刚蒙蒙亮，墙上的时针指向7点，万方圆一骨碌从床上爬起来，扶着马姑娘下楼，急忙把她送到了医院。没过多久，他们八斤二两的胖儿子呱呱坠地。

万方圆抱着软软糯糯的儿子，初为人父的懵懂和喜悦，让他不知道该说什么好，一个劲地咧嘴傻乐。回过头，他不迭声地问马姑娘想吃点啥，他马上回去做。

马姑娘虚脱地躺在床上，看着生命中最重要的两个男人，心里洋溢着难言的满足和幸福。自从跟万方圆在一起，马姑娘一直陪着他不分昼夜地在饭店忙碌，都没有好好歇过一天，借着坐月子，终于可以补个安稳觉了。

儿子还没有出生，万方圆已经给他取好了名字。他之前总跟朋友说："人还是要有梦想的，万一真的实现了呢？"朋友们就跟他开玩笑："将来你要是有了儿子，就取名叫'万一'吧！"万方圆觉得这个名字不错，饱含着自己的创业初心，以及对儿子殷切的期望。他希望儿子长大以后能得到自己的真传，成为一个有梦想、敢奋斗的男人。

那段日子，万方圆白天在医院里陪马姑娘，晚上又回到店里炒菜。他每天的睡眠时间只有3个小时，但还是咬牙坚持营业。为了能生存下去，从他和马姑娘接下这家店起，就没有因为任何事情关过店，因为万方圆总说："没有资格休息！"

世界上任何有价值的东西，都不可能轻而易举地得到。只有那些拼命努力的人，最终才能获得想要的结果。那些成功者，往往都善于通过不断的尝试和折腾，寻找突破困境的方法，把别人眼里的"不可能"变为发展的机会。很多时候，机遇就隐藏在"不可能"的背后，等待真正的强者去把握！

万氏团队的"四大天王"

如何组建一个优秀的团队，这是创业者在创业过程中必须面对的问题。美国大片里的超人、蜘蛛侠都是孤胆英雄，而中国的故事里有"七侠五义""桃园三结义"和"梁山一百单八将"，讲的都是志同道合的朋友，合作办成一件大事的故事。

如果把创业比作拍电影，一个再耀眼的明星也撑不起整部戏。要想拍出好看的电影，少不了主角、导演、编剧、配角、龙套。万方圆的饭店能熬过寒冬活下来，除了他头脑活络肯吃苦，也离不开身边人的支持。可以说，是"万氏团队"齐心合力，让饭店熬到了小龙虾上市的时节，有了打翻身仗的机会。

创业团队要有好的带头人，团队成员之间要有合理的职权划分。万方圆把饭店当作一个企业来运营，他把自己的小团队，称为"四大天王"组合：自己负责后厨，马雪是大堂经理，老万负责招揽客人，关姐负责酱料小作坊。四个人各司其职，没有搞不定的问题。

俗话说，"火车跑得快，全靠车头带"。我们做任何事，方向比努力更重要，方向不对努力白费，只能离目标越来越远。一个好的企业，需要一个扛旗带队的"先锋队长"，他要有眼光、有胸怀、有经验、有实力，带领企业向正确的方向发展。

万方圆的工作是负责后厨，但他还有一个更重要的角色，那就是团队的"掌舵人"。他要琢磨让饭店活下去的方法，比如不断地变换主打菜品、24 小时全天营业等策略，都是他带领大家在不断地尝试和折腾。此外，为了保证团队成员顺利地执行各项工作，他还要负责团队成员的职权划分。比如安排人员昼夜轮换值班，保证不出现营业时间空档。

马姑娘是大堂经理，她是万方圆的拥趸者，是出色的执行者。马姑娘无条件地信任万方圆，无论他制定了什么"折腾策略"，她都积极响应并执行。她信任万方圆是因为爱情，更因为他有丰富的创业经验。马姑娘特别能干，无论有多少客人，大厅的所有事务，她都能做得井井有条。即使她挺着大肚子，收银、端盘子、打扫卫生等活计，她都是手到擒来。

不论万方圆成功或失败，他都是马姑娘心中的英雄，她相信总有一天，他会像大鹏一样翱翔蓝天。在万方圆的眼里，老婆是世界上最漂亮、最能干的姑娘。他满心满眼地爱她、敬重她，夫妻彼此仰慕互相成就。

老万善于和人打交道，可以在最短的时间里和陌生人打成一片。饭店没有钱做广告，招揽客人的重担，就落在了老万的头上。万方圆说："没有老万拉不来的客人，只要他盯住的客人，即使今天不来吃饭，改天也会来！"

老万还是饭店里的一块砖，哪里需要哪里搬。客人多时，老万就是大厅的服务员，他一边和客人唠嗑套近乎，一边还能帮着端盘子、打扫卫生，拉客干活两不误。马姑娘生孩子住院时，万方圆白天在医院陪老婆孩子，后厨就交给了老万，他掂勺炒菜也是手到擒来，店里有点粗活笨活，他也是扑下身子全力以赴。

关姐是酱料小作坊的"掌门人"，掌握着做酱料的"核心技术"。她戴着眼镜，看起来柔弱斯文，干起活来却是不折不扣的猛将。关姐是技术员也是操作工，即使在大夏天，守着大铁锅炒酱料也毫无怨言。

关姐是万氏团队的老员工了，万方圆做酱料项目的时候，她就负责整个酱料小工厂的运作。后来酱料项目失败，其他的员工都离职了，关姐选择了继续跟着万方圆打拼。

万方圆常说："四个人，也许大家想到的是刚好可以打一桌麻将，或者是一次聚会。但我们不同，我们支撑起一个产业链条，大家紧密合作，向着同一个目标在努力！"

360公司创始人周鸿祎认为，一个人就算浑身是铁也打不了几根钉子，很难撑起一个创业团队。当然，创业团队也不是人越多越好，比如一个非常牛的人，要带领七八个联合创始人，像"秦扫六合"一样。这样的团队组合往往是把几个很强的人绑在一起，不利于企业的发展。敢于创业的人通常都比较自我，很难形成合力。万方圆四个人的团队组合，避免了一个人创业的势单力薄、孤掌难鸣，也避免了人多心乱难管理的局面，称得上"黄金组合"。

周鸿祎说，他在互联网行业里干了十多年，从来没有看到一个为了解决财务问题而凑在一起的团队，最终能够走向成功。这样的团队一旦遭遇挫折，就容易悲观失望；或者一旦外面有更大的现实利益诱惑，团队容易分崩离析。他认为几个人在一起创业，不能以发财为目标，一定要有某种程度的理想主义情怀。对于创业团队来说，如果每个员工都把自己做的事情仅仅当作一份工作，当作一种养家糊口、解决财务问题的工具，那么这个营盘绝对不会是铁打的，而是纸糊的，稍有风吹草动就会轰然坍塌。

　　尽管万方圆总说："我拼着命也要把饭店撑起来，就是想活下去！"看起来无关情怀，其实他骨子里憋着一股创业的劲，心底压着品牌梦想。毋庸置疑，他是个有情怀的人。马姑娘、老万和关姐，他们也许说不出什么大道理，但是他们心里都有一个信念："无论多苦多难，都要跟着万方圆干下去！"可以说，四个人为了同一个目标一起奋斗，就形成了强大的凝聚力。他们不会为了琐碎的小事闹矛盾，也不会为了一点眼前的利益分崩离析。

　　"四大天王"在性格和为人处世等方面形成了互补，这让团队组合更加稳定坚固。万方圆性格坚韧，是团队的主心骨。马姑娘温柔明事理，她无条件地支持万方圆，而且与老王、关姐也能打成一片。万方圆这个"带头大哥"表现得强势时，她还能起到调和安抚的作用，是团队的"黏合剂"。老万性格开朗嘴碎话多，与关姐的内敛讷言相平衡。"君子和而不同"，四个人具有相同的价值观，但在秉性上却形成了拉链式的互补。这就有效地避免了团队成员遇到一点问题就"针尖对麦芒"地内讧，有效地提高了团队的凝聚力和工作效率。从某种意义上来说，创业公司最宝贵的资产不是理念，也不是宏大的规划，而是优秀的创业团队。一个具有高度凝聚力的团队，能让企业熬过残酷的寒冬，助力企业得到更好的发展！

光速开店光速倒闭

梦想蛰伏在心灵深处，只要有适宜生长的土壤，就会拔节生长开花结果。2018 年 5 月，万方圆赚了一些钱，开连锁品牌的念头又冒了出来。他经历过从山顶跌到谷底的失败，知道从头再来的艰辛和不易，而且作为男人，结婚生子有了小家庭，就应该给家人一份安稳的日子。他努力把饭店经营好，也能让家人过上相对富足的生活。

然而，有梦想的人，从来都不甘于现状。那个关于连锁品牌的梦想，暗藏在万方圆心底，让他不得安宁。终于，他硬着头皮跟马姑娘商量："咱们手里攒了点钱，我还是想做连锁品牌……"

"好啊！你想好了就去做！"就如万方圆预料的那样，马姑娘依然义无反顾地支持他。

万方圆抱着儿子说道："创业避免不了有风险，成功的概率很大，但也有可能会失败。我们可能会再一次一无所有，说不定还会欠债……"

马姑娘淡定地说："怕噎死还不吃饭了啊？大不了从头再来呗！"

万方圆顿时就下定了决心，他把儿子高高举过头顶，像是在宣告自己的决心："对！大不了从头再来，我熟悉这操作！"

老万和关姐也支持万方圆的想法，老万说："开连锁店可以，但是一定要做好风险评估和把控。"

其实，万方圆也不是贸然决定要开连锁店，他早就预想了各种可能遇到的问题，也做好了应对方案。

万方圆做的是龙虾生意，他比谁都了解"冬季难熬"的残酷。进入秋冬季节，小龙虾场就会迅速遇冷，大店难做小店倒闭，还有的专营店甚至挂出了"明年再见"的公告。

百度指数的数据曾经显示：小龙虾的消费者关注度，到了 9 月就开始下滑，直到第二年 3—5 月才会有复苏迹象。

万方圆曾经研究过，为什么小龙虾无法像其他品类一样挺过冬天。阻碍小龙虾经营者在冬季生存的真正原因又有哪些。他认为，每年 9 月之后气温下降，小龙虾开始打洞过冬，生长趋于缓慢，龙虾质量大幅下降；到了冬季，小龙虾的个头和肉质自然老化、变得松散，缺少卖相也影响口感；小龙虾是夏季夜宵食品，部分南方地区和北方大部地区的冬季夜间气温都很低，顾客没有冬天吃小龙虾的习惯。

找到了问题的症结所在，就容易找到解决问题的办法。小龙虾过冬是很难，但还是有一些企业和品牌突破险阻，把小龙虾卖遍四季。万方圆认为，做成龙虾品牌连锁，就是解决小龙虾过冬难的好办法。连锁发展可以确立适合自己的品牌文化属性，设计品牌故事，培养消费者的新习惯，然后对品牌进行打造和包装，而不是围绕着小龙虾进行打造。要把"一招鲜吃遍天"化作"乱棍打死牛魔王"。

另外，优化产品的质量和结构，也是小龙虾店"成功"过冬的办法之一。比如，可以把小龙虾和美蛙鱼头列为两大主力菜品，夏季是口味虾，淡季就增加美蛙鱼头的比重。只要味道好、菜品过硬，美蛙鱼头卖好了，就可以有效摆脱对小龙虾的依赖。

万方圆认为，只要经营者有危机意识，提早进行规划和成本调控，除小龙虾之外有实力过硬的菜品，小龙虾店"成功过冬"也不是难事。他还深入研究了那些"成功过冬"龙虾店的经营模式，他发现有一家冬季效益较好的龙虾店，入冬时，就对菜单进行精简，减少产品数量，凸显主打菜，增加热菜或者火锅的比重。即使小龙虾销售量下滑，营业额却不受明显影响。

针对顾客冬季不习惯吃小龙虾的痛点，经营者可以根据冬季夜间温度低的特点，调整门店的经营时间。小龙虾店旺季的经营时间重心都放在夜宵和晚餐时段，冬季可以开放午餐经营，实现全天候经营，尽量提高营业收入降低开销。不过，只做晚间和夜宵生意的小龙虾店，则不适合经营中餐，因为夜宵街在午餐时段的客流量非常低，延长开店时间反而会带来更大的成本开支。

在降低成本方面，万方圆有丰富的经验。他接手凯旋店以来，24 小时全天营业，早餐、午餐以及晚餐全品类售卖。而且，一定要做好过年前后的生意，这样就可以弥补冬季的一部分开销。

万方圆认为，除了经营方面，从原料源头着手也有解决办法，有些小龙虾店已经开始使用冰鲜虾和预制虾。新鲜小龙虾通过冰鲜技术做成冰鲜虾，既方便运输又打破时间的局限性。另外，也可以用加了基本调料的预制虾，除了方便保存和运输之外，还能节约烹制所带来的一系列成本。曾经有小龙虾店，从夏天开始就用预制好的冰鲜虾，到了冬季前甚至都不用厨师了，销售额反而没有下降。

万方圆甚至做好了规划宏图，如果连锁店都能顺利熬过寒冬，进入良性发展轨道，将来可以自建小龙虾养殖基地。那样不仅解决了自身需求，还打通了供应链，做到了产业链式的经营。

万方圆认为，小龙虾过冬难并不是一个无解的难题，无论是调整经营思路、改变菜品结构，还是推广冰鲜虾、培养消费习惯，虽然都需要付出一定的代价，但是也能得到意想不到的收获。小龙虾经营者只要找准方向和方法，都能在冬季生存下去甚至继续盈利。

创业要懂得抓住机遇，如果等到万无一失才开始行动，就可能会错过赚钱的好时机。2018 年 6 月，万方圆拿着赚到的钱，风风火火一口气在上海、深圳、昆明等地，开了 10 家"万方圆龙虾店"。

尽管万方圆做好了充足的过冬准备，然而，到了龙虾淡季，9 家连锁店全部关门。辛辛苦苦一整年，他好像又回到了 2017 年 10 月的状态，身无分文，只剩一家红谷凯旋店。

万方圆在沮丧失落之余，总结了连锁失败的经验。他认为，导致失败最重要的原因，就是连锁经营思维不太成熟。他经营红谷凯旋店、榕门路店时很轻松，但是同时经营 10 家店，就有了心有余力不足的感觉，很多环节根本顾及不到。

万方圆认为，运营连锁品牌与单营门店有本质的区别。单店经营主要做的是产品和服务，连锁经营做的是品牌、财务、供应链、仓储物流等多方面的管理和运营。比如以优质服务著称的海底捞，每一家海底捞门店，从顾客进店开始，到点餐、用餐、离店，整个的服务流程与内容，基本上都是统一的。

万方圆短时间内在全国开了 10 家店，小龙虾旺季还好说，进入淡季营业额断崖式下降，"龙虾过冬"的设想还来不及一一实现，为了及时止损只能关门。

万方圆认为，连锁经营，"连"是基础，"锁"是核心，"连而不锁"是连锁运营失败的原因之一。转变经营思维，将单店成功的因素进行复制，这只是"连"，如何保证这些复制的因素正常地运转，则是"锁"，也就是要搭建完善的标准化、规范化、信息化运营管理体系。只有将"连"和"锁"同时做好，才是连锁经营能够成功的基础。

梦想好像已经触手可及，万方圆又被现实一巴掌打回了原形。创业失败的打击难以承受，但是创业者只要扛过去了，就会蜕变得更加成熟和坚强！

创业是一种风险投资，但是不能有所畏惧。勇敢地面对失败，大不了从头再来！懂得在失败中积累经验，永不妥协蓄势待发，肯定会迎来最终的成功！

第六章
东山再起

世界上只有两种创业者。一种是失败之后跌入谷底，一蹶不振；另一种是失败之后卷土重来，东山再起。强者的人生字典里没有退却，有的只是越挫越勇，以及重新选择后的一往无前。

再次失败回到原点

曾经有人说：衡量一个人成功的标志，不是看他登到顶峰的高度，而是看他跌到低谷的反弹力。

9月份，天气渐渐凉了，万方圆轰轰烈烈的品牌连锁发展计划也凉了下来。处理了上海最后一家分店，他又回到了步履维艰的状态。只剩下红谷凯旋一家店，没有钱租店面，也没有钱创建新的品牌！

而且，入秋以后又到了龙虾的淡季，如何让凯旋店顺利熬过冬天，又成了摆在万方圆面前的一大难题。日子好像往回打了个弯儿，凯旋店"日进斗金"的日子也像是个泡影，好像就没有真实存在过。开店做生意最基本的目标就是赚钱，在此基础上，才能谈情怀和梦想。万方圆辛辛苦苦赚的钱，短短几个月的时间就被烧得一分不剩。他不可能对当前的失败毫不在意，遭受挫败的打击是难免的，但他并没有时间去消沉，得想方设法让凯旋店和自己都活下去。他相信，只要生存下去，就能找到东山再起的机会。

为了维持凯旋店的运转，万方圆又开启了疲于奔命的模式。龙虾是夜宵场景，他就琢磨着把早餐也做起来，最大限度地利用店面资源。做夜宵要熬夜，做早餐则要早起，万方圆像个连轴转的机器，几乎没有停歇的时候。因为太劳累，他常常站着就睡着了，能趴在桌子上睡会儿，算是奢侈的享受了。为了御寒，他买了一件棉军大衣，很多个夜晚，他在卖龙虾的间隙，裹着军大衣坐在凳子上靠墙打个盹，就要为卖早餐做准备了。

万方圆拼尽了全力，坚信自己能爬出人生低谷。30出头的年纪，他在生意场上已经反复历经了大起大落。有位企业家曾经说过："创业者随时都可能面临失败，要有扛起突发事件的能力。创业者趁着自己还年轻，一定要大胆地尝试，最好能犯很多的错误。重要的是，要学会摔倒之后爬起来继续奔跑！"

那些在激烈的竞争中最终存活下来的企业，几乎都经历过绝处逢生的考验。提到硅谷，大家可能会想到苹果、谷歌等这些了不起的巨头公司，其实在硅谷存活的公司，大多数都经历过两到五次的濒临死亡，甚至更多。比如埃隆·马斯克的两个企业：一个是SpaceX，就在濒临倒闭的时候NASA投资16亿美元，它才得以绝地逢生；另一个就是特斯拉，也是在濒临倒闭时，最后五个小时，获得融资挺了过来。那些硅谷大佬如果遭遇挫折就放弃，他们就不会在硅谷站稳脚跟。

万方圆的创业理念和那些硅谷大佬不谋而合，他认为只要精神不倒，有一股越挫越勇的狠劲，勇敢地去面对和承担，就没有做不好的生意。每一次失败积累的经验，都会转变成独特的财富。创业者最重要的就是在实战中不断地调整自己的状态，重振旗鼓。毕竟创业失败是常态，成功才是偶发现象。

万方圆生意做得红火时，身边也有很多事业成功的朋友。然而，当他的经济状况急转直下时，难免会有一些奚落声："当初我就说他是异想天开，现在连锁店都关门了吧？我说得没错吧？""到底年轻啊，不知道山高水深，就爱瞎折腾！"

创业失败，最难过的就是自己这一关。具体来说，就是比较在意面子，容易被社会上的评判所影响，觉得失败是件丢人的事情。

但万方圆根本没把自己当回事，为了能活下去寻找新的发展机会，他用尽了所有的心思和精力，根本没有时间考虑别人对他的评价。一个人越不把自己当回事，他的初心也就越纯粹，越把自己当回事，耗在自己身上的成本就越大。

抗压和坚持，是企业家必备的两种素质。马云、马化腾、周鸿祎等成功的大企业家，他们都经历过多次跌入谷底、绝地逢生的时刻。普通人的创业经历与这些大企业家相比较是微不足道的，但历经多次起伏，创业者经过锻炼就会了解到，只有顶住了创业过程中的挫折和凶险，才能享受到成功的荣耀和喜悦。

南昌拌粉和瓦罐汤

创业者的商业思维，是决定创业是否成功的关键因素。万方圆在考虑凯旋店接下来的路该如何走时，也意识到，龙虾生意虽然赚钱，但是因为"龙虾过冬难"的问题，以及龙虾夜宵场景的局限性，导致受众顾客的局限性，龙虾行业可能真的不太适合品牌连锁发展。要想实现品牌梦想，就要转换思维，在餐饮行业寻找更适合的细分领域。

这时候，万方圆才意识到，可能早餐就是逆风翻盘的宝藏航线。综观餐饮市场，全天餐饮占据着很大的市场，可分开来看，早餐、夜宵等市场也很大。尤其是早餐，消费群体大，利润较高，见效也快，最主要的是流动性好，投入的成本也会相对较小。另外，随着消费者的消费观念逐渐改变，消费者对早餐有了更大的需求，甚至愿意为早餐付出更高的价格。

万方圆确定了要做早餐，而且决定做南昌最受大众青睐的经典：南昌拌粉和瓦罐汤。

江西人素爱吃粉，一日三餐必有一餐食粉，一天不吃就馋得慌。米粉之于江西，近似于肠旺面之于贵州、五香炒饭之于扬州、小馄饨之于苏州。这些都是一些原料简单，用料讲究的地方小吃。看似其貌不扬，其中却潜藏着一方水土的深厚底蕴。"世界米粉在中国，中国米粉在江西"，江西是全国米粉销量最大的省份之一。江西米粉大多用当地盛产的晚籼米制成，丝滑筋道，其最大的特点是"韧"，正是这份稻米与土地相结合后清香醇厚的味道，令人食后欲罢不能。

江西人擅长自制珍馐，这造就了江西米粉的另一个特点：家常。人们随地取材，巧妙地将自家生产的农食果蔬搭配米粉，从基础版老三样豆芽、鸡蛋、肉丝粉到豪华版的牛杂、大骨、肥肠粉，也有人配上自制的酱料，一道家常小吃，就有了独特的滋味。大巧不工，本来平淡无奇的米粉在当地食客收放自如的创造中，演变出变幻无穷的独特滋味。

南昌拌粉的做法并不复杂，只需将米粉煮到硬芯消失，再过凉水洗去表面米浆，根据个人口味加入酱油、辣椒、香油、葱花、萝卜干等配料拌匀即可。

南昌有这么一句老话："没喝过瓦罐汤，就没来过南昌。"瓦罐汤作为江西最具标志性的地域美食之一，深受大众食客的喜爱。众所周知，广东人擅长、喜欢煲汤，南昌人在煲汤方面丝毫不比广东人逊色。江西瓦罐汤堪称汤中一绝，瓦罐汤经过长时间的蒸煮，肉和骨头的营养几乎完全融入了汤中，口味鲜美且营养价值高。养生系列瓦罐汤也很受食客青睐，在瓦罐汤中加入一些药材制作成药膳，对身体健康有很大的好处，比如加入天麻缓解头痛，等等。

据《江西晨报》报道，2016年南极中国考察站招募厨师，其中一位江西南昌的厨师就因制作瓦罐汤而入选。主要原因就是，南昌瓦罐汤蛋白质含量高，保留了多种增加热能的营养素，加上口感好，使队员在南极异常寒冷的环境里增加了热能，因此得到了高度评价。

在南昌生活过的人都知道，早起"恰粉恰汤"是一天中的头等大事。配料丰富的拌粉，加上鲜香四溢的瓦罐汤，是很多南昌人早上雷打不动的黄金配置。

万方圆还发现，南昌米粉和瓦罐汤作为大众美食，在全国却知者寥寥。和大名鼎鼎的桂林米粉、柳州螺蛳粉相比，南昌米粉和瓦罐汤实在是个低调的存在。一方水土养一方人，不同地域的人形成了不同的饮食文化。南昌米粉没有名气，这和南昌老表低调、内敛的性情不无关系。

万方圆敏锐地意识到，有"痛点"的地方就有商机。南昌米粉和瓦罐汤寂寂无闻的"痛点"，蕴含着巨大的商业潜力。如果成功地把它们推销出去，让它们扬名四海，未来这将是一块巨大的蛋糕。而且，南昌米粉价格便宜，配料充足，烹饪方式简单，搭配美味营养的瓦罐汤，非常适合做连锁品牌。万方圆好像终于在迷宫中找到了通往宝藏的正确途径，他蠢蠢欲动兴奋不已，迫不及待地想放开手脚大干一场。

方向对了，路就不再遥远。努力向着目标奋勇前行，即使历经挫折，坚持下去，终将会走出一条康庄大道来！

从 0 到 1 的突破

万事开头难，迈开第一步找到了突破口，往往就会看到成功的曙光。这时的万方圆，已经不是初出茅庐的愣头小伙了，经过起起伏伏的打磨，他已经积累了丰富的创业经验。尤其在餐饮行业，他经历了艰苦绝卓的拼打，享受过日进斗金的辉煌，承受过一无所有的暗淡，他就如一块璞玉，经过磨砺切磋，真正开始展现自己的价值了。

万方圆坚信米粉和瓦罐汤的黄金组合，能帮助自己实现创建连锁品牌的梦想。而且，有了之前全国 10 家小龙虾连锁店的经验，他计划先开 10 家米粉瓦罐汤连锁店，积累了资金后，计划把连锁店开遍全国。

然而，美好的设想离开资金的支持就寸步难行。可以说，此时的万方圆连再开一家店面的资金都没有，更不用说开连锁店了。他想到的第一个办法，就是借钱开店。

万方圆在生意圈里摸爬滚打了这么久，也结交了几个生意场上的朋友。他先后约了几个自认为平时相处得不错的朋友，畅谈他的创业计划："米饭和瓦罐汤味道和价格都很亲民，如果连锁品牌做起来了，可挖掘的市场空间特别大……"

"不错，年轻人有想法有闯劲，搏一下，说不定就成功了！"朋友冲万方圆伸出了大拇指。

万方圆觉得，自己的创业规划得到了认可，开口借钱应该就容易了，但是，当他提出暂借100万元的请求时，谈笑风生的场面突然就冷了下来，朋友怔了怔，调转了话头："大环境不太好，生意难做啊！我资金周转都困难，有心无力啊！"

尽管有心理准备，万方圆还是有些失落。得意时，一日看尽长安花。艰难时，潦倒新亭浊酒杯。人生还真是这样，当初他有钱时，身边非富即贵的朋友也不少，大家聚在一起畅谈创业梦想好不热闹。但自他创业失败以后，不知不觉间，自己好像就被他们排除在外了。

换一个角度，万方圆也能理解不愿意借钱给自己的朋友。毕竟，赚钱不容易，谁的钱都不是大风刮来的。银行贷款都需要评估、利息和抵押。朋友担心万方圆的还钱能力，不愿意借钱，也无可厚非，毕竟自己当前的状况的确不太好。

没有借到钱，万方圆就琢磨着找人合作。他找了两个有实力的朋友，邀请他们来投资。朋友对万方圆的商业计划很感兴趣，答应可以一起谈谈。只要有百分之一的希望，就要拿出百分之百的努力。

万方圆请两个朋友吃饭，他使出浑身解数，试图说服朋友能尽快拿钱投资。给出的条件也很诱人："你们每人投资50万元，各占30%的股份，一年以后，可以把15%的股份卖给我！"

两个朋友的身价过亿，只要他们认可万方圆的创业计划，做出投资的决定，万方圆的 10 家连锁店就可以创建、运转起来。

两个朋友相互对看了一眼，其中一个开口说道："听起来很不错，我回去考虑一下吧，三天以后给你回复！"

"对，我也考虑一下！"另一个朋友也说道。

万方圆附和着说道："应该的，毕竟是花钱投资嘛，你们好好考虑，也可以考察一下市场，我等你们的好消息！"

饭局结束了，大家热情熟络地道别，看起来宾主尽欢。万方圆心里却忐忑不安，他不知道朋友们会给出什么回复。如果他们答应投资那最好不过了，如果他们拒绝了，那接下来的路该怎样走呢？

三天的时间，过得特别慢。万方圆把手机揣在身上，忙碌的间隙，时不时就看一下手机，担心会错过两个朋友打来的电话。然而，到了第三天，万方圆还是没接到朋友的电话，他的心沉了下去，隐隐地意识到他们可能不愿意投资。

然而，万方圆还想做最后的努力，他拨通了朋友的电话："忙不忙？一起吃个饭吧？"

"今天我有事抽不开身，改天我请你！投资的事情……还是算了吧！"朋友说道。

万方圆故作轻松地说道："没关系，有机会再合作！改天一起吃饭！"

万方圆挂了电话，怏怏地坐在凳子上，这个朋友拒绝投资，另一个朋友肯定也做出了相同的决定。但是他还是想做最后的努力，他硬着头皮拨通了电话，果然对方也没有投资的打算。借不到钱，找不到投资人，难道没有别的路可以走了吗？真的要放弃这个创业计划吗？

这时候，万方圆想起了和家人一路走来的点点滴滴，再难的日子，他和家人都一起挺过来了。他身后有马姑娘的全力支持，有父母、姐姐、姐夫的鼎力相助，还有老万和关姐的不离不弃，他不是孤军奋战，只要大家的心在一起，就没有抗不过的困难。

万方圆创建品牌连锁店，是为了实现自己的创业梦想，更重要的，是想让身边的人过上更好的日子。他们无条件地信任他，义无反顾跟着他吃苦受累，他有责任让他们赚更多的钱，过上更好的生活。他创业的初衷就是为了赚钱，只有赚到了足够多的钱，活下去，让大家过得更好，他才有资格谈梦想和情怀。

遇到困难就退缩，那不是万方圆的作风。没有资金无法开连锁店，没关系，万丈高楼平地起，那就先从米粉瓦罐汤小摊位做起，赚了钱再开连锁店。

万方圆拿出饭店两天的营业额5000元，添置了冰箱、烫粉机、蒸柜以及碗筷，"早餐设备"齐全了，他的拌粉摊子就在店门口开张了。

米粉摊子刚起步，在接下来的发展中会面临什么问题，万方圆心里也没数。所以，凯旋店的生意，依然要以中晚餐和夜宵为主。万方圆安排全家人先守住中晚餐、夜宵的生意，自己一个人先做早餐卖拌粉。

万方圆晚上卖完龙虾已经是凌晨三点半，打扫完卫生就四点了，他在店里打个盹睡一个小时，五点钟就起床准备开始做瓦罐汤煮粉。他整天连轴转，不会什么就学习，遇到问题就想办法解决，就这样坚持了一百多天。

1976年成立的苹果公司，当时是由三位科技人员共同创办的，公司就设立在加州一个合伙人家中的仓库里。当时谁也没想到，几十年后这家看似其貌不扬的公司，旗下产品如今成为人们生活中不可或缺的电子产品。万方圆的第一个米粉摊位就设在店门口，实现了从0到1的突破。但是他坚信，心中有目标，眼里有方向，坚定地走下去，一切皆有可能！

一切始于专注

餐饮是"入口"工程，经营餐饮，就要把食品味道放在第一位。米粉瓦罐汤在南昌是大众食品，街头巷尾售卖米粉瓦罐汤的小店遍地开花。经营同类食品的餐饮店，竞争的关键就是味道。

南昌米粉主要的制作原料是晚米，经过浸米、磨浆、滤干、采浆等多道工序制作而成，与其他地方所产的米粉不同，未煮的生粉根根结实、透明，煮后的熟粉条条细嫩、洁白，具有久泡不烂、久炒不碎、韧而不硬等特点。各家米粉店在米粉原料和煮粉的火候上大同小异，味道上的差异，主要是在剁椒、酱料、萝卜丁等佐料上做文章。

万方圆在酱料行业摸爬滚打过，他做拌粉用的酱料，可以说是集众家之长，又融入了自己的创新研制，滋味美妙独特。万方圆妈妈做的腌菜，滋味也是一绝。因此他的拌粉在佐料上，就要比同行胜出一筹。

《舌尖上的中国》有一句经典文案："在厨房里，五味的最佳存在方式，并不是让其中某一味显得格外突出，而是五味的调和以及平衡。"同样的道理，要想调试出最佳的拌粉佐料，就要做好各种佐料之间的配比，让各种味道在调和平衡中，达到一种美味的状态。

万方圆反复做了多次的尝试，调制出了比较满意的佐料味道。他也在不断地尝试中，掌握火候和时长，能把米粉煮得恰到好处。他端出拌粉让家人和朋友试吃，根据大家的试吃体验，他再不断地进行改良，直到大家都表示米粉很好吃，他才开始正式售卖。

瓦罐汤好喝又营养，但是做起来却十分麻烦，除了要注意肉饼和生粉的配比、炖肉骨要冷水下锅等细节，主要是一个"煨"字。万方圆做瓦罐汤，每一道工序都用尽心思。汤煮沸以后，用小火慢慢熬炖，其间不能再打开盖子加水，否则汤的鲜味就会大打折扣。炖瓦罐汤的时候，他总在旁边盯着，这可是耐力活！他坚信只有这样，才能炖出香气四溢的瓦罐汤。

2018年10月1日，经过万方圆的精心准备，他的拌粉瓦罐汤摊位开张了。万方圆信心满满，希望自己精心打造的拌粉和瓦罐汤组合能一炮走红。然而，现实却再一次给了他迎头一击，开张第一天，营业额只有

100 元。

马姑娘看到万方圆情绪有些低落，拍了拍他的肩膀说："万事开头难嘛，第一天做出这样的成绩，也很不错了！"

万方圆皱着眉头，没有接马姑娘的话茬，他心里琢磨着："米粉和瓦罐汤的味道都挺好，为什么吃的人却不多呢？肯定是哪里出了问题！"

万方圆怕马姑娘担心自己，反过来安慰她说："嗯，你说得没错，顺利开张了，坚持下去，肯定会越来越好！"

然而，万方圆坚持卖了 15 天米粉瓦罐汤，总销售额却不到 1000 元。他意识到不能这样下去了，一定要找到问题的症结。

10 月 16 日早上，万方圆做出了一个大胆的决定，停止供应店内其他的早餐品种，以前的油条、麻圆、豆浆都不卖了，专心只做拌粉、瓦罐汤。效果立竿见影，当天的营业额就超过了 1000 元。让人惊喜的销售额，印证了万方圆的猜测，早餐品种多样化，影响了米粉瓦罐汤的销量。

传统餐饮市场追求的是大而全、繁而多，这种大杂烩式的经营方式会让顾客感觉什么都有，却没特色，还增加了运营成本。现代餐饮走向细分路线，开始专注某类食品，崇尚简单。把成本和时间用于食品的改进和研发，这种重特色的商业模式才能长久生存。塑造餐饮品牌要专注，专注的核心就是要找到自己的优势和特色，以此为基础打造爆款。把名气与品牌捆绑在一起，爆款打造好了，可以主推品牌发展，品牌经营上了轨道，爆款才会更具知名度和口碑。

万方圆的初衷，就是要把米粉和瓦罐汤打造成爆款，然后再推动品牌发展。他的思路契合了现代餐饮发展理念，但是缺少资金支持，无法规模发展，只能从小摊位做起。他采取了保守发展的思维，没有贸然停止其他早餐食品的供给，一不小心就陷入了"大杂烩"的经营模式。所幸，他及时发现了问题的症结，并且开始尝试"专注"打造爆款产品。那么什么是专注力呢？就是持续专心地去做一件事！有了专注力，人们就可以把有限的时间和精力，持续地投入在一件事情上，通过积累，取得成就。

万方圆尝到了"专注"带来的甜头，着力要把米粉瓦罐汤打造成凯旋店的"爆款"。他在摸索探究中，找到真正有价值的"产品"，持续专注于其中，日积月累，一定可以实现复利式增长！

踢开"吸血"外卖运营

外卖的高速发展，重新定义了人们的餐饮消费习惯。在餐饮行业，外卖运营是个躲不开的话题。在万方圆的运营思维里，线上销售渠道蕴含着巨大的市场潜力。他在做酱料的时候，就在线上运营方面下了很大的功夫。做餐饮以后，他也一直都很重视外卖平台的运营。如今，他的目标是把米粉和瓦罐汤打造成"爆款品牌"，美团、饿了么外卖平台仍然是首当其冲的选择。

万方圆重视外卖平台运营，主要是因为外卖可以提高品牌影响力。外卖覆盖面广，可以吸引大量附近用户在短时间内体验产品，扩大品牌知名度，提高产品在商业圈中的影响力。品牌影响力提高了，就会有效地提高营业额。

然而，由于外卖平台的规则和例行程序越来越多，想把外卖运营做好，就必须了解并熟悉游戏规则和例程。万方圆无论遇到什么问题，都喜欢学习和钻研。他如果静下心来研究外卖平台的运营规则，说不定很快就会成为运营高手。但是，他白天晚上在店里连轴转，根本没有时间和精力去琢磨外卖运营的问题。

专业的事情交给专业的人做，就会有事半功倍的效果。万方圆经过深思熟虑以后，决定把外卖板块的运营，交给专业的人去做。这时候，他想到了两个途径，一是招聘专业人员运营，二是交给代运营公司运营。

万方圆觉得，招聘专业人员运营，人工成本比较大。外卖运营的工作比较繁琐，与店铺规划搭建、精美的图片、统一的店铺风格、匹配的满减活动、合理的套餐搭配，以及差评优化、好的平台资源、动人的品牌故事、品牌形象等相对应的就需要摄影、设计、运营、文案等方面的专业人才。他们的管理成本，包括工资、提成、五险一金和福利，每个月按照5000元计算，一年就需要60000元。

而且，现在代运营人才也是鱼龙混杂，没有完整的审核机制，无法准确判断人才质量。如果招聘的运营人专业能力欠佳，还需要对员工进行培训。而且还要面临试错成本，能否把他培养起来，培养起来后是否会离职等潜在风险。

相比之下，万方圆认为还是找代运营公司靠谱。随着外卖行业的发展，外卖代运营公司越来越多。无论从经验还是试错成本来说，找个专业的代运营公司都是最好最快的方法。外卖代理业务包括产品、市场营销、平台、分销、服务和售后服务的闭环管理。外卖商家只需要告知代理运营公司自己的需求和相关信息，代理运营公司就会针对商家的要求，提供一站式服务，从商家进入外卖平台到产品发布、产品更新、商店活动、在线咨询、订单交付、售后评估和跟进。把外卖平台交给专业公司运营，万方圆就可以抽出身来，专注地提高米粉和瓦罐汤的品质了。

代运营公司服务的品牌多，他们可以用更少的时间适配方案，还可以借鉴服务头部餐饮品牌的成功案例。他们的外卖玩法嗅觉要足够灵敏，否则可能就会被淘汰。而且，代运营公司有一定的平台资源，他们除了可以运营好品牌，还可以通过资源整合提高品牌影响力。只要品牌有了知名度，构建私域流量也就容易了。

代运营公司的专业实力也是鱼龙混杂，万方圆经过认真的考察和对比，选了一家专业实力不错的代运营公司。万方圆和代运营公司签约前，针对运营效果和付费方式等方面，做了沟通和探讨。如果按效果付费对运营商不利，直接收高额服务费又对万方圆有风险。彼此协商以后，万方圆给了运营公司5%的营业额。这样彼此的利益就捆绑在了一起，一荣俱荣，一损俱损，运营公司为了提高自己的收益，也会努力做好运营。

2018年10月底，万方圆米粉和瓦罐汤正式登陆美团、饿了么外卖。11月，万方圆米粉瓦罐汤在两个平台的日平均销售量，达到了200单，外卖运营平台每天平均抽走5000块钱的利润。运营公司当初预估万方圆每天最多只能做到100单，他们也没有想到，会达到如此好的销售效果。

在此之前，万方圆就意识到，打铁还需自身硬，生意的好坏，主要取决于米粉和瓦罐汤的品质，其次才是靠营销、服务等手段。代运营公司不是救命稻草，不是用了外卖代运营，自己的生意就能一飞冲天，单量就一定能上去。代运营只是一个手段，只能起到锦上添花的作用。

万方圆米粉和瓦罐汤的销售量好，主要是产品味道好、种类多，本身影响力也不错。他找外卖代运营，主要是因为人力成本问题，找代运营公司既能节省成本还能快速看到成效。如果产品质量不过关，那即使找了外卖代运营效果也不会好到哪里去，说不定是花"冤枉钱"。

11月底，万方圆的米粉瓦罐汤做到了日均最高500单的销售量，代运营公司每天抽走9000元。这时，万方圆和马姑娘有点坐不住了："大家辛辛苦苦做的业绩，一个月让外卖运营抽走了几十万元的利润，这太让人心疼了！"

12月中旬，万方圆店里的业绩继续以惊人的速度增长，运营公司抽走的利润也越来越多了。万方圆当即做出了一个决定："解雇了疯狂'吸血'的外卖运营平台，自己做平台运营！"经过两个多月的发展，此时的万方圆通过自己的努力，成功地把米粉和瓦罐汤打造成了"爆款"产品，也积累了一定的资本，他有能力成立自己的运营团队。

至此，万方圆在餐饮行业摸爬滚打一年多以后，终于摸索到了通往成功的路径。他经历的所有挫折，好像都是对他的考验，看他是否足够坚韧。他经受住了失败的考验，终于迎来了向往已久的成功。

挫折是检验强者和弱者的试金石，面对挫折，在沮丧和绝望中放弃很容易，但是那注定会一事无成。能够在逆境中脱颖而出的人，终将会取得卓越的成就！

进行公司化管理

对于很多人来说，创业就是实现自我价值的途径。创业不是一件简单的事情，创业者要有满腔热情和越挫越勇的韧劲，也要有相应的智慧和能力。那些成功的创业者，都具有高瞻远瞩的战略眼光，他们在创业初期就有了一定的规划，知道在创业的不同阶段，要不断地转换思维，做出不同的发展决策。

万方圆在餐饮行业摸爬滚打、跌跌撞撞前行的过程中，也积累了丰富的创业经验。他将餐饮创业分为存活期、盈利期和成熟期三个阶段。从他开始做龙虾外卖到接手凯旋店，他一直在生死线上挣扎，他所做的一切努力，都是为了活下去。他在摸索探究中，终于靠着米粉和瓦罐汤打了个翻身仗。此时的他已经顺利度过了存活期。

对于餐饮人来说，步入盈利期意味着已经走过了最艰难的一段路。但是创业没有坦途，即使步入了盈利期、成熟期，也面临着重重困难，如何获得利润的同时还能得到顾客的拥护，如何确保利润稳定的同时进行稳步发展等问题，都考验着创业者的眼界和格局。

万方圆的创业目标，从来都不是经营好凯旋店，他要打造自己的餐饮帝国。如果说，他的餐饮事业是一艘航船，那么他就是掌舵手，航船是否能驶向更广阔的海洋，完全取决于他的规划和管理。在这之前，凯旋店的所有事务，几乎都是他带着家人亲力亲为。但是，要扩大事业版图，就要进行精细化管理。仅凭一己之力，他无法面面俱到。

万方圆认为，虽然目前还只是凯旋店一家门店，但是按照接下来的发展规划，需要调整管理模式。因为管理一家饭店和管理一个餐饮公司，需要完全不同的管理理念。他现在要关注产品、销售、扩大规模等，但是他要准确把握什么事情最重要，什么事情最困难，要把别人能做好的事情，交给别人去做，自己专注做必须亲力亲为的事情。

比如，万方圆绕开了"吸血"外卖运营，那么他需要考虑的就是，如何招兵买马组建自己的运营团队。如果他之前摸索学习过这方面的工作，肯定能做好外卖运营。但是，他要开疆拓土，有更重要的工作去做。因此他只需要把专业的事情，交给专业的人去做就行了。

创业熬过了存活期以后，创业者就要懂得向后退，组建好管理团队，让管理团队的人员各自负责核心板块的工作，创业者要做的就是掌控全局。

首先，创业者要把控好方向。管理上最容易犯的错误，就是放任低级的决策方向。很多时候，对方向的把握能力不是态度、能力的问题，而是眼界、格局、信息以及对终极目标的理解等问题，这些都是职务行为，只有掌舵者才有相应的能力。凯旋店接下来该怎样发展？万方圆和家人的目标是一致的，但是马姑娘、老万和关姐，他们都缺少具体的发展规划。还有万方圆的父母、姐姐、姐夫，他们都是优秀的执行者，但是无法做发展决策。如何以凯旋店为发源地，稳扎稳打地扩展事业版图，具体的决策只能由万方圆去完成。

其次，创业者要做好协调工作。创业是一项系统工程，创业者需要考虑人、财、物、采购、销售、竞争、市场细分以及定位等一系列的问题。创业者要针对各个环节，做好平衡和协调。如果说把控方向考验的是创业者的眼界和格局，协调工作则考验着创业者的经验和耐心。万方圆要平衡好团队成员之间的配合，还要随时根据市场环境的变化调整内部资源，根据利润营收调整发展策略等，各方面工作达到平衡，事业才会平稳有序地往前发展。

创业者核心工作之一，就是要确保各个工作板块的管理者，都能胜任自己的工作。如果他们的工作出现纰漏，就要进行指导和培训，实在不行就换人。万方圆建立外卖运营团队只是第一步，随着事业的发展，业务范围的扩大，设立相应的管理部门。到那时，做好"人"的管理就成为首要的工作。

简单说，创业初级阶段管理不是重点，业务才是核心。发展到盈利期和成熟期，就要以管理为核心。管理者必须从具体业务和事务之中抽身出来，把时间放在人和战略上，让称职的人来管理相关部门工作，通过管理人来管理事。

万方圆做酱料的时候，也风风火火地开过公司，管理过几十个人的团队。但那时的万方圆可以说是"大撒手"式的老板。他把所有的时间精力都用在融资上了，把公司交给别人经营，几乎没有实质性地参加管理，也没有一套成熟的管理理念和方法。而且，那时他的团队成员大都是临时招聘的，缺少对企业的忠诚度和凝聚力。不可否认的是，没有管理好"人"，也是那次创业失败的原因之一。

万方圆吸取了创业失败的经验，他在餐饮行业一步一个脚印稳扎稳打往前走。他已经具备了一个掌舵者应该有的眼界和格局、经验和能力。更重要的是，他不再是孤军作战，他身后有家人，有了坚定的拥趸者和支持者。如果说，万方圆的创业梦想是一座摩天大厦，这时候，他已经打好了坚定的地基。根基稳了，万丈高楼平地起就指日可待。

2019年1月1日，万方圆在红谷滩世纪中央城后街A06店面成立了自己的办公室，开始对凯旋店实行公司化管理。办公室收拾好以后，刚开始只有万方圆一个人上班。很快，他就从各个平台挖来十五个专业人才，麻雀虽小五脏俱全，他在餐饮行业的初创公司初具规模。

道阻且长，行则将至；行而不辍，未来可期。前方的路依然曲折，但也充满了希望！

10000 份"霸王餐"

外卖店要靠单量持续引流，就需要持续地做推广。万方圆的米粉和瓦罐汤凭着过硬的品质，在线上、线下都赢得了一点名气。单是线上的营业额每天都达到了数万元，这也让万方圆积累了一定的资本。有了资金的支持，运营外卖版块相对来说就要容易一些。毕竟做活动就是让利给顾客，虽然单量上去了，但是总利润就降低了，甚至有的活动纯粹就是烧钱。比如万方圆曾经多次参加大众点评的"霸王餐"活动，他第一次参加活动时平台不限份数，他大手一挥，直接送了 10000 份。

商家都知道大众点评网的重要性，大众点评的核心定位是"发现品质生活"，怎么发现呢？就是采集大家真实的消费体验，给消费者展现一个真实的触感平台。那么，这个"点评"通过什么途径获得呢？靠真实的客户太难了，毕竟很多消费者消费后并不愿意写点评。这时候大众点评网"霸王餐"上线了，商家只需要付费给大众点评，大众点评就会在首页展示商家的免费活动，然后邀请中奖会员到店进行免费体验，从而获得真实的评价。简单地理解，就是商家花钱给官方，官方找一批人来店里试吃体验。如果商家提供的产品得到了体验官的认可，就会获得好评。反之，就算是免费的，体验官点起差评来也是毫不留情。

刚开始，大众点评网官方"霸王餐"的体验官还是比较讲究"情意"的，毕竟吃人家的嘴软，就算不给个 5 星好评，起码不会写差评，最早参加"霸王餐"的商家还是得到了霸王餐的红利的。现在大众点评网的体验官抱着公平、公正的态度，虽然是白吃，一旦商家有问题，体验官写起点评来也绝不会手下留情。

万方圆敢大手笔地派送"霸王餐"，除了有经济的支持，还源自他对自己品牌的自信。他深知外卖运营只是手段，打造品牌，稳固自己的核心竞争力，培养稳定的消费群体，才能走得更好走得更远。

马姑娘从来都是无原则地支持万方圆，虽然她觉得派送 10000 份的"霸王餐"确实有些大手笔，但她了解外卖运营的玩法，知道付出肯定会带来相应的流量。线上运营版块，流量就是利润，"霸王餐"付出的成本，翻倍赚回来的概率很大。万方圆的父母、姐姐、姐夫，他们不太了解线上运营，想到辛辛苦苦做的 10000 份外卖白白送给别人，还真的有点心疼。但是他们也就是私下里嘀咕几声，行动上还是一如既往地支持万方圆的决策。

万方圆的"大手笔"，以及外卖运营团队的专业运营，给外卖版块带来了可观的流量。2019 年初，万方圆线上订单开始暴涨，短短 50 天，做到了拌粉外卖第一，大众点评平台上也获得了南昌小吃快餐热门榜第一。这意味着不管是从服务、口味还是评价出发，用户搜索关键词的时候，万方圆的品牌都能第一个展现在顾客眼前，被顾客选中的概率是 6 成以上。这就是实实在在的流量，如果顾客用餐满意，可能还会复购、老带新，从而带来新的流量。

万方圆的品牌获得了巨大的流量，就连平台都被吓了一跳。平台为此特别制定了一条规则，开始给"霸王餐"活动限流，从最开始的 3000 份，到最后最多只能派送 500 份。万方圆以一己之力，改变了平台的规则，品牌影响力由此可见。

刘涛打卡"万方圆"

每个人的舌尖都流淌着故乡的味道，米粉在南昌人的眼里不仅是一道深受大众喜欢的美食，更是一种深入骨髓的家乡情怀。南昌人出门在外，最惦记的往往就是家乡的那碗米粉。久出归来做的第一件事，通常都会找一家地道的米粉店，美美地嗦一碗米粉，那份浓浓的思乡之情才能得到最好的慰藉。

2019年1月21日凌晨，万方圆无意间发现，一条微博在南昌人的圈子里炸开了。他捧着手机看了一眼，乐得合不拢嘴，他捅了捅身边的马姑娘："你看，这不是我们家的拌粉吗？"

"这不是刘涛吗？"马姑娘看着微博，忍不住惊叫起来。

身为南昌人的明星刘涛，深夜发微博晒了两张照片。照片中刘涛戴着毛线帽穿着毛衣，十分温柔可人，表情满足沉醉，她手里端着一碗粉和一碗辣藕，辣藕看起来浓郁鲜香，十分美味。刘涛在微博中表示，这是以前学校门口才有的辣藕，还自曝"这是今晚的第二碗米粉了"。

每个南昌长大的孩子，几乎都有放学在学校门口吃辣藕的经历，脆脆的藕片裹着辣椒，让爱吃辣的南昌人记忆犹新。刘涛虽然是明星，但她和那些常年在外的南昌人一样，回到家乡也想着吃碗米粉过过瘾。

刘涛手中的外卖盒子上，虽然没有明显的标识，但是万方圆还是一眼就看出来了，那是他家的米粉。莲藕拌粉是万方圆拌粉的基础款，除了他认出刘涛手里的拌粉是自己家的，还有千千万万的网友，也都知道了明星吃的是万方圆家的拌粉。

万方圆和马姑娘睡意全无，他们兴奋地翻看着刘涛微博下面的评论，一晃几个小时就过去了。与此同时，美食大V都在转发这条微博。万方圆敏锐地意识到，这绝对是一波绝佳的宣传机会。他迅速联合本地的流量资源，加大了展示力度。在巨大流量的加持下，万方圆做到了单日10万元的营业额。

明星效应给万方圆带来了巨大的流量，但是他并没有因此沾沾自喜。他把团队成员召集起来，强调大家要理性客观地对待突如其来的红利，订单暴增是好事，但是绝不能在食品品质和服务质量上放松要求。成也流量败也流量，说到底，流量也只是一种加持，做餐饮的根本依然是要保证食品质量和服务质量。

有很多明星涉足传统餐饮行业，借着本身的流量开餐馆。比如位于成都的贤合庄火锅店，开业就迅速走红，成为新一代排队王，因为这家火锅店的老板是明星陈赫。

陈赫的微博自带6700万粉丝，抖音自带5900万粉丝，庞大的粉丝群是他最大的曝光渠道。陈赫的火锅店开业后，在抖音发起话题#亿万粉丝爆破贤合庄#，很快圈内好友、各路网红纷至沓来，在抖音的高强度曝光下，话题下视频点赞量共计千万，火爆程度和流量收割力可见不凡。

具有"明星效应"的餐饮店不少，但是并不是所有的明星店都能得到持续的发展，很多都因为管理不善和食品安全问题倒闭关店。

万方圆清醒地意识到，情怀和噱头是餐饮老板追寻的形式"爆点"，要想成功，回归餐饮的本质高于一切。产品是餐饮永恒不变的焦点，具有"明星效应"的餐饮店不缺少创意和情怀，这可以让餐饮店轻松拥有令人羡慕的产品点击集中度。然而那些真正收获口碑和忠实客户的餐饮店，都是真正打磨过产品的品牌。从食材到制作再到呈现，都经过认真的筛选、设计和检测，符合市场消费者的口味。反之就会被市场淘汰。没有人会冲着一点名气反复点一道难吃的食品。没有明星流量加持、没有营销高手的操盘，餐饮店同样可以靠味道、靠品质赢得食客的青睐，在市场博得一席之地。就像演员拿影视作品和观众沟通一样，餐饮店拿菜品和食客沟通。但是离开餐饮的根本，餐饮店就如无源之水，无法得到持续的发展。保持专业是成功的基础，在经营管理和服务体验上保持餐饮的专业度是一件十分重要的事情。如果缺乏培训和统一的标准，连基础的服务都无法做好，顾客的基本需求都无法满足，更别提制造服务的惊喜点和体验点了。

万方圆跟团队成员强调："明星给我们带来了流量，我们要懂得珍惜，并且好好利用，千万不要大意……"真正成熟的人，不会被意外的惊喜冲昏头脑，而是懂得着眼未来，知道要通过努力将好运持续下去。万方圆及时调整了经营策略，采购、加工、服务等各个环节都加派了人手，确保在店里流量剧增的情况下，保证食品的高质量和食客的体验感。

刘涛光顾万方圆的餐饮店，并且晒出图片，带动了餐厅的点击量。表面上看起来，万方圆好像被天上掉下来的馅饼砸中了，是件非常幸运的事情。但细想，如果万方圆没有苦心打造产品，没有用心运营外卖版块，让产品稳居拌粉外卖榜首，那么这份幸运可能就不会发生。

每一个努力奔跑的人，都值得被好运青睐。创业的道路上，熬过了重重磨难，好运就不远了！

抓住春节空档发大财

春节是万家团圆的日子，生意人一年到头没有节假日，春节就是休养生息的好时节。刘涛带来的流量红利，让万方圆大赚了一笔，暴增的订单，也让大家人困马乏。员工们忙忙碌碌一整年，都盼望着早点放假，回家好好和家人过个团圆年。

万方圆却没有放假歇息的打算，刘涛带来的流量红利还在发挥作用，如果此时关门歇业，说不定会影响流量导致业绩下滑。而且，对于餐饮人来说，春节是锁客的好机会。这时很多餐饮店都闭店过年，如今过年人们聚会游玩时习惯在外面吃饭，坚持营业的餐馆生意就会非常火爆。

马姑娘抽空给老人孩子买了过年的衣服，置办了年货。想到2018年春节，马姑娘忍不住感慨，那时候为了让凯旋店活下去，她没有心思置办年货，大家不眠不休地只想多赚点钱。短短一年的时间，凯旋店的生意风生水起，一家人终于可以放下心来，过个安稳的春节了。其实，即使在凯旋店最艰难的时候，马姑娘心里都是笃定的，因为她相信万方圆有能力把饭店盘活。马姑娘从认识万方圆那天起，就认定他是个干事的人，年纪轻轻白手起家，一败涂地却永不放弃，脑子活络又肯吃苦，这样的人无论做什么，早晚都会成功的！

万方圆看着马姑娘张罗着过年，春节不歇业的打算也在瞬间动摇。当初他一文不名的时候，马姑娘义无反顾地跟着他辛苦打拼，好不容易熬过了最艰难的时候，日子渐渐好了，他也想陪着马姑娘好好过个年。然而，想到自己的创业梦想，万方圆又坚定了自己的选择，扩大事业版图需要资金加持，他不能放过春节赚钱的好机会。

万方圆有些愧疚地跟马姑娘说："过年期间咱们照常营业……你看怎么样？"

没有人比马姑娘更了解万方圆，明面上他是跟自己商量，其实没有人能改变他的决定。马姑娘说："爸妈和姐姐姐夫，还有老万和关姐，自从接手凯旋店以来，大家都没休息过，现在算是赚了点钱，也该让大家喘口气歇歇了！不行的话，咱听听他们的意见？"

大家都是跟着万方圆一步一步从苦日子里熬过来的，也都知道春节是赚钱的好机会。两个老人得知万方圆的想法，首先发表了意见："每天起早贪黑干活习惯了，猛不丁让歇下来，还真不习惯，过年不歇了，能赚点就多赚点！"

"只要能赚钱，不歇就不歇吧！"老万和关姐也支持万方圆的决定。

创业的路上，有了家人的支持，创业者就有了底气和勇气。万方圆一路走来，家人的支持一直是他坚强的后盾。

然而，店里的员工，却都不愿意在春节继续工作。万方圆给出了几倍的工资，大家依然无动于衷："辛辛苦苦一整年，就想和家人团圆好好过个年，钱又赚不完，犯不上为了多赚点钱，连年也过不好！"

有的员工说话委婉些："店里有需要，按理我应该留下来。可是我家孩子在外地读大学，一年到头也见不了几面，他放寒假了，我想在家里多陪陪他……"

员工们想休息，万方圆也能理解，过年本来就是阖家团圆的日子，他不能为了店里的生意，让员工们连年也过不好。他给大家准备了年礼和红包，敲定了放假的日子，给员工们吃了颗定心丸。

随着凯旋店的生意日渐红火，万方圆招了不少新人，"四大天王"也由当初的"一线操作工"，晋升到了管理岗位，各自分管着一摊事务。春节期间，他们手下的员工都放假了，四个人"重操旧业"又聚在一起，要把饭店给撑起来。

只是，现在的订单量成倍增长，4个人使出浑身解数也忙不过来。但是，这难不倒万方圆，他招聘了8个大学生来店里打寒假工，解决了人手短缺的问题。大学生虽然没有任何餐饮经验，但是他们学习能力强，精力充沛手脚利索，把他们培训好了，他们的工作能力一点也不比老员工差。

万方圆手把手地对大学生进行操作培训，他们的服务能力达到标准以后，万方圆把8个人分成了两组，轮换倒班。

2月4日，春节在爆竹声中如期而至，经过精心的准备，凯旋店的各项工作有条不紊地进行着。"四大天王"也是轮班倒，不过他们是持续工作30个小时休息5小时，挑战身体极限循环作战。

就如万方圆预料的那样，借着刘涛带来的流量和春节期间大部分餐厅关门的空档，凯旋店生意爆棚，创造了一上午外卖单高达1000单、日营业额10万元的奇迹。

春节期间，万方圆累掉了半条命，却创造了销售奇迹，闷声发了大财。每当他的身体承受力达到极限，感觉要虚脱的时候，他总是告诫自己：要为梦想前行，再苦再累也绝不停息！

竞争对手休息的时候，就是弯道超车的好机会，比别人多付出三倍，甚至十倍的努力，就会得到翻倍的收获，那些成功的人都深谙这个道理！

（后续万方圆特别说明的是，当时看到刘涛点了自己家的外卖很是兴奋，心想着这是不能错过的营销点，为此他也付出了代价，毕竟刘涛是名人，肖像权不能乱用，为此他也付出四十多万元的费用，他还感谢老乡刘涛的大度，以后做事也会三思而后行。）

搭乘互联网快车稳步发展

身处波涛汹涌的互联网时代，餐饮这个古老的行业，也正在经历着最前沿的变革。

万方圆作为新一代餐饮人，他对传统餐饮在互联网时代的机遇和挑战，有独到的见地和理解。

万方圆发现，早在2013年，不少传统餐饮人慢慢地走上了正规化品牌之路，比如卖麻辣烫的杨国福、卖火锅的巴奴毛肚火锅、卖鱼头泡饼的旺顺阁等。同年，互联网餐饮兴起，黄太吉在北京建外SOHO打响了"历史性的一枪"，之后互联网餐饮、O2O餐饮大行其道。2014年，互联网餐饮和传统餐饮两个阵营初步形成。2015年，两个阵营开始了激烈的对抗，多方资本加持互联网餐饮，互联网餐饮大有取代传统餐饮的趋势。此时的餐饮行业效率、规模、流量、融资成了重头戏，餐饮的本质却被忽略。在各种声讨之下，互联网餐饮岌岌可危，人们开始大谈匠心和产品主义。2017—2018年，很少再有人拿互联网餐饮和传统餐饮说事了。大多数餐饮企业在消费升级的大环境下开始进行食材升级、形象升级等，模式之争最终演变为餐饮本质的角逐，餐饮市场彻底回归了理性。万方圆很庆幸，自己在这个时间段投身餐饮行业创业。只有在一个理性的市场环境中，行业才能得到健康有序的发展，创业者才更容易借着大环境的东风扶摇直上。

万方圆涉足餐饮行业时，他就把自己定位为互联网餐饮。他认为餐饮互联网化是一个必然趋势，传统餐饮和互联网餐饮本质上的区别，就是传统餐饮经营产品，互联网餐饮经营客户。然而，要想得到持续稳定的发展，绝对不能把传统餐饮和互联网餐饮彻底分割开来。万方圆其实走的是"两手抓"的路线，他立足于传统餐饮重视经营产品，同时用互联网餐饮精神做营销，使用互联网工具、餐饮智能硬件、餐饮智能系统等，用互联网餐饮的新模式，不断地进行产品迭代和升级。

万方圆的餐饮事业迈入了稳步发展的轨道，除了他能吃苦能受累，更重要的是他具有运筹帷幄的大局意识。他把传统餐饮和互联网思维深度结合，对未来的发展方向进行了合理布局，按图索骥脚踏实地往前走，有效地避免了野蛮生长带来的风险。

万方圆凭着米粉和瓦罐汤一炮而红，源于他对家乡的深厚情感和灵活的互联网思维。餐饮业的互联网思维，就是从经营产品转变为经营客户。传统餐饮业之所以容易陷入红海竞争，表面上看是因为同质化竞争。米粉和瓦罐汤的小吃店在南昌的大街小巷遍地开花，但是，很少有小吃店通过打造品牌脱颖而出。其实从本质上看，是因为大家仅仅关注产品，缺乏对消费者的真正关注、理解与洞察。比如随着95后、00后的新生代走向市场，他们的兴趣、爱好、审美、社交场景等都发生了怎样的变化？随着国家经济战略调整，资本市场的发展，未来会诞生大批的中产阶级，他们又有哪些餐饮社交需求尚未被满足？

万方圆在起步初期专注产品研发，确定了深受大众欢迎的米粉和瓦罐汤系列。产品成熟以后，他就把思维从产品端转移到客户端，聚焦喜欢点外卖的重要目标人群。餐厅如果没有准确的定位、清晰的目标消费客户，又不懂得如何经营客户，生意将会受到很大的影响。

万方圆把产品打造成互联网品牌，有效地提高了品牌形象。要想把米粉和瓦罐汤打造成互联网产品，就要赋予它们温度、情感。也就是说，要把产品打造成有"网感"的品牌。传统餐饮大都以产品、品类为核心，品牌的建立主要依靠人与人之间的口碑以及线下门店的开拓。互联网餐饮品牌的建立和传播主要借用互联网，尤其是社交网络高效率、低成本、快速度的方式来做品牌传播。餐饮经营者要懂得把产品做成内容，让消费者和意见领袖、传统媒体和自媒体争相报道。我们过去常常羡慕 KFC、麦当劳的广告多么精彩多么煽情，如今我们的品牌也可以通过社交网络来制作高水平、可传播的内容。这就是传统餐饮运用互联网建立品牌的最佳诠释。这样建立的品牌就充满了互联网基因、粉丝基因。在社交网络上，做品牌就是做粉丝，做粉丝就是做品牌。万方圆利用南昌人对米粉和瓦罐汤的情怀打造品牌，借用刘涛打卡迅速做大品牌宣传，通过朋友圈、美食大 V 等平台的推广，成功地把产品打造成互联网品牌。

万方圆善于利用互联网平台与工具，大力推广自己的品牌。刚开始经营米粉瓦罐汤，万方圆就让产品登录了美团、大众点评、饿了么等互联网餐饮平台。但是，万方圆对各个外卖平台有着清醒的认识，外卖平台利用各种优惠政策吸引商家与他们合作，本质是要成为新生代餐饮消费人群的首选入口。最终他们就会和淘宝、京东一样成为线上的 SHOPPING MALL，到那时"涨房租"是必然的事。所以餐饮企业在与其打交道时，必须懂得借用他们的力量和流量，而不过分依赖。不过现阶段，这些平台还处于跑马圈地阶段，因此，在他们可以提供低价高质流量时，要把握好机会，懂得利用各家平台优势，扩大产品的影响力。

谈到眼花缭乱的互联网工具，这可能是让传统餐饮人困惑的地方。微博、微信、排队 App、预定 App、外卖 App 等，究竟该如何选择如何运用？这都提高了传统餐饮人对互联网的恐惧感。其实工具是死的，只有真正掌握了餐饮互联网化的本质、核心、原理，选择和利用工具也就易如反掌了。

万方圆认为，互联网餐饮的服务场景与传统餐饮相比起来，也是有一定的区别的。菜单丰富菜品繁杂，是传统餐饮业吸引顾客的主要方式之一，但这也是制约中餐标准化的难题。互联网餐饮运营，却是越简单越可以复制。比如第一波互联网餐饮品牌，黄太吉主打煎饼、伏牛堂主打常德米粉、西少爷主打肉夹馍，都是单品突破、精品制胜。当初，万方圆果断地停掉凯旋店其他种类早餐，专注做米粉和瓦罐汤时，他就意识到，产品只有精细化才可以标准化。

万方圆在餐饮服务方面，十分重视餐饮的社交本质。比如消费者点外卖除了吃饱肚子，说不定还会发朋友圈发挥社交属性。正如当初如果刘涛点了米粉没有发朋友圈，万方圆就会失去绝佳的引流机会。万方圆做餐饮，在餐饮装修、产品包装、卖相等方面下足了功夫。真正具备互联网思维的环境，是回归人性、回归以消费者为核心，创造适合消费者社交场景的氛围或者场景。

万方圆外卖运营方面的工作，有一个重要的版块，就是运营互联网会员、粉丝与社群。传统餐饮多数使用实体会员卡，商家与会员之间的连接是手机号码，这就导致会员无法自助查询积分、账户余额等信息，也无法与商家进行离店后的互动。互联网餐饮实行的是会员数字化，经营者把会员数字化、社交化放在第一位。万方圆在会员招募方面，放弃了纸质会员卡，依靠在店内提供微信会员价、扫微信会员赠饮品等策略，短时间内就集聚了数量可观的会员。通过举办各种试吃，会员限时、限价、限量的活动，大大提高了会员活跃度。这一系列的布局，让他拥有了一群高质量、高活跃度、高黏度的粉丝。懂得经营粉丝和社群，是防止被互联网餐饮平台空心化的最佳手段。

对于新餐饮产业未来发展的状况，万方圆也有客观的判定和周密的打算。他认为，在消费不断升级、餐饮跨界竞争越来越激烈的大背景下，餐饮人必须转变思路，进行品牌、供应链、信息化、资本集成、商业集成等多方面的集成式布局。同时，餐饮人要重新构建供应链，建设信息化，引入资本，升级商业模式。只有这样，才能赢得竞争力，完成向新餐饮模式的转型。

万方圆认为，基于餐饮大数据打造线下堂食良好体验，连接线上外卖，形成餐饮销售体验闭环，这样类似于新零售的新餐饮是未来餐饮人掘金的方向。基于智能化的餐饮管理，可以根据餐厅的历史数据进行大数据分析，给出准确的销量预测数据。数据就是未来餐厅的核心资产，是餐厅的核心竞争力所在。

运筹帷幄才能决胜千里，万方圆经历了从头到来的磨练，他的餐饮事业步入正轨，渐入佳境。他靠着坚决不服输的拼劲，给了自己重新来过的机会。他在餐饮行业创业的过程中，蜕变得成熟而睿智，他创业的步履也变得稳健而有力！

成功从来不是一蹴而就，没有人会永远站在成功的顶峰。人的一生就是在波峰和波谷之间起起伏伏，真正的成功属于那些东山再起的勇士。他们既有挺立在波峰的勇气与魄力，也有奋战在波谷的自信与自律；既有高瞻远瞩的眼界和格局，也有脚踏实地的耐力和勤奋。就这样勇往直前，肯定能走出更广阔的天地。

第七章
连锁发展

要想取得成功，就要有远大的抱负。然而，目标过于庞大或遥远也是无益的。格局大的人大都善于将大目标分解为阶段性的小目标，划清步骤，一步一步去完成。因为他们知道，世界上从来没有一步登天的捷径，脚踏实地才能站得更高，走得更远，从而最终实现理想目标。

连锁发展的优势

餐饮业作为国民支柱行业，以其市场大、增长快、影响广等特点备受重视，这也是很多创业者选择餐饮行业的重要原因之一。创业者在餐饮行业能走多远，得到怎样的发展，往往是由创业者的思维和格局决定的。

美国企业家雷·克拉克被称为麦当劳之父，其实他并不是麦当劳的真正创始人。1940 年，理查德·麦当劳与莫里斯·麦当劳兄弟在美国加利福尼亚州的圣贝纳迪诺创建了"Dick and Mac McDonald"汽车餐厅。虽然每个汉堡包只卖 15 美分，但他们的年营业额仍超过了 25 万美元。后来，随着汽车餐厅数量的增多，麦当劳的经营也越来越艰难，但是麦当劳兄弟还是把餐厅做出了连锁效应。

可是，因为麦当劳兄弟对前来加盟的人来者不拒，缺乏统筹管理的意识和能力，麦当劳扩张过程中遇到了很大的危机。这时，经过一系列的洽谈后，雷·克拉克成为麦当劳在美国唯一的特许经营代理商，并替麦当劳兄弟处理特许经营权的转让事宜。1961 年，麦当劳兄弟以 270 万美元的价格把麦当劳全部转让给了克拉克，在他的经营下，麦当劳如今发展为遍布全球的餐饮品牌。

万方圆一开始做餐饮，是为了赚钱还债，让自己活下去。后来，他的目标不再是经营好一家门店，赚点钱养家糊口。他是把餐饮当作事业去经营的，在埋头经营餐饮门店的同时，着眼于当前的餐饮大环境，对餐饮行业的发展趋势有着客观的认识和了解。

万方圆认为，早年间麦当劳、肯德基以连锁态势强势圈地，已经给国内餐饮人打开了一扇新世界的大门。后来物流、中央工厂等硬件的升级，使得国内餐饮兴起了连锁化的经营探索。随着移动互联网、新餐饮的逐步发展，条件已经足够成熟，连锁化和品牌化开始画上等号，餐饮行业迈入了全面品牌化的新旅程。

无论做什么行业，创业者只有跟着行业大局势与时俱进，才能搭乘时代的列车，得到更好的发展。万方圆是做龙虾外卖起家的，他的经营思维，就是立足于传统餐饮的运营特点，在门店经营的基础上，大力发展新餐饮，通过网络运营打造品牌形象，拓展线上市场，打开外卖渠道，最终实现品牌连锁发展的创业理想。

所谓的连锁经营，简单的理解，就是指像肯德基、麦当劳一样以连锁的形式进行经营。连锁店铺有标准化的门店，要求统一管理、统一进货、统一标识、统一培训、统一促销、统一价格、统一服务。

"统一"是连锁经营最基础的经营特征。统一店铺外在形象。识别系统指的是企业所有暴露给公众的直观印象，主要包括连锁店铺的招牌、标志、商标、标准色、卖场布局、商品陈列等。统一设计的企业识别系统，有利于消费者识别并对企业产生深刻印象，从而产生重复消费行为。统一企业经营内容，是为了达到整体经营效果，使消费者对连锁企业产生信任感和依赖感，连锁企业各门店所经营的产品都是总部开发的，是按照消费者需求做出的最佳产品组合，并不断更新换代。提供的服务也经过总部统一的规划，使消费者无论何时何地到任何一家门店消费，都可以享受到连锁品牌同样的服务。统一管理模式，是指连锁品牌在经营战略、经营策略上实行集中管理，即由总部统一规划，制定规范化的经营管理标准，一切标准化、制度化、系统化。文化层面统一。连锁企业的经营理念是企业经营宗旨、经营哲学、价值观念、企业定位和中长期战略的综合。不论连锁企业有多少连锁门店，都必须持有共同的经营理念，只有经营理念真正统一，连锁企业才能将各门店锁在一起，无限发展，永续经营。

万方圆之所以决定要进行连锁发展，绝不是一时兴起，而是充分认识到了连锁发展的优势。与单店经营相比较，连锁发展的优势主要表现在两个方面：提高品牌价值和经济价值。

一是提高品牌价值。顾客对餐饮店的信任感往往会根据其知名度的提升而增强。知名度高的餐厅，都比较受顾客欢迎。而那些知名度高的餐饮企业，大部分都是连锁经营的企业。比如我们熟悉的肯德基、麦当劳、真功夫、周黑鸭等，它们都是知名连锁品牌。树立品牌的过程需要一个完整且能长期贯彻执行的品牌战略。根据战略的不同阶段，可以大体分成品牌价值的创造、品牌价值的保持和品牌价值的增值。如果说单店经营比较适合创业品牌的创立和保持，连锁发展则会实现品牌价值的增值。因为店铺的视觉识别、消费者的口碑和标准化的产品，都是品牌传播的主要途径。连锁发展时，每在不同的区域开一个新店，千店如一的视觉识别，就是一个鲜活的品牌推广，就是一次大型的广告，就会大大提高品牌价值。

二是提高经济价值。独立的餐饮店火爆到一定程度，往往会选择开分店。但是因为创业者的时间精力有限，通常开到第三家店铺的时候，就会力不从心。同时，因为地区的店铺饱和性，开分店的利益最大值是有限的。

连锁发展会大幅度地提高经济价值的回报。一是加盟费。随着品牌价值的增长，加盟费是一笔不可小觑的收入。二是品牌的使用费和管理费。一个连锁品牌，会帮助创业者拥有一系列系统的管理和运营体系。通过加盟店复制其成套的运营管理系统，进行筹建和新人培训，创业者就会获得品牌使用及管理费用。三是后期货物的供应利润。众所周知，所有的连锁经营企业都有一个明显的优势，就是规模化采购原材料的优势。简单来说，就是单店运营时，因为原材料采购体量小，单价就高。连锁发展时，原材料采购量增大，单价就会降低。创业者用相对低的单价采购成本，用独家秘方做成配料之后，供应给加盟商，这样自己拿到了最低的配料和原材料成本，加盟商也拥有了相对低价的原材料。

这样一来，创业者拥有了长期货物供应的利润收入，加盟商也节省了成本。品牌授权代理商是品牌授权商和品牌授权经营商的中间人，在落实所有的协议前，尽力协助双方寻求共同利益。创业者的品牌壮大之后，就会有更多人想成为品牌代理商，创业者可以坐享其成，挣到钱的同时扩大了市场，增长了自己品牌的价值。

品牌价值提高了，经济价值自然就会得到提高。总的来说，连锁发展可以有效地通过提高品牌价值，从而提高创业者的经济回报。

万方圆要把自己的名字打造成一个有价值的品牌，让自己得到更大的经济回报，同时把永不服输、越挫越勇的创业精神传播出去，带动更多的创业者在餐饮行业得到良好的发展。

万方圆经过了失败的历练，摒弃了急于求成的功利心，对他的餐饮事业有了脚踏实地的规划。他认为，单店运营是品牌连锁发展的基础。经过长时间的摸索探究，他在产品、营销以及管理等品牌建设方面，都积累了丰富的经验。这时候的他有能力实现从单店运营向连锁运营跨步发展。

目标和行动就如硬币的正反面，彼此密不可分，失去一个，另一个就毫无价值。只有那些有着清晰目标，并且朝着目标努力奋斗的人，才更容易取得最终的成功！

用心打造爆款产品

产品是餐饮品牌的核心，品牌要想进行连锁发展，就要打造出爆款产品。所谓的爆款产品，可以简单理解为"招牌菜"。是品牌通过资源倾注，使某个单品或系列产品迅速得到市场关注，进而帮助品牌占领市场。

餐饮品牌打造爆款，有利于形成品牌认知，驱动顾客消费。每个餐饮品牌都需要从产品入手，打造自身的记忆点。比如，巴奴火锅的"毛肚"、太二的"老坛酸菜鱼"、杨记兴的"臭鳜鱼"、旺顺阁的"鱼头泡饼"，它们都是品牌的记忆点。消费者对于品牌的认知，往往来自对品牌的记忆点。消费者是否进店、是否产生消费行为都是基于对品牌的认知。也就是说，爆款产品能够驱动顾客进店消费。

爆款产品是餐饮门店的盈利主流。有资深餐饮人做过统计，一道爆款菜品占门店营业额的30%—40%，有时候甚至会占去营业额的半壁江山。旺顺阁的"鱼头泡饼"，顾客点单率接近90%，一道菜一年曾经卖出2个亿的成绩，创造了旺顺阁一半的营业额。

爆款产品能帮助品牌掌握品类竞争话语权。如今餐饮行业的竞争已经升级为品类的竞争。在餐饮市场，通过一个爆款单品将品牌做成品类代表的成功案例随处可见，比如乐凯撒的榴莲披萨、西贝的莜面等，他们在各自的细分品类，掌握了一定的话语权。

万方圆深谙爆款对于餐饮品牌的重要性，他选择米粉和瓦罐汤作为爆款产品，主要是基于以下几个方面的考虑：

一是品牌定位。精准的品牌定位是经营成功的前提，餐饮品牌的爆款产品要符合品牌定位。例如，"蛙来哒"品牌倡导"健康、新鲜、独创"的饮食理念，主打营养价值高的炭烧牛蛙，以此来赢得消费者的青睐。万方圆品牌的定位是"江西地方特色小吃"，米粉和瓦罐汤是江西人最喜爱的小吃，符合品牌定位。

二是好口味。口味是一道菜的灵魂，即使靠营销勾起了消费者的猎奇心，产生消费行为，倘若口味不好，便不会有回头客。猎奇心理引发的尝试购买行为注定不会长久，满足消费者口味的产品才能吸引用户反复购买，使其自愿成为品牌的宣传者，实现拉新、获客、引流的目的。在产品研制阶段，万方圆在尊重传统口味的基础上，对米粉和瓦罐汤的口味进行了改良。经过反复试验，通过食客试吃等方法，研发了受大众欢迎的口味。

三是差异化。爆品必须有独特性。餐饮市场上，同品类的餐饮品牌、产品数不胜数，消费者没有时间、兴趣和精力去一一甄别。有差异化的产品则是被人记住关键点，在激烈的竞争中胜出。南昌的大街小巷有很多卖米粉、瓦罐汤的小店，万方圆的产品却有一定的差异性。他根据顾客试吃的反馈，针对米粉不好消化、不容易煮透等痛点，调整了米粉的细度。改良后的米粉较细，直接用开水浸泡8分钟，沥干水分，再放入开水泡4分钟，就可以加入料包直接拌着吃了；米粉的拌料更加讲究，比如拌粉里面的萝卜条，都是从萧山运过来的，辣椒也都是经过严格筛选的，对原料以及配料的精益求精，让产品的品质得到了最基本的保障；拌米粉的酱料和腌菜也是独家秘方，更体现出独特的差异性。万方圆的瓦罐汤，是按照传统的方法用泉水熬制8小时以上熬出来的。老一辈人熬瓦罐汤用的是含有矿物质的山泉水，这样煨出来的汤更加鲜甜爽口。万方圆为了保持传统口味，特意选用了品牌矿泉水熬汤。

总的来讲，不管是拌粉还是瓦罐汤，给人的第一感觉，就是口味独特，鲜香爽口，与其他店里的同类产品相比，表现出明显的差异性。

四是性价比高，利润空间大。爆款是餐饮门店创收过程中人气最旺、成交量最高的产品，但是如果仅仅是卖得好，利润却太低，爆款价值就大打折扣。万方圆店内产品5—10元起步，好吃不贵，性价比极高。让消费者享受到实惠的同时，如何增加爆款产品的利润率，万方圆为此用尽了心思。提高利润率最有效的方法就是降低成本，提高毛利。万方圆通过大批量采购原材料降低成本，创新工作流程和管理方式提高劳动生产率，降低人工成本等方法，有效地提高了利润空间。

五是易复制、可标准化。餐饮品牌要走连锁发展道路，相较于餐饮单店来说，必须保证产品的易复制与可标准化，让消费者无论在哪一家门店都能尝到同等品质的爆款。站在餐饮连锁角度，爆款实现标准化，才能规模生产，从而实现品牌迅速扩张。万方圆品牌有一个重要的特点就是"去厨师化"，拌粉和瓦罐汤都有秘制配方，操作起来非常简单，即使没有任何餐饮经验的人，经过几天培训也可以做出美味的产品。

总的来说，爆款的打造过程，就是正确地选择产品，然后根据目标客户的需求，研发、制作出具备实力的产品。成功打造出爆款产品后，才能借力爆款，带动全线产品的销售。用万方圆的话来说，我们的产品不是一款贵族产品，他必须是老百姓可以天天吃得起，并且还吃不厌的接地气的产品，只有这样才可以稳定下沉地做下去。

餐饮品牌成功地打造出爆款产品，接下来就要打造餐饮品牌的识别系统了。所谓的品牌识别系统，就是针对品牌命名、品牌广告语、餐饮视觉设计和餐饮空间设计等方面的系列打造，向消费者传递品牌信息，达到让消费者记住品牌、爱上品牌甚至自愿为品牌进行传播的目的。

万方圆的名字里，蕴含着深刻的人生智慧。万，意味着多，对于生意人来讲，有着万贯钱财滚滚来的美好寓意；方，规矩、框架，是做人之本；圆，圆融、老练，是处世之道。在中国传统文化中，方圆象征着天地之道，蕴含着深刻的哲学文化。古人讲"一阴一阳之谓道"，也说"一方一圆之谓道"。古代铜钱内方外圆，有一种中庸之美，铜钱是古人最想拥有的东西，而要想拥有它，就要遵循这种"内方外圆"的智慧。

"万方圆"三个字寓意深刻，读起来朗朗顺口，有利于传播。而且，很多世界知名品牌，都是用创始人的名字命名的，比如戴尔、香奈儿、福特、松下，等等。品牌人格化是打造 IP 最直接的手段，让 IP 自带流量，从而达到变现的目的。创始人用自己的名字进行品牌命名，无形中让消费者和产品之间产生了共鸣，品牌不再是冷冰冰的符号，而是有温度的。而且，把产品与自我声誉绑在一起，能让消费者对品牌产生信任感。

广告语是品牌的一种推广模式，好的广告语能够让消费者迅速记住一个品牌。好的广告语言简意赅，能够加深消费者对品牌的认知度和好感度。从营销的角度来说。就是在消费者的脑海里打了一个标签。深入人心的广告一旦让消费者记住，后期的产品推广将会事半功倍。

现代商业中的市场营销就是在说故事，品牌都非常注重"品牌故事扩散"。在品牌故事中，"小真相"塑造品牌功能，"大真相"塑造品牌价值观。比如，"香飘飘奶茶全国销量第一""京东双十一特卖会让你省下一大笔钱"，它们全方位地强调产品的特点和优势。这种宣称产品特点的"小真相"具有时效性，时效性一过，广告故事可能就会"垮"。汉堡王曾经围绕独一无二的焰火烧烤来构建自己的品牌，如今炭火烧烤市场不再有活力时，汉堡王就有了一定的生存压力。而麦当劳早期就将自己的品牌与饮食、流行文化等价值观念联系在一起，用"大真相"塑造品牌价值观。这是汉堡王追不上麦当劳的重要原因之一，因为品牌的功能性卖点失去了时效性，品牌就失去了它的优势。

万方圆在打造品牌广告语时，采用了"大真相"与"小真相"相结合的策略。"让世界了解江西"塑造了品牌的价值观，一道美食一座城，把美食当作文化来做，传递了品牌的文化属性。"万方圆拌粉瓦罐汤""拌粉瓦罐汤就吃万方圆""拌粉瓦罐汤榜样品牌。全国门店 300 ＋"，这些宣传用简单的语言，直接道出了品牌的特点和优势，对消费者产生一种渗透作用，让消费者在无意识中产生记忆，加深对品牌的印象，从而产生品牌忠诚度。

餐饮的视觉设计主要体现公司的品牌文化价值，比如品牌文案的展示应用，餐具、餐巾盒、打包盒的包装，户外广告牌等，都应充分展示出主题风格文化设计，为公司塑造独特的品牌形象。

万方圆在品牌视觉设计时，选用了"中国红"为主打色。通过"中国红"强烈的视觉冲击力，直接引起人们心理与情感上的反应，深刻地揭示品牌形象的个性特点，强化感知力度，使人留下深刻印象。随着人们对传统文化的深入理解，"中国红"的文化内涵和象征意义表现为它与中国传统哲学、宗教观念、伦理观念等的相互渗透，内涵变得相对稳定。万方圆给"中国红"赋予了新的内涵：星星之火可以燎原，一点点小火星可以点燃整片大草原，他希望"万方圆"的品牌能"红"遍全国。万方圆正是秉承这个信念，在美食道路上奋发图强。

万方圆店面的"门头"以及店内外的核心区域，都是醒目张扬的红色，非常惹人注目。就如每个城市有地标建筑，每个商场有地标打卡点一样，餐饮店的独特装置地标是品牌文化和记忆点的聚集地。万方圆用醒目的红色和简洁大方的设计风格，让消费者很容易对"万方圆""拌粉瓦罐汤"这些字眼产生深刻印象，加深品牌记忆。

餐饮视觉设计主要是塑造品牌形象，吸引消费者的注意。餐饮空间设计，则是为了让消费者有良好的就餐体验。毕竟消费者进入空间才是餐饮企业营销体验的开始，才有可能记住品牌并传播理念。没有消费者体验就没有商业价值，只有打造极致的消费者体验，才能在竞争中脱颖而出。从消费者路过门店到踏进门店、取号、点餐、上菜、就餐直到离店，每个环节都是用户体验的关键点。消费者的归属感、便捷性与服务性是否超出预期，都会影响到体验感。

万方圆进行餐饮空间设计时，处处考虑消费者的体验感。

场景体验是消费者进入店面空间后的视觉、味觉、嗅觉、听觉、心觉等全方位的真实感受。餐饮空间装饰运用的材料、造型以及光影等等，都不是简单的元素堆放，处处都可能触动消费者的心弦。比如，餐桌餐椅选用舒适的造型和材料、给消费者留下相对充足的活动空间、餐柜的摆放以及灯光造影等等，都设身处地为消费者考虑，想方设法提高消费者的体验感。

万方圆抓住视觉总是容易被动态、彩色等内容吸引的特点，店面装修时就设计了"电视墙",充分利用大电视画面的动态性和丰富色彩,向消费者介绍米粉和瓦罐汤的工艺特色,吸引消费者的眼球。让人垂涎欲滴的餐饮海报、新品上市的广告视频或者"电视菜单"上的特价优惠活动,很容易就可以达到吸引客流、提高营销效果的目的。同时,"电视墙"也提高了店面装修的档次和品质,让消费者产生良好的用餐体验。

统一的品牌形象可以提高消费者对品牌的认知,通过系统化设计,打造统一的对外终端形象,这对建立品牌识别至关重要!

构建连锁总部

餐饮是一个组合型的系统科学,单店经营的时候,创业者凭着一己之力,就可以把所有的工作都管控起来。但是到了连锁经营的特定阶段,涉及运营、财务、人力资源等模块的工作,就需要专职的人员去完成专业的工作。这时,创业者就要建立连锁总部,实行集中化管理专业分工。

万方圆经营龙虾店和凯旋店时,凭着活络的头脑和吃苦耐劳的精神,还能做到两店兼顾。后来随着拌粉瓦罐汤爆款品牌越来越成熟,他开了第三家分店。这时候,他的连锁梦想已经以星星燎原之势开始稳步发展起来。他需要招兵买马建立自己的精英团队,让专业人才帮助自己扩大事业版图。

连锁行业在运营过程中需要集中化管理、专业分工,才能高效地解决问题。连锁总部主要的职能是决策、服务、支持与督导,是连锁企业的"心脏"。例如要策划一个营销活动,从策划到上线需要进行以下步骤:研发部研发产品、市场部策划活动、财务部核算成本和规格、采购部准备货源、运营部门组织培训落实以及各店上线的准备工作、中央配送负责前期加工产品等各部门全面联动协调完成活动,这就是总部的运作模式,高效、专业而极致。在激烈的市场环境中，强调的是全方位竞争。无论从营销还是运营都不能落后，所以连锁总部团队也是企业的核心竞争力。

万方圆深知建立连锁总部要付出相应的成本，总部的规模要和当前的品牌相匹配。如果总部规模过大，则会造成人员成本的浪费。他根据当前的经营需要，先把基础部门建立起来，随着品牌发展的需要，再完善和补充部门的规模。

万方圆首先建立了运营部，实现公司对经营运作的统一规范管理，达到公司营业绩效最大化。运营部的工作涵盖内容比较广泛，包括根据公司对各区域直营分店的近期和远期目标，结合公司财务预算，组织编写营销企划方案并实施；管理和维护公司重要客户关系，建立重要客户定期回访制度和满意度调查制度并执行；根据当地消费标准、经济情况与出品部、财务部制定本地区的价格策略；保持公司标准化体系，执行统一制度，发布和完善公司各类标准作业手册并组织监督、指导区域内各分店各项标准；组织学习公司相关部门的编制，评审各分店营运的标准手册，并按照标准化体系要求统一管理；检查区内各店经营部门的各项作业流程及标准的执行，提供及时的咨询，收集反馈信息；负责各分店下属经营部门的具体绩效管理工作，确保公司利益不受损失。

随着事业的逐步壮大，万方圆秉承一个重要的管理理念，就是专业的事情让专业的人去做。如何找到专业人才，并且有效评估他们的能力、素质、价值和成长性，然后根据评估来制定薪酬标准，这都是很专业的工作。如果在找人和用人上达到了高水平，就会减少人力浪费，也能把创业者从繁琐的事务中解放出来，去做更重要的事情。招聘计划、员工培训、晋升和薪酬体系等工作，都需要人力资源方面的专业人士去完成。所以，万方圆及时地建立了人力资源部。

企业管理，说到底就是人财物的管理。除了对人才的重视，万方圆也特别重视财务管理，所以他建立了财务管理部门。创业者都知道财务的重要性，万方圆更加明白专业财务的重要性。比如企业的现金流节奏，业务营收出现危机的信号，投资风险评估，财务模型，全年的月度、季度和年度报表，都会用数据来体现企业的健康状况，并对企业的未来发展提供有力参考。

供应链是连锁餐饮行业重要核心竞争力。万方圆认为，销售端看起来很热闹，但实际上不可控，极易被竞争模仿，很难打造护城河和壁垒。但是，通过持续优化信息化、采购、库存、物流等业务，打造高效供应链，可以成为企业的护城河。因为这方面竞争对手很难模仿。竞争对手没有供应链优势，如果拿相同价格和服务来竞争，他们不可能赚到钱，时间长了对手就可能会退出市场。成立供应链部，打造产品好、配送快、价格便宜的供货链，是企业得到持续发展的有力保障。

建立了连锁总部，万方圆还很重视对连锁总部各部门的监督和管理。比如每个月都要根据数据化关键指标，以及财务部门提供的财务报表，对各部门的经营进行分析，通过软件系统数据，对完成率进行考核，对超额完成目标的部分总结经验，对没有完成目标的部分进行原因分析并找到改进方案。

连锁总部各个职能部门既是独立的单位，又是一个高效能的整体。各部门之间高度协同，形成高度的凝聚力，有力地推动了企业的发展！

产品结构升级

如果把餐饮品牌比作一个人，那么产品就是手脚，产品结构就是脑袋，庞大的服务体系是躯干，严谨的管理体系是骨架，内容文化、情感连接就是灵魂。要让这个"人"健康地成长，各部分之间就要进行良好的协调和配合。而且，每一个部分都不可或缺，否则这个"人"就会残缺不全。

然而，对于一个人来说，脑袋要比手脚重要。经营餐饮品牌，产品结构的重要性大于产品，它是产品顶层设计的核心部分，决定餐饮店卖什么、不卖什么，决定食材成本、人工成本，决定人均消费、消费时段乃至客流和复购率。产品结构是个不断升级进化的过程，餐饮品牌要有产品进化的体系，而产品结构和产品体系往往不是经营者设计出来的，而是消费群体和经营者共同进化而来的。产品结构升级离不开经营者对消费者的洞察。

当然，所有的产品结构设计动作，都不能破坏品牌定位，损害品牌形象，需要围绕核心客群去开展工作，把用户满意度放在第一位。

不断地优化产品结构，是品牌连锁战略落地的重中之重。没有好的产品结构拉动消费者体验，单纯的传播解决不了根本问题。产品定位不是打造出爆款就一劳永逸，而是在保持基础产品的同时，不断地延伸和放大产品结构，提升消费者的用餐体验，吸引重复消费，达到提高利润的目的。

万方圆优化产品结构，首先进行了食材升级，致力于用食材建立品牌口碑。从万方圆从事餐饮创业的第一天起，他就深知食材对于餐饮的重要性。随着人们生活节奏的加快，收入不断增加，消费者的饮食要求也随之升级。以前是吃得饱，现在要吃得好、吃得健康。万方圆对食材有着极其高的标准。着手优化产品结构时，他除了对米粉和瓦罐汤的食材进行了更加严格的筛选和要求，就连在一些配料的使用上，都坚持只选择一线品牌。选择品牌意味着会提高成本，但是品牌代表着可靠性，一个品牌要拥有自己的市场地位，成为消费者心目中的强势品牌，必须在同行业中有自己的竞争优势。选用品牌食材，能提高消费者对产品的信任度。比如，瓦罐汤熬汤的水用的是"农夫山泉"矿泉水，还选择了海天、煌上煌、太太乐、金龙鱼等大品牌的食材用料。

菜单升级是产品结构升级的重要组成部分，这可以提高品牌与顾客之间的有效交流。品牌与顾客最有效的交流莫过于菜单，它是顾客对品牌的第一真实印象，也是决定顾客能否接受产品的桥梁。菜单结构能够体现店铺的特色和经营理念，是一种无声的营销手段。菜单是菜品的展示方式，对菜品进行分类时，店铺应结合本身定位、场景、口味等多种因素，秉承少而精的原则，让顾客对菜品一目了然，迅速作出选择。

万方圆在产品结构升级之前，曾经做过线下消费反馈调查。结果显示，很多消费者都提出了"菜单复杂，每次都要看很久"的困惑。菜单内容较多，消费者点单需要翻阅，这不符合快节奏的生活模式。因此，万方圆针对菜单进行升级，首先"简化菜品，丰富菜单"。简单地说，就是在菜单升级中，降低单品数量，提升品类数量。通过以往产品销售数据分析，删减冷门产品，增加品类数量。

升级后的菜单分为4个版块：镇店干货、蒸汤、南昌小吃和面点。

镇店干货当然是拌粉和瓦罐汤。无论菜单怎么升级，吸引消费者的爆款产品，其"镇店"地位都不可动摇。经过长期的产品研发，以及消费数据分析，万方圆确定了深受消费者欢迎的品类。镇店干货分为拌粉和瓦罐汤两个品类。"万方圆拌粉"基础经典款，卖5元钱一份，突出了拌粉"好吃，不贵"的卖点。"藕片拌粉"不仅可以满足素食消费者的就餐需求，还洋溢着浓郁的怀旧情怀，是消费者喜爱的"老味道"。而且，这也是刘涛打卡"万方圆"时吃过的拌粉，它的"明星地位"是其他拌粉望尘莫及的。牛肉、猪耳朵、牛肚拌粉，营养丰富口味浓郁，满足了荤食者的不同口味。"选两样""选三样""全频道"拌粉，则给了顾客充足的选择空间，消费者可以按照自己的喜好，随意选择米粉的拌料；瓦罐汤主打肉饼和排骨系列，以及需要提前预约的滋补系列。鸡蛋、皮蛋、莲藕等经典款原汁原味地保持了传统口味，"用十分好水，煨十分好汤"、香浓可口一碗汤、10—15元的亲民价位，这些都是吸引消费者的卖点。对于有滋补要求的消费者，"提前预约"无形中彰显了食材新鲜的特点，体现了经营者对产品质量高标准的要求。

蒸汤系列"5元一份"的价格是个吸睛的卖点，蒸汤肉饼汤和瓦罐汤肉饼汤在食材上区别不大，剁碎的肉末搭配鸡蛋、皮蛋、香菇、茶树菇等等。食材区别不大，价格却便宜一半，这也是蒸汤肉饼汤极受消费者欢迎的缘由。

"萝卜青菜，各有所爱"，为了尽量满足消费者的用餐需求，万方圆的菜单结构中还有"南昌小吃""中式面点"系列。看起来这些菜品好像和拌粉瓦罐汤的定位不太相符，但它们同属南昌小吃，符合"让世界了解江西"的品牌价值理念。

产品结构升级，除了在"品"上花心思，也需要在"产"上下功夫。万方圆根据销售数据分析，定制了引流款、利润款，以全新的产品结构、营销方法上线销售。比如，万方圆搭乘"双11""双12"的营销顺风，推出了"吃粉送汤"的活动，当天一上线，制作数量就超过了1000单，成为主打引流款。

万方圆通过洞察行业品类产品数据，根据顾客大数据进行分析，全方位地完成了产品结构升级。消费者的消费习惯在改变，消费标准在上升，经营者只有在不断地探索中完善自己，餐饮事业才能得到更加稳健的发展！

从1到10的发展

创业的道路上，从0到1并不是难事。但只有从1到10的公司才能创造价值。万方圆从1到10经历过一次失败。连锁龙虾店迅速关门后，他吸取了教训，快速扩张就如在沙滩上建造大厦，缺少根基的支撑，建筑物随时都可能倒塌。他调整了目标，脚踏实地探索打磨产品，专注把单店做好。连锁发展依然是他的梦想，但是他得明白营收保本点在哪里，然后不断去努力达成盈利。等到凯旋店的拌粉和瓦罐汤有好口碑，商业模式、产品结构等方面成熟了，单店盈利达标后，他才能重新考虑开分店，有条不紊地迈开从 1 到 10 的步伐。

这时候的万方圆沉稳而冷静。他知道每往前走一步，肯定会遇到不同的问题。只有不断地解决问题，通关解锁，脚踏实地往前走，路才能越走越宽。

万方圆开前面三家分店时，在地址的选择上花费了很大的心思。凯旋店凭借米粉和瓦罐汤实现稳定盈利后，验证了该模式定位可以在其所在的商圈进行盈利。在选择第二家、第三家分店的时候，他尝试在另一种类型商圈进行选址，测试市场。如果在不同商圈都实现营利，那么足以证明凯旋店的商业模式得到了市场的积极验证。

万方圆开第四家分店时，开始在店铺管理方面下功夫。他非常重视店长的培养和选拔，并且出台了相应的激励政策。因为随着店面的增多，单店的盈利，需要以店长的管控能力为主。万方圆在员工的激励方面，采用"底薪＋业绩达标提成"这种比较直接的激励方式，有效地提高了员工的积极性。

万方圆培养店长时，主要训练其带店能力，包括打造团队、提升营业、控制成本、维护客户满意度等。还有一个很重要的工作就是标准化落地夯实基础，要把所有的岗位流程进行标准化，把标准化传承下去，这是支撑实现连锁的核心。

随着连锁分店的增多，万方圆开始考虑中央配送。比如拌米粉的酱料，就是关姐在酱料厂做好以后，进行统一配送。拌粉用的萝卜丁等腌菜，都是万方圆妈妈集中加工以后，配送给各个分店。设计中央配送，是为餐饮连锁的整体体系做前期构造。

2019 年，万方圆拥有了 10 家直营店：南昌炒粉小龙虾、万方圆拌粉瓦罐汤红谷凯旋店、699辛家庵店、滕王阁旗舰店、梦时代店、联泰尚城店、洪城大市场店、进贤中医院店、恒茂华城店、进贤岚湖店。

从0到1是打造单店盈利的阶段，万方圆初步打磨了商业模型。只有经过了市场检验的商业模式，才能进一步推广。餐饮行业是传统产业，需要一定的营销手段，但根本还是需要靠口味而不是过度营销生存。餐饮是一种重复消费的行业，具有现金流大、频次高等特点，需要源源不断的客流，而口味才是留住顾客的根本。

从1到10是初步加速期，在这个阶段，需要在拉资源、建品牌的基础上优化补缺。一家店长期存活并且盈利，可能是因为地段好、自然客流量大等偶然因素促成的，如果开到5到10家店呢？产品的模型、品牌的商业模型在不同地段、不同环境下还能走得通吗？从0到1只是初步形成了商业模型，1家门店无法验证商业模型，因此，需要在从1到10的扩店过程中，继续验证、优化补缺、加速前进。

在这个过程中，万方圆需要多方布局。供应链资源是决定品牌发展高度的重要一环，需要在不断地摸索探究中进行原始积累，解决采购、供应链等一系列难题。品牌要想得到持续的发展，就需要根据消费者的喜好和需求，在产品研发、商业模式上不断地创新。如果一直原地踏步，随时都可能面临被市场淘汰的风险。品质的管控也非常关键，品牌扩张后，品控一定要有保障。要保证扩张的店面都能持续经营下去，而不是埋头快速扩张，然后光速倒闭。品牌发展的过程中，单凭个人实现品类冠军的时代一去不复返，快速成为品类冠军需要有格局，需要不断地整合外部资源。

万方圆认为，再好的商业模型都要打磨优化，而从1到10的阶段正是打磨的绝佳时机。拥有优秀的模型，才能为后续扩张减少阻力，优化后的商业模型可以获得持续盈利，提高后续的市场竞争力。

不满足现状的人，才更容易获得成功。万方圆在一年之内，终于实现了拥有10家店的连锁梦想。然而，他并没有满足现状止步不前，而是在不断地摸索探究中，持续精进，让品牌得到更好的发展！

多元化门店模式

随着人们生活以及餐饮需求多元化的调整，餐饮经营模式也应该随之不断变化。为了满足消费者不同的餐饮需求，万方圆经过不断的探索，展开了多元化门店经营模式。

万方圆特别重视外卖店的运营，为了构建一个具有竞争力的外卖销售模式，他请了专业的线上运营团队，打造全面线上营销模式。随着时代的不断发展，外卖成为了人们生活中的必需品，人们点外卖不再是简单地为了吃饱，也开始关注哪些店铺更健康、更好吃，同时又经济实惠。目前的外卖行业已不仅仅是单点的竞争，而是对店铺综合能力的考验。外卖的配送范围有区域限制，外卖经营就是尽可能拓展区域内潜在顾客的同时，提升老顾客的复购率。

面对激烈的市场竞争，万方圆的外卖运营团队通过各种数据分析，努力提升店铺的综合竞争力。一是整体分析。通过分析外卖平台数据判断市场的走向以及交易的涨幅情况，了解周围店铺的商家数据，综合判断店铺目前的运营状况是否处于良性的发展阶段。二是顾客分析。统计顾客消费数据了解客单价和消费水平，通过数据对比分析，了解顾客流失和转化情况，以及商圈是否饱和。建立用户画像，分析男女比例、产品口味喜好、消费水平等，这样可以做针对性的产品推广。三是复购分析。分析老顾客的复购比率，如果老顾客占比降低，就需要分析是否要调整外卖产品结构、优化产品质量。如果同商圈内开了新店，还要分析店内菜品销量和复购率，从核心菜品出发，研发新品代替销量和复购率低的菜品。四是流量分析。确保店铺的流量，针对进店转化率、下单转化率、复购率等，随时调整营销战略。

外卖团队精细化的运营，万方圆大手笔的免费送，让品牌拌粉瓦罐汤在外卖平台稳居同类产品排行榜首，彰显了品牌外卖店铺的实力。

万方圆清醒地意识到，无论餐饮外卖行业如何野蛮发展，线下堂食门店都不会消失。因为餐饮连锁提供的不仅是就餐，还承载着社交和服务的功能。外送主要是为了给顾客提供便捷，堂食才是餐饮连锁消费中的主体。

堂食经营的核心主要包括产品、运营和营销三大块，是餐饮的三驾马车。万方圆的堂食店，都选择开在繁华的商圈地段，通过选址来选客流，占据了黄金位置，店铺差不多就成功了一半。选址决定了客流的大小，而门头的大小、设计，展示面的设计和产品活动配置等，决定了店铺对过往客流的吸引力。对于已经进店消费的用户，运营的关键就是让新客转化为老客。因此想要做好顾客的转化和复购，就需要依靠运营和营销来做老客留存了。

堂食店面向的客群主要是方圆一公里，甚至还不到一公里。顾客的总数有限，老板们要想长期经营且盈利，重点就是经营老顾客。因此在经营过程中，要做到产品、环境、服务和体验的整体协调合格、产品的定期更新和升级以及营销活动的持续跟进，这样才能给顾客带来新鲜感，保证老顾客的稳定性和持久性。

外带外卖店是指餐厅提供外带服务，即厨师将菜制作以后，将菜品用纸盒包装好，由顾客带至餐厅以外的地方用餐。外带模式既符合快节奏的生活模式，还可以省去外卖抽成、人工成本等，有效地降低了总成本。而且，消费者点外卖，对品牌的认知往往是模糊的，消费者进店外带，对品牌形象就会有更立体的认知。

"外带＋外卖＋堂食"的模式，本质上就是一种全域流量的捕捉和全场景经营的模式。堂食为主的餐厅，即使生意再火爆，其辐射的距离也有限。外卖模式的加入，可以将餐厅服务的距离扩大数倍，也就相当于将餐厅的流量扩大了数倍。外带模式明显的优势，就是可以抓住周边社区顾客外带回家的需求。这样，家庭消费、外卖和堂食场景兼顾，线下和线上的流量一网打尽。

餐饮行业已经发展到经营多元化阶段，不断地探索多元化经营模式实现收入多元化，才能真正提高餐饮经营的利润。经营者要紧紧把握餐饮行业发展的时代脉搏，才能在激烈的角逐中脱颖而出！

卖掉直营店做加盟

万方圆曾经对中国餐饮连锁模式的演变，做了深入的探索和研究。他发现，那些门店遍布全国的餐饮品牌，连锁方式通常有四种：

一是立志要做白营品牌，结果确实做到了直营连锁发展。比如海底捞。顾客选择海底捞往往是因为服务好、人气高、有面子、环境舒适、体验有保障等，这些都是感性因素。对于商家来说，感性因素的绩效标准是"做好"，但是这个"做好"很难有量化的标准。比如海底捞的服务，微笑露出八颗牙就可以了吗？这个无法有个统一化的标准，就无法按照标准要求加盟商。所以海底捞这样的品牌不适合做加盟，只有建立强势的企业文化，经过长期培训出来的直系员工，才有可能"做好"，这就是海底捞长期直营的原因。

二是初期要做连锁品牌，结果在发展过程中，经不住利益的诱惑，逐渐走上了加盟的道路。比如西少爷肉夹馍，品牌早期的创始人孟兵在五道口开出第一家店，凭着《我为什么要辞职去卖肉夹馍》一文收获几十万阅读量，数万转发量，基于创始人互联网公司员工的背景，受众在地域上更集中，传播力更强，使得西少爷五道口店一炮而红，成为互联网人集中打卡的网红店。孟兵曾经说过："我就算做到 300 家店也不会放开加盟。"2014 年 6 月,西少爷拿到了今日资本的投资,西少爷获得了足够的资金储备可以去一家一家地开拓和运营直营店。但是到后来,随着品牌的发展,西少爷也开始大力发展加盟店。

三是先做加盟店积累资金,当拥有了一定的资本实力以后,再转做直营店,比如巴奴火锅。2003 年,巴奴在河南安阳创立,2009 年进入郑州,在海底捞对面开业,向海底捞学习了 4 年。2012 年,一句"服务不是巴奴的特色,毛肚和菌汤才是"石破天惊,巴奴从向海底捞学习,改为和海底捞对着干,生意一下子火爆起来,从不起眼的火锅店迅速发展成加盟店,囤积了资本以后开始转做直营店。

四是品牌开始的定位就是做加盟,先开几家分店打基础后,进而再开始加联盟。目前市场上的大部分餐饮连锁,都是这种发展模式。

餐饮发展究竟是先跑马圈地再精耕细作,还是先精耕细作再借助资本力量进行扩张,这是因地、因人、因时、因品而定。

万方圆拥有了 10 家饭店之后,刚开始走的是直营连锁发展路线。直营连锁有很多优势,比如可以统一调动资金、统一经营战略,在新品、技术开发、推广、应用方面易于发挥整体优势。直面市场,有利于品牌迅速获取有效的市场信息和顾客反馈的信息,从而不断完善自身得到更好的发展。

10 家直营店的经营情况都非常不错,收入也比较稳定。但是万方圆很快就发现了一些问题,直营连锁虽然具有一定的优势,在国内外连锁经营中也一直处于主流地位,但从自己的连锁经营实践来看,直营连锁也存在一定的弊端。一是资金投入大,扩张速度慢。直营连锁由公司总部统一开发,在开办众多门店时,需要投入大量资金,若企业资金不足,企业的发展速度和连锁规模的扩展就会受到限制。二是总部承担的风险较大。与其他连锁形式相比较,直营连锁各门店的开发投资均是由总部独自进行,这就意味着总部要承担所有的风险。三是不利于调动门店员工的积极性。直营门店由总部按照标准的操作流程统一管理，各门店没有经营自主权，门店的经营效益与员工的利益关系不够密切，不利于充分调动各门店员工的积极性。

万方圆针对全国门店数最多的著名连锁品牌展开了研究，发现90%以上的连锁方式都包括加盟，加盟成为中国餐饮业的重要增长方式。重新整理思路后，万方圆作出抉择，相对于门店管理和经营，他和团队成员更善于品牌营销，相比来看，加盟这条路更适合。

万方圆和团队成员商谈后，决定除了留下凯旋店、炒粉龙虾店以及滕王阁店以外，将其余的7家店卖给加盟商。这样，万方圆就可以轻装上阵，把门店的管理工作降到最低，腾出更多的时间用于加盟店的维护和品牌营销。

万方圆品牌产品做加盟，优势特别明显。一是品牌优势。总部实行统一管理模式、宣传模式，能有效地提高加盟商的市场经营效率。万方圆有着丰富的品牌营销经验，他按照公司统一的品牌传播战略和VI视觉识别设计系统，对客户所在地区展开实地考察，结合加盟店等级定位、店面的尺寸规格和业主的基本要求或建议，提供完整的设计方案。二是产品优势。万方圆拌粉瓦罐汤选自于优质食材，秘制配方独特，而且总部产品更新速度非常快，能够满足市场日益增长的款式需求，提高加盟店的光顾率。三是技术优势。总部拥有经验丰富的一流技术人才，不断改进产品，确保在行内处于领先地位。四是培训优势。公司为加盟商提供了从产品使用到店内接单，从后台策划到现场指导的全方位系统化培训。五是服务优势。先进的营销策划，印刷宣传品、现场助销POP、品牌形象物料等及时配送。六是投资优势。项目投资成本少，门槛低，好经营，大大降低了投资风险。

有调查资料显示，在相同的经营领域，个人创业的成功率低于20%，而连锁加盟的成功率则高达80%—90%。主要的原因就在于，创业者选择了加盟，就不用考察市场、找地址，也不用担心没有技术、不会营销，避免了个人背负巨大的风险去摸索。连锁总部会给予全方位的扶持与帮助，用万方圆的话说就是："除了收钱，运营和经营我们都帮你做！"

当今市场，品牌战愈演愈烈，消费者们购买商品时，往往更加青睐值得信赖的大品牌。所以说，加盟一个知名的品牌，可以获得强大的品牌效应，更容易打开市场。连锁加盟模式让投资者快速共享了企业的品牌和信誉，给消费者带来更多的亲切感和信任度。而且，一个好的加盟连锁企业为了吸引更多的加盟者、提升自身品牌知名度，就会不断更新开发多元化、高利润的商品用来超越竞争对手，加盟者"背靠大树好乘凉"，不用考虑产品迭代的问题。另外，连锁品牌的产品大都经过了市场的检验，受欢迎程度比较高，这样创业者开业后的成功率会更高。

创业者选择一个加盟品牌，需要对品牌商特许经营资质进行审查，对品牌知名度进行准确评估，考察品牌商其他的直营店、加盟店的运行情况，需要对品牌商的方方面面进行详细的摸底和考察。很多时候，创业者选择一个加盟品牌，更多的是选择品牌创始人。通过了解品牌的发展历史和发展阶段，如果它经历挫折没有被打败，而且得到了持续稳定的发展，那么品牌背后的创始人，很大程度上就是个靠谱的人，他会通过自己的格局和能力，让创建的品牌得到更好的发展。

万方圆的创业经历告诉我们，无论格局能力还是为人处世，他都是个值得信任的人。加入万方圆品牌，就是和靠谱的人一起做靠谱的事情，脚踏实地一步一步实现自己的创业梦想。

滕王阁旗舰店

"旗舰店"这个词语，源自欧美，一般指城市中心店或地区中心店，是某品牌在某地区繁华地段、规模最大、同类产品最全、装修最豪华的商店。与一般店面相比较，旗舰店在空间设计、概念升级、业态创新、体验升级等方面都做出了更多创新尝试。旗舰店不仅是一个概念，它还是品牌在城市中的最高形象展示店，是业界的顶级示范，代表着品牌在城市中的首席地位。

打造品牌旗舰店最重要的意义，就在于对品牌文化的输出。品牌通过旗舰店中更具个性的购物体验来提高消费者的忠诚度。所以，餐饮企业推出这种看似吃力不讨好的商业模式，更多的是摒弃了短期的利润价值，转而从自身情况出发，通过对未来市场的预判，根据各种因素综合考虑的结果。其中要考虑到品牌体验和曝光、体验的升级、商圈、建筑形式等。

随着品牌影响力的扩大，万方圆决定打造品牌旗舰店，建立万方圆文化基地。这时候，万方圆没有把自己当作生意人，而是当作致力于弘扬家乡美食文化的传播者。他要把对家乡的情感寄托在美食中传播出去，让全世界通过拌粉、瓦罐汤了解江西。

滕王阁店地理位置的特殊性，是万方圆决定把滕王阁店打造成品牌旗舰店的重要原因。

有人说，到了南昌没有游览滕王阁，等于没有到过南昌。滕王阁位于南昌市东湖区，是南昌市地标性建筑。滕王阁始建于唐永徽四年（653），是唐太宗李世民之弟滕王李元婴任江南洪州都督时所修，现存建筑为1985年重建。滕王阁因初唐诗人王勃所作《滕王阁序》而闻名于世，与湖南岳阳岳阳楼、湖北武汉黄鹤楼并称为"江南三大名楼"。在南昌，五岁的孩子都可以脱口念出"落霞与孤鹜齐飞，秋水共长天一色"。这也是滕王阁自带流量的原因，

如今，滕王阁被评为国家5A级景区，滕王阁主楼附近有由25栋宋氏彩绘牌楼组成的仿古街，汇集明清历代帝王封赠的圣旨、牌匾、懿旨、科考用具等实物，充分展示了历史文化的深刻内涵。

滕王阁本身自带的文化属性，与万方圆建立文化基地的思路不谋而合。然而，要想在滕王阁开美食店，需要雄厚的资金加持。滕王阁附近大都是历史文化建筑，可谓寸土寸金，租金特别贵。

2019 年 10 月 1 日，万方圆的滕王阁旗舰店正式开业。旗舰店就在景区大门正对面，店面所处的建筑已经有 100 多年的历史了，属于受国家保护的历史文物建筑，总面积近 600 平方米。建筑风貌为近现代工业厂房类建筑，榕门路作为南昌城市工业发展区域之一，这栋建筑是当时最早的一批厂房，有着浓厚的时代文化特色。众所周知，在这里开美食店是桩赔本的买卖。但是，万方圆打造旗舰店的目的并不是为了赚钱，而是为了传播江西美食文化和万方圆品牌，所以赔钱也要做！

因为是文物建筑，滕王阁旗舰店在装修上就不能大动手脚，万方圆最大程度地保留了建筑原本的风貌。旗舰店刚开张时门头很简单，一块古朴沧桑的木板上写着"万方圆"三个字，如果不是大门旁边的木板上写着"万方圆拌粉瓦罐汤"的标识，几乎看不出来这是一家美食店。后来万方圆才改换了门头，提高了辨识度。顾客推开门踏进去就会发现，原来里面别有洞天，竹林蜿蜒，花团锦簇，木质的屋顶和屋梁让空间显得空旷大气，阳光从天井漫进来，慵懒地洒在古朴的桌椅上。最为引人注目的，依然是那抹中国红。万方圆店面装修的主打色统一都是中国红，但是，因受建筑地貌的限制，没办法像其他店面一样按照标准要求去装修，万方圆因地制宜，用红灯笼和红纱带做装饰，打造出古典喜庆的用餐氛围。

打造文化基地，怎么能少故事呢？滕王阁旗舰店的宣传墙上，用图片和文字相结合的方式，讲述了万方圆的创业经历，以及他和马姑娘的爱情故事。一个有故事的创始人，历经坎坷终于成功的励志经历，很容易让消费者在享受美食的同时，受到激励和触动。

"一汤一粉一座城，有滋有味有南昌"，游客看完《寻梦滕王阁》，或者在演出开场前，信步来到万方圆的美食店，吃一份地道的米粉瓦罐汤，享受一段惬意舒适的美好时光，别有一番风味。

众所周知，景区的美食价格往往不低。然而，万方圆滕王阁的美食店，用最好的食材打造出最美味的食品，价格却特别亲民，几块钱的拌粉，十几块的瓦罐汤，常常让顾客以为看错了价格。旗舰店24小时不打烊，随时为游客提供一方休憩吃饭的场所。店里白天主打食品是米粉、瓦罐汤，晚上则以各种美味烧烤为主，晚上店里提供的酒水有很大的折扣，这对喜欢饮酒的消费者来说是个不小的诱惑。

游客来南昌一定要来滕王阁，来滕王阁一定要吃南昌美食万方圆米粉瓦罐汤。滕王阁旗舰店开张以来，接待了无数国内外旅客。他们口口相传，把万方圆的品牌带到了世界各地，大大地提高了品牌影响力！

马姑娘文化公司

在这个网络信息爆炸的时代，互联网营销已经成为各类企业的推广主流渠道，企业的品牌营销也进入了一个高速的发展时期。企业要想抓住市场发展机遇，不断提升品牌形象，就要通过整合营销占领市场。

整合营销是多种推广方式的组合，企业在不同发展阶段，对营销的需求也有所差别。比如在品牌创立之初，企业要以打造品牌为主要目的，随着企业的发展，就要以提升业绩为目的。企业要想实现最佳营销效果，就需要整合多种营销模式兼顾创意策划，全方位出击，实现品牌营销目的。

万方圆一直都很重视品牌营销，"酒香不怕巷子深"的营销策略，已经远远跟不上时代的脚步了。万方圆的米粉和瓦罐汤用料足品质高，深受消费者的喜爱，产品经得起市场的检验，但是"酒香也怕巷子深"，只有做好了品牌营销，才能让更多的消费者了解产品，在使用产品的过程中接受品牌，从而建立品牌感情。

万方圆通过各种营销方法，不断地输出品牌形象，打造品牌定位，让消费者在心里树立起对万方圆品牌的明确认知。只有用户对品牌产生了信任，才能自发性地进行宣传。万方圆认为品牌营销拼的就是深刻的商业分析能力，真知灼见的干货输出能力，脑洞大开的创意能力和强有力的资源整合与落地能力。营销想要获得差异化的特点，就需要在内容方面进行赋能，选择新颖的内容来为品牌造势，让品牌在市场竞争中脱颖而出。

刚开始，万方圆品牌营销工作是由运营部门负责的，随着公司的发展，加盟商越来越多，运营部就把工作重心转移到加盟板块。他把品牌营销工作从运营部分离出来，成立了"马姑娘文化传播有限公司"，组建了专业的团队，通过内容策划和输出，达到营销品牌的目的。

马姑娘文化传播有限公司是一家拥有开放思维、立足数据决策、善于整合资源、精于系统运营、实现全媒体传播的运营公司。万方圆用"马姑娘"为公司命名，表达了自己对马姑娘的感情，同时也打算放手把公司交给马姑娘打理。

马姑娘是万方圆事业上的好帮手，万方圆在创业道路上往前走的每一步，都离不开马姑娘的支持。当初，马姑娘和万方圆闪婚迈入了婚姻的殿堂，就是因为她清楚地认识到，自己找到了同频的人。马姑娘和万方圆一样，是有事业心的。她学的是工程管理运营专业，毕业后从事的工作主要负责项目工程预算。2015 年辞职走上了创业道路，她开了连锁花店，考取了花艺师资格证。马姑娘在创业过程中结识了万方圆，志趣相投让他们迅速走到了一起。马姑娘成了万方圆的左膀右臂，他们共同努力，打造了"万方圆"品牌，让品牌魅力不断地发扬光大。

共同进步的般配夫妻，才能真正经营好婚姻。爱是一场博弈，保持与对方不分伯仲、势均力敌，才能长此以往地相依相惜。因为过强的对手让人疲惫，太弱的对手令人厌倦。

马姑娘是个善良豁达却不失倔强的人，陪着万方圆一路打拼，她也是逢山开路遇水搭桥，遇到问题从来都是迎难而上。文化传播公司成立以后，她学习了品牌营销方面的知识，慢慢也摸索出了一些门道。马姑娘认为，品牌营销讲道理不如讲故事，把自己和万方圆历尽艰辛的创业故事说出来，这对传递品牌价值提高品牌影响力有积极的效果。毕竟，真实的内容最容易打动人。

马姑娘精心制作的"品牌故事"，一经推出就打动了无数人。消费者享受美食的同时，了解品牌创始人美好的爱情故事和永不服输的精神，无意中就加深了品牌印象，提高了对品牌的好感度。

如何让传统餐饮品牌实现线上与线下的高效协同？马姑娘文化传播公司制定了各种精准化的营销思路，构建专属的新媒体营销矩阵，密切配合线下活动，更具针对性地对重点区域的用户进行品牌塑造，多管齐下，名利兼收，让品牌效应及时转化为商业盈利。马姑娘还根据全年销售计划和营销预算，制定了全年营销计划。根据全年品牌所处的发展阶段，执行多渠道高性价比的广告投放策略。马姑娘和她的团队经过努力，在品牌营销方面取得了不错的成绩。

马姑娘除了负责文化公司的运营，还担负着公司其他版块的重要工作。马姑娘看起来斯文柔弱，对工作却有一股狠劲儿，她将餐饮事业当作一盘下不尽的棋，有一定的套路、规则可遵循，但没有绝对的制胜方法，只能针对现况走好每一步，脚踏实地往前走，才能取得全盘的胜利。

瞬息万变的竞争市场充满了全新的挑战，因为有万方圆在，马姑娘心底充满了必胜的信念。他们心无旁骛，一往无前，事业取得成功的同时，还收获了美满的婚姻！

参加美食节获殊荣

中国饭店协会的品牌活动中国美食节，由国际饭店与餐馆协会支持，与多地政府联合主办，是我国餐饮行业高规模、群众参与性强的年度盛会。美食节以展览展示、论坛峰会、赛事颁奖、扩消费惠民生为主体的活动形式，在弘扬美食文化、促进消费、培育自主品牌、提升城市品牌形象等方面，发挥着举足轻重的作用。

中国美食节是中国美食创新发展的风向标，是餐饮业发展的领航员。中国美食节通过举办各类赛事颁奖活动，作为烹饪匠心传承示范、培育青年厨师精英的载体。中国美食节诸多论坛峰会开展政策解读，探讨行业发展的热点、难点问题。比如第十四届中国美食节深入探讨加快推进餐饮业向大众化、品牌化、连锁化、信息化、产业化转型的问题，引起业内强烈反响。

中国美食节突出菜系与品牌，让中华美食香飘世界。从文化意义上理解，所谓特色，就是体现民族之间、地域之间差异性的东西。中国美食节荟萃中华多民族、各地域的特色美食，其中最为津津乐道的有：中华名小吃展销、全国新菜系、中华老字号百年名菜、中国名宴等。特别是各地菜系的展示，推进了菜系的品牌化发展。在中国美食节的推动下，杭帮菜响彻全国、重庆火锅飘香世界、鲁菜新潮涌动，淮扬菜、南京菜、锡菜尽显风流，闽菜、台菜各展优长，桂菜走出壮乡，一大批品牌餐饮企业进入中国餐饮百强榜。

餐饮大众化的细分发展，带动了餐饮业态的进一步细分，小吃、团餐、快餐、外卖等发展十分迅猛。技术的进步推动了餐饮业的创新发展与现代化进程。在第十三届中国美食节上，中国美食工业化产品首次协同展销，一批名菜、名点、名小吃成为标准化、工业化的食品，借助互联网扩大产品的销售渠道。第十六届中国美食节以"互联网＋美食创新"为主题，彰显中国餐饮业的新发展。第十九届中国美食节突出一个"新"字，以"新消费、新零售、新美食"为主题，线上线下，智能餐饮，新技术、新业态、新模式不断出现，推动餐饮业迈入了一个新时期。

2019 年，中国美食节为了推动全国米粉的发展，提升米粉品牌知名度和国际市场份额，带动区域特色米粉产业的标准化、品牌化、连锁化均衡发展，组委会决定在江西南昌举办第二十届美食节。此次，中国饭店协会作为中国美食节的主办方，还联合江西省商务厅、南昌市人民政府共同举办 2019 首届中国国际米粉节，召开 2019 中国国际米粉产业发展大会，成立中国饭店协会粉面专业委员会，并举办中国国际米粉美食嘉年华。

万方圆得到这个消息后，意识到这是一个绝佳的品牌宣传契机。他积极报名参加美食节，准备参展产品，精心设计布置展览厅。万方圆米粉瓦罐汤的主打产品，契合了这届美食节推动米粉发展的主题。他相信凭着自己的品牌实力，在美食节上崭露头角脱颖而出必不是难事。

经过紧张而精心的准备，万方圆带着产品参加了这场声势浩大的盛会。第二十届美食节展览面积 30000 平方米，共有全国 10 余个省的代表团参展，展示了 30 多个城市的美食，5000 多名专业采购商到场洽谈业务，50 多家全球和国内大型食材品牌企业入驻展馆。

美食节的展览大厅内，万方圆的产品和其他江西名菜、名小吃集体亮相。万方圆邀请观众品尝美味的米粉和瓦罐汤，观众们在大饱口福的同时，由衷地称赞米粉和瓦罐汤好吃、正宗、地道。万方圆借助中国美食节的平台，品牌得到了极高的关注度和高速的传播力。

万方圆凭着品牌影响力，被评为"2019 中国米粉餐饮企业 TOP30 强""2019 中国地标美食'南昌拌粉'代表性企业"，获得了"2019 饭店业金鼎奖（名小吃类）"。万方圆还荣幸地被中国饭店协会粉面专业委员会聘为"中国饭店协会粉面专委会副理事长"。

万方圆在中国美食节上收获颇丰，这对他的餐饮事业是个正面激励。在这之前，他凭着自己的努力，在南昌的餐饮领域拼到了一席之地，也收获了丰厚的利润。而这次他在中国美食节上获取殊荣，则代表着他的品牌获得了中国餐饮权威的认可和鼓励。"中国饭店协会粉面专委会副理事长"

既是一份荣誉更是一种认可，意味着万方圆在餐饮领域建树突出，有能力承担领导者的职责和重任。

第二十届中国美食节在南昌落下帷幕，万方圆的餐饮事业轰轰烈烈地踏上了新征程。万方圆不忘初心，秉承"用美食让世界了解南昌"的使命，为南昌美食文化继续贡献自己的力量。

万方圆得到社会和餐饮权威的认可，这是他努力奋斗的结果，也是他人格魅力的体现。万方圆经过重重磨练，在餐饮创业的道路上，步履越来越稳健！

餐饮创业注定是一条艰辛的路，少不了要历经坎坷和磨砺，但是在这个过程中，创业者会得到飞速的蜕变和成长。对于有格局的创业者来说，从单店经营到连锁店遍地开花，只是取得了阶段性的成功。他们不会满足于现状，而是立足新起点迈上新征程，在拼搏的路上，奔向新的辉煌！

第八章
集团化发展

　　对于真正优秀的人来说，成功没有止境，它是一场无终点的追求。创业的道路上，他们抵达一个目标以后，不会满足现状，而是马不停蹄地向新的目标发起冲锋。只有不断奋斗，不断超越自我，才能不断获取成功。

从厨子到集团掌舵者

万方圆涉足餐饮行业时，他的目标是把单店经营好，积累经验和实力，发展连锁店扩大经营规模。然而，随着公司业务逐渐发展壮大，他的眼界越来越宽阔，格局也随之提升。他调整了发展目标，确定了公司要走集团化发展的路线。在这个过程中，他也完成了从厨子到集团掌舵者的华丽蜕变。

集团化餐饮企业的发展，都是从单店创业开始，树立单店的品牌之后，集团化的手段是在同一个城市到跨城市再到在全球范围内建立多个直营店或者加盟店，并建立连锁配送机制，加上集团化财务控制体系，使集团化餐饮企业具备无与伦比的强大市场的竞争能力。

万方圆立足公司发展的实际情况，再根据他对餐饮巨头发展历程的研究，他认为，要想把餐饮事业做大做强，走集团经营发展之路是最有效的途径。走集团化发展的路径，其根本就是构建集团的核心竞争力。

集团化发展的核心竞争力，就是企业在经营过程中形成的不易被竞争对手模仿、能带来超额利润的能力。这种能力是企业在决策、生产经营、新品开发以及管理营销等过程中形成的独有的竞争能力。

万方圆认为，如果没有一个有效的管理机制，企业的核心竞争力就无从谈起。所以，他确定了企业集团化发展路线以后，及时优化了管理机构，建立了科学的体制和机制，为企业形成核心竞争力提供了有力的保障。

万方圆在原有的组织构架基础之上，建立了品牌中心。企业规模扩大时，随着产品线逐渐复杂，往往需要成立一个集团层面的部门，以服务企业品牌为核心，进行资源整合、品牌业务提升和强化。

万方圆建立品牌中心，足以体现他对品牌的重视。阿迪达斯、万科等一些著名的企业都建立了品牌中心，用于统筹和规划自身的系列品牌。公司需要从集团层面制定发展规划、集团品牌发展定位、品牌战略规划及传播方向。万方圆品牌中心主要掌管指导、监督品牌管理的整个过程。它服务于品牌，执行各品牌方案，累积品牌资产。管辖范围包括品牌定位、品牌规划、品牌策略、品牌形象设计及经销商培训等具体工作。

万方圆给品牌的定位是"中国领先的餐饮＋互联网连锁品牌"，这就离不开大数据经营中心。随着互联网的发展，大数据运营在餐饮行业的热度逐渐上升，比如星巴克利用大数据做新店选址、换季菜单；木屋烧烤通过大数据打造信息化组织系统，实现连锁体运行；味多美借助口碑大数据进行精准营销，并推出了无人智慧面包坊……这些餐饮企业以大数据作为支撑，把顾客的消费行为、习惯、喜好等信息变为可视化的数据，使餐厅在经营、揽客等方面都有了可靠的依据。大数据正深入餐饮行业，成为餐饮品牌发展不可或缺的科学技术。万方圆要求大数据运营部，要基于自身品牌体系架构自己的数据结构，再根据实际需求逐步将大数据技术嵌入各个运营链条，让大数据为品牌发展提供科学的指引和依据。

万方圆还建立了招商部，聘请专业人才，设计成功的招商模式，形成一套有效、可操作的执行工具，有效保障每次招商的成功与进步。当然，成功的招商工具，也需要专业人员根据企业的发展情况，不断地总结与积累，在整理、归纳总结中，形成一套可复制的、易操作的标准招商模式。

招商部主要负责市场开发、加盟与接洽等事宜。比如开设新店或者发展加盟店时进行商圈调查、提供加盟业务咨询接洽、实地勘察、加盟跟进、促进合同签订、新店开业、定期走访顾客及顾客服务系统维护、整体服务品质的提升以及区域资源的整合等具体工作。

万方圆实行集团化的餐饮管理机制，大大提高了餐饮企业的竞争力，让企业在市场竞争中立于不败之地。餐饮集团化管理的优势，主要体现在以下几个方面：一是复制能力强。万方圆单店可以发展壮大，主要是因为主打产品米粉和瓦罐汤得到了消费者的喜爱。集团化发展模式，就是把单店经营的成功样板加以复制，包括主打产品、装修风格、物料、管理方式等等，使消费者在任何一个单店中享受到的产品和服务感受都是一样的，这样就有效地保证新开分店的成功运营率。二是经营成本降低。品牌经营归根结底是客户群认知问题，数量众多且经营管理良好的单店可以大大提高受众群，这也构成品牌宣传最根本的要素。知名的品牌需要经营，对于单店来说很难负担经营品牌所需的费用，规模化的经营可以分摊品牌经营的成本，同时达到更好的广告效应。另外，规模化经营提高了物料采购方面的需求量，从而可以进一步降低采购单价，进而获取更高的毛利率。三是收益大幅提升。众多的店面经营，使集团的营业额大幅提升，由于精确复制，每个单店保持相当的毛利率，从而使集团企业收益大幅提升。四是品牌价值得到提升。多店面经营使消费客户数量大大增加，扩大了品牌的知名度，使企业无形价值得以提升。品牌价值的积累，使企业有资本可以开发多种业务的同时积极探索其他行业和领域，同时因为有了品牌、财力、物力、人力的支持，新业务的发展也比较有保障。五是企业发展进入良性循环。集团化经营给消费者、供应商以及合作伙伴都增添了一份信心和保障，企业因此更容易获得各方面的资源，从而助力企业未来更大的发展。

企业掌舵人的格局和视野，决定了企业将来远航的距离和翱翔的高度。万方圆的成长和蜕变，让他的餐饮事业得到了阶段性的发展。他清醒地意识到，前面的路依然坎坷崎岖，但毋庸置疑的是，他已经把自己的餐饮事业，推到了一个全新的高度！

自建供应链

餐饮界流传着这样一句话："让你一举成名的可能不会是供应链，但供应链可以让你一败涂地。"

万方圆一直都很重视供应链的建设，他在卖龙虾的时候，就筹建了龙虾养殖基地，大大提高了龙虾的新鲜度和品质，而且也降低了龙虾的采购成本，这也是他龙虾生意火爆的原因之一。

万方圆的餐饮事业走上了集团化发展道路，供应链管理逐步成为企业现代化管理的关键因素。高效率运行的供应链，能提高原材料的供应保障、增强原材料的存储能力、合理控制生产运营成本，等等，在一定程度上还直接影响企业的发展能力，提高上下游企业间的合作效率。

如果把供应链看作一个由人、工厂、车辆、仓库等组成的实体，实体化如何实现协作配合，就涉及供应链本身的标准化问题。企业的食材标准化了，但是供应链没有标准化，那么在食材环节所降低的成本就会在供应链的链条上反弹回来。所以只有食材和供应链管理都实现了标准化，双方配合起来才能达到最佳的降本增效的目的。

供应链的本质是"货物在两点之间的位移"。对于采购来说，两点分别是供货商和仓库；对于配送来说，两点分别是仓库和车辆；对于收货来说，两点分别是车辆和门店。供应链的环节很多，这些点就串联成了供货商、中央库房、生产车间、成品仓库、配送车辆、门店、食客这样一个完整的链条。想要降低供应链的成本，就要考虑两个关键点：一是要减少在某点之内的货物浪费；二是要提高两点之间流程的效率，这就是所谓的"节点内降本，流程上提效"。

万方圆的门店规模达到 10 家时，他是以中央厨房兼配送中心的形式构建供应链体系。红谷滩的凯旋店承担着中央厨房的作用。中央厨房负责把米粉、酱料以及拌粉、瓦罐汤的配料，加工后配送给加盟门店。这样可以有效达到产品标准化，消费者无论到哪家加盟店，吃到的拌粉和瓦罐汤的口味都是一样的。而且，加盟店得到总部配送的产品，烹饪过程更加省时高效，腾出了大量的人力和时间集中在前台服务上。此外，各门店原有分散的烹饪环节通过中央厨房进行整合，采用规模经济的运营模式，以高效率创造更多的利润。

万方圆在中央厨房配送阶段，致力于构建中央厨房一体化加工机制的同时，还非常重视门店的配送物流体系。比如，针对位于市中心的门店，由于白天交通管制较多，万方圆要求中央厨房应在开店前必须分发完当天所需的所有食材。

中央厨房的配置与多店扩张是密不可分的战略组合。万方圆当初在全国各地开了 10 家龙虾连锁店，光速开店又迅速倒闭，其中一个原因就是 10 家店分散在全国各地，这给管理和食材配送都增加了很大的难度。米粉瓦罐汤连锁发展过程中，他在选择分店地址时，尽量以凯旋店为中心，加快同一地区的开店速度。这样在中央厨房食材配送时，最大限度地提高中央厨房和物流中心的运作效率，有效地降低了供应链成本。

万方圆为了争取成本最优化，他在原材料供应渠道方面花费了很多心思。随着门店数量进一步扩大，他对供应商进行了优化。确保同一种食品原料在该地区可以从多个供应商处获得，避免过分依赖同一个供应商。

万方圆在中央厨房库存管理方面也下足了功夫。刚开始只有少数门店的阶段，他将订货权委托给门店经理。随着中央厨房的落成，将安全库存设置为高于门店管理安全库存时的需求。做到库存能满足各门店的销售需求的同时避免库存过剩的情况发生，做到这些需要依据以往的数据和丰富的现场经验。万方圆根据相关数据进行对比分析，判断是否有增加相关食品材料安全库存的必要。

万方圆拥有 10 家分店的时候，就开始为扩充 100 家分店做准备。他不断地完善供应链管理体系，努力为打造最佳餐饮连锁企业做准备。

万方圆旗下的南昌万马食品有限公司，主营就是为连锁店打造供应链。公司坐落于青云谱区的昌南工业园金鹰路，宽敞的厂房和车间、自动化设备、训练有素的员工、完善的管理体系，处处彰显着公司的实力。

万方圆首先运行了自动制作辣椒酱设备，因为之前做过酱料项目，积累了丰富的经验。从添置设备到生产出高品质的酱料，操作起来算是驾轻就熟。第一批酱料顺利出品，万方圆不禁感慨：当初他刚开始做酱料项目时，线上、线下销售的酱料，都是凭着关姐的大铁锅炒出来的。仅仅几年的工夫，万方圆在餐饮行业拼下了一席之地，还拥有了先进的酱料生产线。

酱料品质得到了保证，万方圆紧接着开始寻找优质米粉供应商，着手筹建自动化米粉生产线和自动化米粉烘干设备。通过优化工厂建设，提高了生产效率，建立了统一的口感标准，让加盟门店的品控得到了保障。

凡事都是说起来容易做起来难，考察购买设备，培训员工，采购食材，加工成产品，每一个环节，都会出现意料不到的问题和困难。

万方圆逢山开路遇水搭桥，遇到问题就有针对性地琢磨解决方案，遭遇困难就积极寻求克服的办法。供应链基地从红谷滩搬到青云谱，仅仅因为路程原因，就有 10 位伙伴离开了团队。刚开始，偌大的厂房只剩下万方圆和 4 个团队成员，他借钱筹建厂房设备，学习摸索设备操作流程……他们排除万难，支撑起了整个供应链。他们的坚持不懈也换来了不错的收获，2019 年，仅红谷凯旋一家门店年营收就高达 1500 万元！

强大的供应链体系，为万方圆餐饮事业的进一步发展提供了保障。他心中有方向，脚下有力量，向着新的目标迈开了稳健的步伐。

从 10 到 100 +

天下武功唯快不破，快速复制、快速开拓、快速培养人才，成为最先占据消费市场的品牌，更容易超越对手脱颖而出。餐饮品牌连锁发展，从10 到 100 是快速扩张期，要系统化运营，要有章法地加快开店的进程。

米粉瓦罐汤是南昌的特色小吃，在万方圆开店之前，南昌大街小巷随处可见售卖米粉瓦罐汤的小吃店，其中也不乏开店时间比较长的"老字号"。万方圆从 1—10 扩店的过程中，摸索出了切实可行的商业模式，接下来就要迅速地开疆拓土跑马圈地，确定品牌的行业地位，抢占市场份额。

万方圆曾经研究过一些知名餐饮连锁品牌成功的扩张经验，比如绝味鸭脖。2005 年，鸭脖市场上行业内排名前三的品牌规模已经扩大到 200—500 家门店，绝味品牌一亮相，就以最快的速度扩张，在这种情况下，前期占有市场先机的企业就被弯道超车了。

万方圆的 10 家连锁店进入了稳定的运营阶段，品牌已经相对成熟，公司内部的管理、系统也都比较到位了，接下来就是实现从 10—100 的快速扩充阶段。

万方圆认为，此时应该主要考虑系统化运营的问题。系统化运营的前提是标准化，如果标准没有做到 100 分，即使开 100 家店，也只能享受到连锁餐饮 10% 的收益，实现不了快速扩张和可持续性的盈利收益。品牌开了 10 家店，已经具备了基本的品牌形象、盈利模型、供应链系统。从10—100 这个阶段最重要的是标准化系统，包括门店选址标准化、产品制作标准化、门店运营标准化。比如，店开在什么位置？装修怎么做？招几个人？产品怎样保证品相和口感？门店活动怎么做？等等。从选址到开业，应该像机器一样运转，由多个零部件组成，每个零部件之间相互协调。万方圆和团队的主要任务就是，保证这部机器放到哪里都能快速运转。标准化系统做好了，单店的效率就会提升，盈利的模型也会更加清晰。如果每家店都能保持盈利，对品牌连锁而言就是最好的信任背书。

进行系统化运营，除了标准化之外，品牌的跨区域扩张最考验餐饮创业者的能力。面对一个全新的城市，消费客群、消费口味都存在一定的差异性，如果再拿原来的模型去应对，效果肯定会大打折扣。万方圆也研究过其他餐饮连锁的跨区域扩张轨迹，学习一些相关经验。比如，他从张亮麻辣烫和杨国福麻辣烫的异地拓张轨迹看出，这两个品牌起源于黑龙江，再到东北三省，再外延到东北人聚集的山东。从 2015 年开始，品牌加快在华北市场和东部沿海市场的开店速度，后来集中在东北、华北以及沿海一带。可以看出，他们在拓店上是有严密规划的。如果餐饮品牌起步就开始放开加盟，对加盟商不进行地域上的限制，容易造成加盟店杂乱无章地散落全国各地，不利于总部的管理和把控，久而久之，就拖慢了品牌的成长速度。

万方圆在跨区域扩张时，考虑了产品模型是否适应当地市场、供应链体系是否健全、人才储备是否充分等多方面的问题。进行了严密的规划，确定了扩张战略。万方圆总部地处于江西南昌，他以南昌为根据地，逐步在江苏省、浙江省、安徽省、福建省、江西省、河南省、湖北省、湖南省、广东省、北京市、上海市等各大地区，发展了加盟商。

万方圆品牌招商，并不只是完成招商动作，而是经过一系列的帮扶政策，让加盟商的店面实现良好的运营，只有这样才能帮助餐饮品牌走得更远。

万方圆强大的品牌知名度以及在全国范围内有效的广告支持，成功树立了卓越的企业形象，给予了加盟商强大的品牌后盾；品牌产品优势十分明显，自主研发的产品深受广大消费者的关注与喜爱，同时不断地研发新产品迭代升级，满足消费者不断提升的消费需求；团队强大的营销专家队伍，进行有效的策划与实施配套，通过不同的经营手段，提升营销效果；品牌拥有完整的培训流程标准，通过理论与体验双重培训法，从品牌理念、产品、经营理念、服务等方面，提供系统的培训服务；总部从开业前选店、装修、开业，到员工招聘、培训、促销推广以及咨询建议规划等各个环节，全程跟踪协作，为加盟商排忧解难省时省力；总部根据不同的投资能力和投资地域，设计出囊括了不同消费层次群体的需求经营模式，满足了加盟商不同层次的需求。

餐饮品牌扩店是大势所趋，也是万方圆一早绘就的事业宏图。经过他周密的布局，扩店工作有条不紊地快速推进，很快就实现了突破100家门店的目标。随着门店遍地开花，品牌占据了得天独厚的优势，为品牌进一步发展奠定了坚实的基础！

全产业链发展

全产业链是指由田间到餐桌所涵盖的种植与采购、食品加工、品牌推广、食品销售等多个环节构成的完整的产业链系统。

全产业链最重要的环节是两头：上游的种植与下游的营销，其中上游的自给是重中之重。

全产业链是一种企业经营思想和理念，是一个开放的系统，是一种能够提升企业资源利用率的模式。全产业链是资产布局的链，是运营协同的链，是组织架构和人的链。它要求人在组织中位置正确、要求人心相通、要求团队目标统一，齐心合力。

在万方圆的餐饮事业发展规划中，打造全产业链发展一直都是他的努力目标。全产业链模式是一种创新的商业模式，其竞争优势如下：一是具有显著差异化特点，可以形成对手难以模仿的竞争优势；二是可以平滑企业盈利的波动性，带来较高的、持续的、稳定的、成长性好的盈利；三是整个公司形成一个有机的整体，价值链各环节之间、不同产品之间实现战略性有机协同；四是具有规模、效应和成本优势，能快速反映消费者的信息，促进上游环节的创新与改善，使整个企业对市场的反应更敏感、更及时；五是以终端消费引领产业链，可以形成产业领导力与产业优势；六是可以提高社会信誉、影响力、知名度，有利于打造品牌，提升影响力。

万方圆清楚地知道，没有资产规模和布局为基础，一般的企业很难建立全产业链的业务模式。创业前期，他在扩张连锁门店规模的同时，一直在积累创业经验和资本。随着品牌分店在不同的区域快速扩张，他着手进行全产业链发展的布局。

2021年3月，万方圆餐饮集团股份有限公司正式成立，旗下包含数十家子公司，从生产加工、包装物流再到配套独家酱料和品牌形象的宣传，公司打造一体化全产业链发展模式。

万方圆在餐饮业务的上下游多元布局，在农业、轻工业、新零售、餐饮投资服务业、数字文化传媒、教育等领域，开拓了相关业务。万方圆以现代新餐饮产业链升级、优化产业标准为目标，打破传统餐饮格局，建立了以种植养殖、生产加工、研发、运输、销售、培训为主的全产业链，实现各个环节无缝对接。万方圆作为新餐饮的践行者，将产品、渠道、品牌一体化，以餐饮门店经营为核心将产品工业化、规模化、标准化生产，重构货流、成本流、人流、信息流，上游链接农业种植，反向服务农户，下游通过不同的终端业态链接消费者，降低了生产成本，降低流通损耗、提升了消费体验，实现了企业利润最大化。

万方圆餐饮品牌的基础产品是米粉和瓦罐汤，产业链上游包括种植、养殖、生产加工、运输等业务。万方圆是从农村走出来的孩子，他深知农民生活得不容易。很多农户面朝黄土背朝天辛辛苦苦干一年，收入却非常有限。万方圆创办了农业科技有限公司，目的是拓展产业链上游业务，以一己之力，发展助农产业，提高农户收入。

万方圆的农业科技有限公司，大力发展种植养殖业。米粉的主要原料是稻米，万方圆有针对性地探索米粉专用稻米种植。他和农户联合生产一万亩稻田和农作物，保证了优质稻米、生姜、鲜肉、豆油、辣椒等原料的供应。另外，随着万方圆辣酱厂和米粉厂的建立和运行，确保了品牌产品从源头上实现食材标准化。

万方圆以供应全国三百多家连锁拌粉瓦罐汤店为依托，辐射带动100多家农户家庭作坊开展生产，每年收购村民米粉总量，加工产值达500万元，带动村民种植米椒总量共计60多万元，收购村民养殖猪肉达200多万元，助农扶贫累计总价超过1000万元。万方圆还动员各地商协会帮扶分销本地农家鲜蔬、土特产，打开了村民创收的新模式。

万方圆利用餐饮行业独有的贯穿产业的特点，逐步进行全产业链布局。产业链下游核心环节为门店餐厅，包含了加盟门店装修、门店运营、餐饮管理等多样化业态。随着加盟店面快速扩张，下游多样化的服务和业态也逐渐增多，并深度受益产业链协同效应。

米粉瓦罐汤是万方圆品牌的基础产品，是产业链的核心环节。基础产品与消费者直接接触，顾客满意度很大程度上决定了品牌的需求以及整个产业链的需求情况。基础产品是整个产业链运营效率的决定因素，也是产业链总体需求的来源。

下游业态丰富大大地提升了品牌的市场空间，下游周边产品及服务业态的市场空间也有很大的增长潜力。万方圆依托产业链一体化能力以及效率所带来的竞争优势和支持，不断拓展新业态，在多业态融合发展的创新趋势下，品牌、空间、场景、服务等多维度的创新，为集团发展带来了新的机遇。

万方圆企业商学院

"民以食为天，食以安为先，安以质为本，质以诚为根"，在激烈的市场竞争中，连锁加盟品牌企业要不断扩张，就需要帮助加盟商伙伴不断成长，提升加盟商的质量。万方圆为了给企业培养专业人才，提升品牌竞争力，创办了"万方圆企业商学院"。

万方圆企业商学院是一座培训学校，分为技术学院、营销学院和管理学院三个部分，为学员提供必修类、选修类以及提升类方面的培训课程。培训后成绩合格的学员，会被安排到加盟店获取就业机会或在企业内部得到晋升。

万方圆技术学院的培训课程，主要是面向市场，给学员提供符合市场发展、实用的职业技能教育，让学员学到就业方面的知识与技能。技术学院的老师在充分考察市场的基础上，结合市场需求制定课程，通过基本功、热菜、凉菜、小吃类等大量的实操练习帮助学生掌握技术。技能学院拥有素质高、技术强、教学经验丰富的专业教师队伍，学院积极引进教学资源，聘请酒店行政总厨、厨师长来校授课，确保学校的教学质量。

对于餐饮创业者来说，营销是老话题，开店做生意，就是为了把菜品卖出去获得利润。万方圆的营销学院，主要是帮助学员解决餐饮运营方面的问题，最核心的目的就是通过提升知名度和用途体验，从而提升营业额。比如，培训课程有关于如何设计餐饮营销方案的内容，从宣传品、宣传渠道，到门店执行标准以及每日任务等各个方面，都有具体的操作指导。如果要策划一个活动，除了要从销售的角度考虑，还要考虑采购是否方便，货源是否稳定，价格是否在活动期内最合适，同时还要考虑后厨出餐时间、厨房压力、餐具是否够用等问题。与别的培训学校相比较，万方圆营销学院特别重视线上营销内容的培训。比如如何使用新媒体进行品牌形象宣传，如何进行线上运营等等内容，都特别受学员欢迎。

　　作为现代餐饮经营管理者，正确的市场定位是餐饮企业成功的前提。万方圆企业商学院的管理学院，主要是培训学员的管理能力。餐饮业是个竞争激烈、排他性较弱的行业。企业要在激烈的同业竞争中脱颖而出、扭转亏损，实现跨越式发展，就不得不打破旧有的游戏规则，及时转变经营理念，在变化中寻求企业的生存之道。针对餐饮行业中管理者的培训，不同的职位要制定不同的管理发展手册，针对不同管理者的不同特点，培训内容也要有不同的侧重点。根据培训流程，管理者首先要自修管理发展手册内容并完成规定活动。然后，要在管理层加强沟通和交流，鼓励创造一个互相学习分享的大环境。管理者在培训完成后要在工作实际中应用所学，学院还要组织专人跟踪检查和协助。

　　万方圆企业商学院重要的培训任务，就是对加盟商进行培训。学校首先要对加盟商进行公司的服务及要求、企业文化理念、品牌规划等方面的培训，进一步增进加盟商与品牌总部之间的了解与信任。只有统一品牌价值观，灌输品牌意识，才能为接下来的正式合作打下基础。只有双方尽可能达成共识，让加盟商深刻理解连锁总部的品牌理念，才能避免后期工作对接中理念不同造成的偏差和不理解。为了方便加盟商随时查阅培训内容，企业借助一些数字化的门店管理工具，将企业文化、品牌原则等内容形成标准书册，方便加盟商快捷实时查询。

　　学校要对加盟商进行餐饮产品加工技术培训，比如聘请专业人员，教授学员如何做米粉、瓦罐汤等。食品安全大过天，在加工技术这个环节就必须严格要求，还要保证产品质量和口味的标准化，良好的服务态度、品牌的忠实度等，这些都直接关联到连锁品牌的整体品牌形象。每一款产品的配料标准，加工制作，都有着标准的执行动作。加盟商只有掌握了这些标准流程，才能保证产品的出品质量，带给顾客良好的口味体验，反之则会造成顾客的流失。标准化的口味才能引来客流，加盟门店要把产品做好，接受培训是不可或缺的关键环节。

万方圆企业商学院，先对加盟商进行产品知识的理论培训，然后再进行实操训练，保证每位员工都能够牢牢掌握每一个细节，并且定期进行考核。以期让加盟商快速掌握标准动作并形成习惯，从而保证门店持续稳定的盈利。

连锁门店要想经营成功，加盟商还要了解一些标准的经营管理流程和方法。学校对加盟的培训，少不了门店经营管理标准及流程方面的培训。为了统一品牌形象，给加盟商输出加盟开店需要执行的装修标准、设备采买标准、人员招聘标准、证照办理等筹备期的重要事项及要求。总部需要加盟商做到的一些大的标准和原则上的要求，需要清晰地告知加盟商，让他们有一定的预期和准备。并且还要进行对应的考试。如规章制度、门头材质、必备设备要求等。

除此之外，学校还要给加盟商传授一些管理运营方法。比如，讲师会讲解招聘店长的方法，加盟商学习之后，就可以招聘到合适的店长，不用把所有的精力放在管理门店上，可以腾出时间和精力来拓展事业。

万方圆企业商学院培训内容覆盖全流程，在不断完善和优化中实现餐饮培训体系化，将培训考核和职级挂钩，激励员工自我学习，打造企业私域人才库。为品牌门店的进一步扩展，提供坚实的人才基础！

深耕新零售

当你走进一家面馆，扫码开始点餐，你选择了那个"消费顾客推荐568 次"的牛肉面正要下单，页面跳出"半价换购奶茶"的优惠链接，于是你又加了一杯奶茶。下单成功，页面提示"您的菜品将在 20 分钟后完成"，于是你刷了一会儿朋友圈。精致的美食端上来了，你没有想动筷子，而是拍了一张照片发了个朋友圈，仪式感让你的用餐变得更有趣。结束用餐后你打开手机，店铺给你发了一个优惠红包，分享至朋友圈即可到账，供下次到店使用……享受着这些习以为常的用餐习惯时，你可能没有想到，你已经正式进入餐饮新零售的时代。

万方圆一直用互联网思维做餐饮，他以敏锐的洞察力，对新零售模式进行了探索和研究。新零售的概念是马云提出来的，他说："在未来的十年，二十年，没有电子商务这一说，只有新零售。"新零售首先进入的就是餐饮行业，餐饮新零售模式就是有自己的品牌或者是有一定的品牌会员量的餐饮企业，将自己的特色产品做延伸，或者将产品食品化，变成零售食品进入市场，主要目的就是扩大市场占有率，增加品牌知名度。

万方圆研究了餐饮大企业的新零售布局，比如海底捞自热小火锅、全聚德烤鸭，以及所出售的成品菜、半成品菜等等。万方圆在探究的过程中，深刻地体会到了新零售模式的优势。对于商家端来说，这种模式有利于扩大市场占有率，可以增加收益。传统餐饮业的弊端就是等待客户上门，宣传力度不够的话，即使产品非常好，生意也不会特别好。开启餐饮新零售的方式，消费者不仅可以在门店享受产品，还可以购买半成品在家里享用。比如盒马鲜生这类餐饮新零售模式直接通过"卖生鲜＋餐饮服务"的方式，迅速吸引周边新客户，同时增加了老客户的复购率。通过扩大市场占有率，从而产生源源不断的收益。对于消费端来说，给消费者带来了方便快捷的生活方式。

万方圆对于餐饮新零售有自己独特的理解，他认为"新零售"是个泛概念。餐饮是零售的一个有机组成部分，而"新零售"也不仅仅指电商，只要是线上交易都可以称为"新零售"，所以外卖也是新零售的一部分。基于这样的思考，万方圆确定了做新餐饮的思路，他认为线上线下一体化运营肯定是未来餐饮企业的风口，而餐饮零售化也必将伴随线上交易的风靡而成为大势所趋。

万方圆认为做好新零售，首先要做好"门店模型"。从他的线上消费者群体分析结果来看，大部分顾客与门店消费者之间是重叠的，也就是说门店依然是最大的客流来源。餐饮的本质还是堂食，线上销售只是把流量放大。所以，门店才是餐饮企业最大的流量入口，这也就是马云所说的"新零售"的初衷是"线上线下一体化"。

新零售的另一个特点就是"大数据"的引擎作用，这与万方圆"餐饮＋互联网"的思维不谋而合。数据一直是万方圆最重视的发展因素，他认为，多维度的数据采集和分析才能满足企业的实际发展需求。他上线了点餐系统、收银软件、会员管理系统、供应链管理系统等，依靠完整的数据闭环为发展决策提供依据。除了品牌内部的数据外，万方圆的线上运营部门，尽可能地掌握了区域整体用户的数字画像。这种数字画像不一定是完全与餐饮有关的，也可能是目标客群的线上购物习惯、消费标签等等。掌握了这些数据，品牌在推出新菜品的时候，才能预估价位、喜好等标签是否能够与目标客群匹配。

万方圆发现，餐饮巨头已在新零售领域深耕布局。比如，海底捞正式推出半成品菜品牌"开饭了"，通过多个电商平台与自有 App 进行售卖；西贝旗下全新品牌"贾国龙功夫菜"落户天津开发区，主打到家零售菜品与半成品服务。

万方圆非常看好新零售的前景，他认为，扩大市场份额除了门店扩张和加盟等传统方式，还有很多种可能。比如，可以根据新零售时代"用户永远在线"的特点，打通经营方式界限，形成无界的状态。拓展线上零售渠道，能够跨区域为品牌积累用户，为门店扩张做铺垫。

在这种背景下，万方圆通过用户战略构建品牌竞争力，并以米粉为赛道进行市场深耕。万方圆和他的团队研究了大量的相关数据发现，方便速食行业规模增长稳健，这表明，随着整体消费习惯和产品的变化，方便速食的消费人群在扩大。万方圆品牌经过研发，出品了免煮速食米粉系列产品，其中包括体验装、家庭装以及礼品装等不同包装。

万方圆方便速食系列产品一经推出，就受到了消费者的喜爱。万方圆作为一个自带零售属性的餐饮品牌，实行了线上与线下无缝对接，品牌的"便利"不仅体现在用餐方式上，还体现在销售与购买渠道上。万方圆品牌已经形成了包括电商平台、直播、线下商超等在内的新零售业态，这的确是一条打破空间和时间限制的道路，可以帮助品牌从依靠门店扩张的外延式增长，向提高同店内涵式增长迈进。

方便速食产品是餐饮新零售重要的形态之一，经营零售商品的复杂程度要比堂食餐饮难得多。门店每卖出一份产品，经营者都需要直接和消费者面对面交流。而通过第三方渠道卖出的产品，企业可能就要通过代理商、批发商、经销商、零售商层层渠道，无形中就会提高商品的成本。

万方圆通过各种平台，面向全国消费者推广品牌商品，在此过程中遇到了很多困难。他认为米粉赛道非常宽阔，蕴含着巨大的市场潜力。但是特色米粉品牌要走向国际市场并不容易，这也是目前市场还没有头部品牌出现的重要原因。

万方圆分析原因，认为要打破大众心中"家门口的那碗粉最好吃"的印象，还需要解决一些问题。比如，虽然米粉具有极强的地域性，很难做到在全国一个品牌的统一，但充分利用好地域文化这把双刃剑，反而能够为品牌影响力的塑造加分。如果在门店、产品设计中，充分挖掘地域特色和文化，并在传统文化上下功夫，那么就不会被困难吓倒。他认为，自己的品牌具有深耕新零售的条件和优势：一是品牌拥有充足的资金和专业的团队，足以支撑开发产品打样、包装设计、标准化制定等庞大的资金成本；二是品牌有稳定的供应链，如果没有稳定的供货来源，销售也就无从谈起。品牌拥有产品开发与创新能力、品牌建设能力、营销能力、全渠道运营能力。线上跟电商平台合作，后端拥有自己的品牌工厂，渠道上跟便利店超市合作。强大的供应链体系，为品牌的新零售发展提供了坚实的基础。

任何事情顺应趋势，才能事半功倍。万方圆凭借敏锐的商业嗅觉，很早就意识到新餐饮和新零售融合发展，是餐饮行业不可阻挡的发展趋势。深耕新零售，是他在品牌发展规划中的重磅布局。餐饮新零售还处在市场培育阶段，未来有太多的不确定性。但是，那些站在浪潮前端，在探索中勇往直前的人，往往更容易获取成功！

建立供应链金融体系

2020 年 2 月，中国烹饪协会发布了新冠疫情期间中国餐饮业经营状况的调查分析报告，其中数据显示，很多餐饮企业无法营业，损失惨重，还要承担多项成本费用支出，经营状况入不敷出。

万方圆的餐饮经营也不可避免地受到了疫情的影响，餐饮门店收入本来不错，但是因为品牌不断地扩大发展规模，赚的钱都投资到筹建工厂、购买设备、营销宣传等方面了。餐饮门店受疫情影响无法营业，没有现金流，积压了数百万元的食材，没有周转资金，企业顿时陷入了困境。万方圆找了很多朋友想借钱渡过难关，但是没有人敢借钱给他。万方圆没有钱给员工发工资，只能"打白条"，万般无奈之际，他几乎做好了关门歇业的准备。

这时候，中国建设银行江西省分行南昌天佑路支行主动向万方圆伸出了援手。建设银行为疫情防控全产业链及受疫情影响的小微企业提供专属的"云义贷"服务，得知万方圆的困境后，一周内便给万方圆发放了 200万元的贷款。建设银行发放的贷款如雪中送炭，员工工资有了着落。万方圆渡过了难关。之后，万方圆将工作重心放在扩大再生产方面，短短一年多的时间里，万方圆拌粉瓦罐汤店的门店数量攀升至 200 多家，涵盖江西、广东、浙江等地。

建设银行天佑路支行的行长说："我们与万方圆拌粉瓦罐汤店的合作，真正做到全供应链金融服务，包括代发员工工资，直营店和加盟商办理龙支付二维码，上下游企业信贷对接等。未来，我们还将在职工培训、企业管理等方面，协助万方圆把企业做大做强。"

建设银行天佑路支行行长提到的"供应链金融服务"，就是针对供应链上下游的各种金融需求，通过对供应链中的商务流、信息流、资金流和物流的重塑，依托互联网，整合第三方支付、征信、基金、银行、个人与机构投资者等金融资源，连接商户与商户、商户与个人，构成一个多维的金融网链结构，最终使供应链相关主体获得信用化的金融服务。

如果说万方圆的事业规划是一栋宏伟的大厦，那么要一砖一瓦把大厦建成落地，就需要强大的金融支持。万方圆敏锐地意识到，供应链金融对自己的餐饮事业起到至关重要的作用。万方圆品牌属于轻资产型，现金流非常好。经营业态的特点是非标准化的内容多，收款方式灵活。企业扩张发展时，资金的来源靠经营的积累难以满足。但餐饮行业融资难、融资贵、融资成本非常高，是普遍存在的现象。餐饮企业想要从传统的金融机构完成融资计划非常困难，需要引进第三方投融资机构。如果用传统的方式授信与尽调，银行和第三方金融机构难以覆盖其成本，而且，做一遍授信的收益与成本、投入和回报完全不成比例。

餐饮供应链金融与传统融资方式不同。传统餐饮金融更重视资本的导向性，而餐饮供应链金融是以市场和客户需求为导向，服务属性更显著。它是一种将核心连锁企业、上下游企业有机联系、结合的高灵活度的金融产品。对于餐饮创业者来说，供应链金融服务是一种有效的融资模式。

正因为它的强关联性，餐饮供应链金融在金融需求较小的情况下，需要与更多的企业建立联系。在经济形态上，它更偏向于中小微型餐饮企业，提供更多元化的金融服务产品。同时，餐饮供应链金融可以充分构建客户、供应商、制造商、经销商、服务商的完整生态架构，将企业、市场、用户通过金融服务快速联系起来。

餐饮供应链金融面对小企业多且乱、金融链条广、额度小、产业环境复杂等风险，充斥着各种不可测的风险。尤其是中小微餐饮企业抵抗风险的能力偏弱，加重了餐饮供应链金融的不确定性。银行给企业提供金融服务，在践行社会责任的同时也要考虑银行的收益问题。并非所有餐饮企业都能获得银行青睐，银行给予餐饮企业金融服务时，更偏向选择连锁的龙头餐饮企业。

万方圆品牌能获得银行的青睐，很大程度上取决于他的连锁品牌价值。他凭着自身品牌的影响力，与招商银行、江西银行也达成了合作关系，建立了强大的金融供应链体系。

万方圆还成立了"万方圆创业基金"，为有创业梦想的年轻人提供资金支持。万方圆是个草根创业者，从一个卖龙虾的小摊户，一步步打拼成为品牌管理者，他更能体会到年轻人创业的艰辛。他成立了创业基金，为年轻人提供一个良好的发展平台。

那些自身足够强大的人，更容易获得机遇的青睐。银行给予的金融支持，为万方圆品牌的快速发展提供了坚实的资本保障。同时，企业与国有银行保持良好的合作关系，某种程度上，银行也给企业进行了背书。万方圆品牌能得到银行的青睐，提升了企业的品牌价值感，增强了商户对品牌的信任感！

打造赣菜品牌

企业的发展，离不开政府的支持。地方饮食文化的发展，很大程度上要依赖政府的力量。政府的重视程度高，扶持力度大，餐饮企业的地位就会提高，获得的社会资源也就更加丰富。

2020年11月，江西省政府为了唱响赣菜品牌、做大赣菜产业，印发了《江西省打造赣菜品牌三年行动计划》，旨在把赣菜打造成为中国知名的地方菜系，力争到2023年底，江西省餐饮业规模突破1800亿元。三年计划期间，江西将打造20家省级餐饮龙头企业；培育1—2家"中国餐饮100强"；孵化1—2家全国连锁小吃企业；打造10条省级特色美食街；培育1—2条中国知名的赣菜美食街；打造3—5所以赣菜烹饪为主要特色的职业院校，到2023年培训赣菜厨师1万人次。

中国传统餐饮文化源远流长，很早就形成了传统的"八大菜系"。赣菜又叫江西菜，历史悠久风味别具一格，素有"第九大菜系"的美称。赣菜以鲜辣为主，烹调讲究火工，擅长烧、蒸、炒、炖、焖等烹调技法，味型丰富，博采众长，南北皆宜，具有广泛的适应群体。菜品种类齐全，有菜谱及出处的就有469道，加上地方菜、农家菜、小菜等累计有1000多个品种。打造赣菜品牌，对传承赣都文化、讲好江西故事、扩大江西影响、丰富中国菜系文化、强化菜品特色具有重要意义。

万方圆品牌经营的产品属于赣菜特色小吃系列，因为品牌已经形成了一定的影响力，成为政府考察扶持的对象。省市领导实地考察了万方圆滕王阁旗舰店，认为推进赣菜进滕王阁景区是"赣菜＋文旅"融合发展的有益探索，对弘扬赣菜文化、推广赣菜品牌、做大赣菜产业具有重要意义。领导殷切地希望，万方圆作为江西米粉餐饮的龙头企业，要发挥示范引领作用，积极整合资源，进一步提升品牌形象，加快走出去步伐，着力做大做强，努力发展成为江西米粉餐饮品牌的标杆。政府的认可和鼓励，给了万方圆莫大的信心。

省领导在考察会上，科学布局了推动赣菜进景区的重要举措。提出要"点、线、面"结合抓推进，以滕王阁等旅游景区为点，重点推进胜利路步行街等特色美食街区建设，促进知名赣菜企业及江西米粉等小吃品牌集中布局。要系统发力，多措并举促提升，打造消费场景，整合政策资源，集中力量打造赣菜美食街区和江西米粉特色小吃街。政府部门、行业协会和新闻媒体要加强协调，努力营造赣菜产业发展的良好氛围。

万方圆为了更好地响应"三年行动计划"，立足助力和服务江西大学生就业创业，他在共青城建设"大学生创业示范店"，作为大学生创业店长的实训店，为勤工俭学的大学生提供实训和勤工俭学岗位；他还成立了大学生加盟创业基金，支持大学生零成本创业，实现创业梦想；他通过"万方圆城市代言人计划"，吸引了更多的江西省外高校学子参加到"万方圆百千万行动"中来，在服务好他们就业创业的同时，打造赣菜品牌，扩大赣菜影响，做大赣菜产业。

马云曾经说过，生意人是见钱就赚，唯利是图；商人是有所为，有所不为；企业家是在创造社会价值的同时，必须承担相应的社会责任，去完善社会。

万方圆在创业之初只是个不服输的创业者，他在发现问题、解决问题、总结经验、预防问题的过程中，用高瞻远瞩的战略眼光，带领他的餐饮品牌持续发展。如今，随着他的事业越做越好，他对创业也有了更加深刻的理解。他认为，企业的发展从来都不是仅凭个人的努力就可以成功的，企业发展到一定阶段，它所占有的自然资源、社会资源等公共资源也会逐步放大。在有限的资源条件下，高比例占据资源、做强做大的企业，就需要承担一定的社会责任。

万方圆把个人梦、企业梦融入中国梦，积极践行企业社会责任。他认为，企业发展不单单是逐利的过程，而应该在实现企业效益的过程中，注重对国家和社会的贡献。

万方圆从一个创业者，渐渐成长为有担当的企业家。企业家为社会贡献的不仅仅是业绩，还有精神、信仰和力量。对于一个优秀企业家来说，要想赢得社会的尊重，要想成为行业的代表，就要展现自己的精神力量，展现自己的价值情怀。具备优秀的企业家精神，才能成为一个优秀的企业家。创业者成长为优秀的企业家，才能带领企业走向更广阔的天地。

拿下"非遗"荣誉

2021 年 6 月，国务院第五批国家级非物质文化遗产代表性项目目录予以公布。其中，来自柳州的网红螺蛳粉榜上有名。螺蛳粉是柳州有名的特色小吃之一，随着螺蛳粉制作技艺入选国家非物质文化遗产名录，柳州成为天猫首个地方小吃产业合作基地，柳州政府也宣布要在 2022 年将螺蛳粉规模扩大到 200 亿元。同时，螺蛳粉以网红的姿态在中国甚至全世界疯狂圈粉。"一碗螺蛳粉，带动一座城"，柳州的"小米粉"成就了"大产业"。

其实，万方圆早就有了要打好"地方特产小吃"这张牌的想法。他在滕王阁旗舰店推出了"一汤一粉一座城"的宣传文案，致力于把米粉瓦罐汤打造成城市名片。希望米粉瓦罐汤也能像螺蛳粉一样，成为新晋网红，进一步推动万方圆品牌的发展。

2020 年，万方圆已经着手申请米粉瓦罐汤为江西非物质文化遗产项目。美食成为"非遗"，主要是针对制作美食的烹饪技艺。中国美食不计其数，想要位列非遗，有个硬指标，那就是必须由家庭，或师徒，或学堂等形式传承三代以上，传承时间超过 100 年，并且谱系清楚、明确。如此一来，美食就不仅针对的是食材本身，也不是简单的滋味竞赛，而是承载了成百上千年的文化、礼仪和风俗。曾经风靡一时的美食纪录片《舌尖上的中国》，其中许多美食烹饪技法都是国家级的"非遗"，比如上海本帮菜、内蒙古奶制品、淮安豆腐、苏州白案点心、西安羊肉泡馍、开封第一楼灌汤包等美食的烹饪方法，都是传承百年甚至千年的技艺。

万方圆对美食入围非遗有自己独特的理解，并不是只有八大菜系中的名菜或是百年老字号名店才可能入围非遗。开门七件事，最平凡的油盐酱醋茶背后，也包含了流传千年的复杂工艺。非遗也可以是现实生活中，通过各种独特的表现形态，流传于日常生活之中的传统。它是历史和现实生活的连接点，也是人们日常生活中受到历史文化潜移默化作用的部分。

万方圆经过搜索相关资料发现，各地有许多和饮食相关的非遗项目，已经列入了各级非遗名录。米粉瓦罐汤作为南昌有名的小吃，经过千百年的传承，已经形成饮食文化，成为当地人根深蒂固的饮食习惯。但是，没有人将米粉瓦罐汤蕴含的文脉和意境及历史积淀、制作技艺等充分展开和深入发掘，让消费者感受美食中蕴含的文化魅力。

万方圆拌粉的酱料，由母亲亲手制作，她的做酱技艺，是从祖母那里传承下来的。瓦罐汤的烹饪方法，万方圆也拜过师傅取过经。万方圆品牌米粉瓦罐汤的烹饪技艺，都是在传统口味的基础上，为了迎合现代人的口味加以改良升级。长辈与米粉瓦罐汤的渊源，还有自己的创业故事，都给米粉瓦罐汤赋予了浓郁的文化色彩。万方圆觉得，自己具备申请江西米粉瓦罐汤非遗继承人的基本条件。

万方圆积极为申请非遗做准备，他筹备了米粉瓦罐汤博物馆，收集了母亲传承下来的制酱工艺的相关资料，还讲述了自己和马姑娘的创业故事，传递一种决不服输、勇往直前的创业精神。他详细地准备了申遗需要的资料，经过当地文化部门的审核，通过公示、汇总以及筛选等程序后，向非遗办公室提出了申报。

2021年1月份，万方圆申遗成功，他被确定为江西米粉瓦罐汤非遗继承人。非遗是家族门派的荣耀，是打造世界级"中国价值"品牌的核心力。

新闻联播主播海霞在"主播说联播"中点评柳州螺蛳粉出圈就是"中国经济有韧性的一个缩影"。非遗文化的发展不仅是为了寻找记忆和承载历史的，它更是民族发展的一种重要资源。非遗及其文化要融入当下生活、融入时尚、融入当代文化艺术新的消费模式。

万方圆认真审视非遗及其文化在新时代传承发展的理念及其路径，他认为，在新的时期，一定要站在更高的位置，从更长远的战略视角，用更加贴近实际的发展路径，更快、更好地传承发展非遗及其文化。

作为非遗美食的传承者，万方圆觉得自己不仅要主动担起责任、重视产品安全、杜绝粗制滥造，还要发挥工匠精神、精心挑选食材、提升产品品质。要在保护中传承，在创新中发展，在"特"上下功夫。米粉瓦罐汤有着鲜明的地方特色，随着品牌扩张，加盟商遍布全国各地，米粉瓦罐汤"背井离乡"时，如何在入乡随俗和保持特色间寻找平衡，这就要在产品研发上下功夫，在"新"上多着笔。墨守成规，再美味的食物也会让人厌倦，只有不断创新，美食才能拥有持久的生命力。

对于餐饮企业来说，产品获得非遗的荣誉，也是拿到了一张通行证。米粉瓦罐汤作为特色小吃虽"小"，连接的却是振兴地方经济的"大产业"。当地政府对于入围非遗的项目，给予了很多保护性的政策。比如，非遗项目入驻特产小镇、参加展览展厅免租金、免展位费；加大推广宣传力度，提升非遗项目的可见度和认同度等等。这些保护性政策对品牌的进一步发展，具有重大的推动作用。

万方圆的米粉瓦罐汤能够进入江西非遗名录，主要因为产品制作技艺有特色，还因为产品至今依然活力四射，深受消费者的喜爱。他希望随着品牌的进一步拓展，把产品推向全国以及全世界。努力创造经济效益、推动企业创新发展的同时，积极承担和履行社会责任，实现经济和社会效益双赢。

拿下机场贵宾厅项目

机不可失，时不再来。抓住了机会，我们就可能乘风而起，获得更大的发展空间。然而，机会从来都不是天上掉下来的馅饼，而是需要我们主动探寻和把握。

对于万方圆来说，"用美食让世界了解江西"不是一句高大上的口号，而是他一直努力践行的使命。他寻找一切机会，想通过有效的渠道，把产品推广到全世界。正是基于这样的考虑，万方圆盯上了昌北机场贵宾厅，他想通过这个国际窗口，让品牌漂洋过海飞向全世界。

万方圆着手做机场贵宾室的项目，主要是看中了机场的广告价值。随着社会的进步和经济的发展，人们的生活水平不断提升，商旅出行需求日益增多，航空出行成为中高收入阶层最为依仗的交通工具，因此机场的广告价值十分可观。

万方圆根据机场广告服务行业相关资料了解到，机场广告以其"中高端人群属性""客流量巨大""闭环优质传播环境"的优越性，成为广告媒体中有着巨大影响的卓越媒体。机场广告受众为航空高净值商旅人群，与其他广告渠道相比较，机场广告犹如众多媒介形式中最为璀璨的一颗宝石，始终占据在媒体王冠上最核心的位置。

机场渠道是城市的窗口和门面，VIP贵宾室面向的是"含金量"非常高的顾客群，机场贵宾服务公司对配餐合作伙伴的要求特别高。万方圆为了与机场贵宾服务公司达成合作，他和团队提前数月就开始精心准备，建立VIP贵宾特供菜单，以米粉瓦罐汤为主打产品，配以赣菜特色小吃，让休息室每一位VIP贵宾都能享受到高品位的用餐体验。万方圆机场贵宾室项目植根于品牌的中央厨房集控体系及各项服务标准，并进一步提升菜品及服务要求，无论在食品安全、接待服务以及应变能力等各方面都有着严格的要求和制度规定。

2021年1月，经过万方圆和团队的精心策划和准备，终于拿下了昌北机场贵宾厅的配餐项目，成为机场贵宾室配餐供应商。万方圆品牌和机场贵宾服务公司展开了深度合作，这也意味着万方圆的业务范围进一步拓展，打开了新营销方式的大门，将品牌产品供应给机场 VIP 贵宾，抢占了机场高端渠道商机，打开了品牌面向世界的窗口。

万方圆决心要把品牌推向全世界，一方面是为了扩大事业版图，提高品牌影响力，创造更大的经济效益。但更重要的另一方面是，作为优秀的企业家，他有一份家国情怀，他想通过美食提高中国在世界上的影响力。

放眼世界，美食繁多，灿若星河，每个国家都有自己独特的餐饮文化，但真正有世界影响力的美食品牌却屈指可数。毫不夸张地说，美食在某种程度上代表了国家的影响力。比如，美国的麦当劳、肯德基，法国的大餐，意大利的面，日式的料理，它们都是本国餐饮文化的代表。

我国疆域辽阔，历史悠久，文化灿烂，美食众多，就连韩国的泡菜都能成为世界非遗，中国美食却屡屡失败。中国美食技法世界申遗难，在世界范围内影响力有限，主要原因是技法本身的特性。《舌尖上的中国》里有一句经典文案："有一千双手，就有一千种味道。中国烹饪，无比神秘，难以复制。从深山到闹市，厨艺的传授仍然遵循口耳相传、心领神会的传统方式……"中国很多手工食物都是如此，制作起来特别复杂，看天、看人、看手感、看火候、看季节，有太多的不确定因素，很难符合现代饮食工业化、标准化的要求。这些饮食的特性，决定了中国美食不容易被简单量化和复制，从而影响了中国美食在世界范围的推广。

提高中国美食在世界上的影响力，就需要更多的优秀餐饮品牌走出国门，分享美味，分享餐饮文化！万方圆与昌北机场贵宾服务厅的合作，打开了品牌面向世界的大门。通过美食让世界了解江西，向世界传递中国舌尖美味，这是万方圆矢志不渝的创业梦想！

备选入围"映山红"

明者因时而变，知者随事而制。创业者除了自身的努力，还要懂得借势，寻找撬起自己事业的杠杆支点。借势本质上是协同创新，是合作共赢，更是资源整合的体现。

万方圆很庆幸自己生逢盛世，处在一个最好的创业时代。创业从来都不是一个人的事情，只有在顺应时代发展的过程中，选择合适的创业方式，才能更快地通向成功。

2018 年 4 月，针对江西企业上市现状，着眼于加快推进企业上市、壮大资本市场"江西板块"，江西省政府出台了《关于加快推进企业上市的若干措施》（赣府厅字〔2018〕39 号），明确提出了实施企业上市"映山红行动"。

强大的外驱动力和内驱动力相结合，才能产生良好的效能。企业具有足够的发展潜力，才能获得更多的扶持和激励。2018 年，"映山红行动"启动时，万方圆刚踏上创业的道路，脚步跟跟跄跄还没有站稳。那时候，他根本没有想到自己的餐饮事业，能与这个听起来就振奋人心的扶植政策产生关联。

"映山红行动"这个名字，寄托着江西人民的美好愿景。一是根植"红"的基因。江西是红土圣地，红是江西的基因。江西就如一个浩瀚博大的革命历史博物馆，这里有中国革命的摇篮——井冈山、人民军队的摇篮——南昌、共和国的摇篮——瑞金、中国工人运动的策源地——安源等红色基地，是中国革命的发源地。映山红是传统名花之一，每年春天，漫山遍野的映山红像舞动的红绸、燃烧的朝霞，展现出无限的生机和光彩。脍炙人口的革命歌曲《映山红》传唱至今，妇孺皆知，家喻户晓。实施企业上市"映山红行动"，就是要传承江西红色基因，让江西的上市企业如映山红一般，星火燎原，红遍赣鄱大地。二是彰显"强"的动力。上市企业是推动区域经济发展的重要动力，上市企业的数量和质量是衡量区域经济发展水平的重要指标。实施企业上市"映山红行动"，就是要以资本市场为纽带，加速企业发展壮大，提升核心竞争力，打造众多的特色骨干及龙头企业，为江西经济提质增效提供动力支撑，让其在全国经济版图上赢得地位。三是承载"新"的希望。实施企业上市"映山红行动"，就是要以加快推进企业上市为切入点，促进新产业、新技术、新业态、新模式蓬勃发展，助力江西经济的发展。

"映山红行动"有三个鲜明特点。一是层次"高"。江西省委、省政府对"映山红行动"高度重视，从顶层设计、政策引导、环境优化等方面精准发力、精准施策，确保行动扎实推进、有力有效。二是方向"明"。"映山红行动"从目标和渠道两个方面为企业上市工作规划了方向和路径。三是措施"实"。围绕企业培育、政策支持、市场推动、并购重组等方面，出台了12项含金量高、针对性强的措施，打出了一套政策"组合拳"。

对标"映山红行动"，在省级层面，金融办牵头、会同20余个省直部门参与的全省企业上市联席会议制度，加强对全省企业上市工作的规划、指导和调度。在市级层面，政府参照省级产业引导基金的模式，设立企业上市引导基金，积极引导各类社会资本共同参与拟上市企业股份制改造，帮助企业提高对接多层次资本市场的能力。在县级层面，按照企业改制上市的不同阶段和实际需要，梳理剖析股改、管理、运营等环节问题，精准帮扶，全力服务，让企业亮丽登场。

2020年，随着万方圆品牌影响力的逐渐提高，企业被列入上市后备企业资源库。"映山红行动"制定了具体的帮扶模式，对列入资源库的企业，按照"培育一批、股改一批、申报一批、上市一批"梯次推进模式，依据企业规模、所处行业和发展阶段，开展分层次、分行业、分梯队的培育辅导工作。由政府、银行、证券公司、会计师事务所等机构组成的协会资源库，对遴选出来的重点扶持企业，开展"一对一"专业辅导。主动协调工商、税务、城建等部门解决企业上市过程遇到的问题，形成部门"帮扶清单"。

万方圆积极响应协同资源库的帮助，开始着手对企业进行股份制改造。股改是企业上市的根本前提，是企业走向资本市场要迈出的第一步，也是企业优化治理结构、提升治理效率的重要基础。

企业股份改制，是摆在万方圆面前的又一个全新的课题。在这之前，他对企业股份制的认知只是停留在比较表层的阶段。要真刀实枪把企业改成股份制公司，有太多的专业知识需要学习和理解。不过，这都难不住万方圆，他本来就是个善于解决问题的人。他积极参加协同部门组织的企业高管类培训、业务类培训、合规类培训等，努力提高自己对股改的专业认知。

2021年1月，万方圆的企业正式备选入围"映山红行动"。3月，万方圆的股份制公司正式成立。万方圆对企业的餐饮业务和食品加工业务进行布局梳理，为企业迈向上市之路做好实质性的准备。

企业发展需要依靠自身努力，同时也离不开政府的支持、政策的帮扶。万方圆将紧紧围绕当地经济发展要求，加大自身发展力度，为区域经济发展作出应有的贡献！

集团搬进新办公室

人靠衣装，佛靠金装。当今社会，企业要想得到长足发展也需要有效的"包装"。

企业形象识别系统就是一种无形的商品和市场竞争力，它显露着企业的市场定位，散发着企业的经营理念，彰显着企业的综合实力，同时也为企业创造着无限的价值，而办公环境无疑是影响企业形象的因素之一。

近年来，企业越来越重视办公楼形象和办公环境的优劣。高端写字楼不仅对提升企业形象有重要的作用，还能聚拢优秀企业，从而形成浓郁的商业环境。因此，选一座合适的写字楼，对企业的发展起着不容忽视的作用。

现如今，很多90后找工作，对办公环境要求都很高。他们以写字楼为重要考量依据，通过办公环境看企业实力、企业文化以及领导的喜好。办公环境好的企业不仅能够传播高大上的公共形象，还能在无形中聚拢一批优秀的人才。

2021年1月，万方圆集团办公室搬进了红谷滩商联中心。新办公室庄重而有质感的装修风格、配置齐全的现代化办公产品以及随处摆放的绿植，彰显着公司的实力和形象。舒适优美的办公环境，让团队员工拥有了良好的办公场所，也提高了公司的形象和影响力。

企业在选择写字楼时，首先要挑选合适的位置，周边最好有较成熟的商业业态，还需要具备比较好的交通条件。同时，"千金置业，不如千金买邻"，企业选择写字楼，选择的不仅是一栋房产，更多的是加入了一个高端的圈层，为企业发展带来更多新的机遇。写字楼是一个很好的载体，它能够迅速把分散在各处的高端人士、社会名流聚集在一起。或许他们之前互相并没有交集，但是在同一座写字楼内工作，不知不觉中增进关系，达成合作，互利共赢。

万方圆集团办公室所在的商联中心，是江西企业总部基地和金融服务中心、赣文化传播中心、商联中心。商联中心项目是集企业总部甲级写字楼、赣商文化博物馆、国际白金五星级酒店、主题体验式商业中心、高端住宅、艺术大道于一体的世界赣商平台，是民营经济研究中心、人才交流培训中心、民营企业法律服务中心。

万方圆集团办公室能置身商联中心，代表着万方圆的事业登上了一个崭新的台阶。毕竟，只有具备了相应实力的企业，才能在城市商圈中站稳脚跟。

在商联中心办公室上班的第一天，他坐在自己宽敞舒适的办公室，回想自己的创业历程，不禁感慨万千。当年做酱料项目，他在北京、上海都曾经拥有过自己的办公室，但那些就像是建立在沙滩上的大厦，因为缺少根基支撑，一阵风吹过，就轰然倒塌了；酱料项目惨淡收场，他掂着炒勺卖龙虾，十几平方米的外卖店就是"办公室"；后来他接手凯旋店，厨房、饭厅以及晚上睡觉的包厢就是"办公室"；餐饮连锁梦想终于初见端倪，2019年1月1日，他在店内一个小小的房间里设立了自己真正的办公室。两年的工夫，他的事业就如一棵扎根在石砾间的小树苗，历经风吹日晒雨淋，坚韧而努力地拔节生长，现如今，终得亭亭欲盖枝繁叶茂。

万方圆的事业，从租赁来的十几平方米的外卖店，发展到涵盖食品加工、门店加盟、投资管理、房产出租等业务的集团公司。在这个过程中，万方圆也从当初懵懂莽撞的创业者，成长为沉稳睿智的企业家。

然而，对于踌躇满志的万方圆来说，商联中心的办公室只是前进路途中的过渡站，绝不是他向往的目的地。他事业的航船才刚刚扬起风帆，未来有波涛汹涌，也有海阔天空，有无限的发展空间和可能！

品牌荣获奖项

当我们专注而持久地做一件事情的时候，就容易获得让人瞩目的成就。万方圆苦心经营他的餐饮品牌，企业获得了很多奖项，捧回了很多奖牌：

2020年中国粉面餐饮品牌TOP50；

2020年中国新锐餐饮品牌TOP50；

2020年智慧餐饮峰会"疫时代"餐饮突围奖；

2020年中国餐饮连锁加盟最具人气TOP30；

2020年中国餐饮连锁加盟最具投资价值品牌；

2020年中国餐饮连锁加盟最具影响力奖；

2020年中国餐饮连锁加盟最佳服务商奖；

2021 年中国米粉餐饮品牌 TOP30；

2021 年中国餐饮 BOSS 大会黑马品牌奖；

2021 年中国餐饮 BOSS 大会最具潜力奖；

2021 年中国餐饮 BOSS 大会最具投资价值奖；

2021CHA 中国美食烹饪锦标赛米粉专项赛团队赛金奖。

奖杯是企业的口碑，是产品的背书，可以提高企业形象和品牌知名度，增强加盟商对品牌的信心。企业发展离不开荣誉的扶持，在众多荣誉的加持下，更能吸引消费者的眼球。

万方圆餐饮品牌的每一个奖牌，都可以说是实至名归。酒香也怕巷子深，互联网时代，口口相传有一定的局限性。为了进一步推广品牌，提高品牌的知名度，万方圆积极报名参加餐饮行业权威机构组织的评选活动。品牌获得的奖项，都是经过海选入围后，再根据品牌综合表现，专家评审团从品牌口碑、品牌传播力、品牌基本面、品牌荣誉等方面出发，对餐饮企业的品牌力进行多维度解析，结合消费者投票，最终得出的结果。

这些具有真实性、全面性、可靠性和代表性的奖项，致力于挖掘中国有价值的餐饮品牌，鼓励优秀的中国餐饮人，为优秀餐饮品牌赋能，帮助其收获更多的产业资源。同时，还借助媒体传播的力量，帮助消费者做出更有效率的消费决策，进而为餐饮业发声，号召全社会关注餐饮业健康有序发展。

随着万方圆餐饮品牌影响力的逐步增大，万方圆被聘任为中国饭店协会粉面专委会副理事长，获聘为中国饭店协会青年企业家工作委员会委员、中国饭店协会外卖专委会委员等职务。社会任职情况是能力的表现形式，万方圆担任诸多社会职务，足以表明，作为一个企业家，他在餐饮行业做出了让人瞩目的成就。

万方圆身兼数职，这让他感觉到肩负的社会责任更大了。在进一步在餐饮行业精耕细作的同时，他对于餐饮行业对当地经济发展的影响，也有了深刻而独特的见解。

万方圆认为，大力发展餐饮行业对加快当地经济发展有着重大的意义。餐饮行业是传统服务业的主要内容，提升餐饮行业发展水平是发展现代服务业、优化产业结构的重要内容。南昌市餐饮行业近年来发展十分迅猛，餐饮企业数量、营业额和安置从业人员数量连年递增，这对增加就业、促进消费、繁荣市场、拉动内需和促进经济社会发展等方面发挥了重要作用。

万方圆还认为，南昌市餐饮行业在品牌知名度、品牌规范度、品牌文化等方面，依然存在很多问题。南昌市在省内叫得响的餐饮品牌不多，在全国范围内有广泛知名度的餐饮品牌更是凤毛麟角。南昌市餐饮行业市场抗风险能力较差，企业间经营水平差距较大，从业人员素质参差不齐，服务质量和管理水平都有待进一步提高。餐饮文化方面也有欠缺。当今餐饮已经不仅仅只是局限于吃饱，而是要吃环境、吃氛围、吃文化，但很多餐饮企业在餐饮文化方面的挖掘还远远不够。

万方圆认为，只有不满足现状，对自身存在的问题有个清醒的认识，积极寻找对应的解决方案，餐饮企业才会得到更好的发展。餐饮企业要在传承的基础上创新，大力发展品牌化餐饮、绿色餐饮，拓展现代经营方式，提高产业集聚度，形成现代化餐饮发展新格局，不断满足人们日益增长的餐饮服务需求。

万方圆在中国饭店协会担任职务以后，认识到协会在促进餐饮行业发展方面起到了重要作用。餐饮协会围绕协会工作中心，准确把握服务定位，积极发挥桥梁、纽带作用和服务、自律、协调、监督职能，协会的生命力和凝聚力不断增强，为促进餐饮行业发展发挥了积极作用。

面对新形势、新机遇和新任务，餐饮协会要积极跟进，带领餐饮、休闲和服务业研究新思路、新方法和新举措，为餐饮行业大发展提供更加强有力的保障。餐饮协会既要更多地、相对独立地承担好政府不便管、不宜管、不好管的事务和职能，又要充分发挥行业协会的自律性、非盈利社团组织的作用。协会要抓住餐饮业快速发展机遇，积极促进行业协会发展。

万方圆还获聘为江西省青年企业家协会第六届常务理事、江西省青年企业家协会第七届产业委员会秘书长。青年企业家协会是自律性极高的非盈利社团组织，是沟通政府、企业的桥梁和纽带，是社会主义市场经济体系中的重要组成部分，是企业利益的代表者和企业发展的带头人。万方圆深知自己肩上责任重大，他认真履行职务职责，加强企业信息发布，为企业发展创造更好的舆论环境，进一步加强与政府有关部门的沟通协调，整合社会各方资源，为企业发展服务。

万方圆担任的社会职务，以及企业获得的奖牌，都是社会对万方圆和企业的认可。把责任和荣誉当作奋斗的动力，才能不辜负社会的信任，让自己和企业都得到更好的发展！

对不甘平庸的人来说，人生就是一场又一场的跋涉。安于现状势必停滞不前，努力奔跑才会越走越远。把成功当作加油站，豪情万丈地勇往直前，在大展宏图的过程中，会遭遇挫折和困顿，也能享受到奋斗的满足和快乐。只有那些往上攀爬永不停歇的人，最终才能抵达别人难以企及的人生巅峰。

第九章
管理理念

　　企业如果是一艘大船，创业者就是掌舵手，他的思想、言行和智慧，影响着企业的方向和未来。一个优秀的创业者，有足够的能力，为企业设计良好的发展路线，带领企业乘风破浪，扬帆起航。

管理就是通过别人拿结果

创办企业不容易，让企业存活下来并且得到稳定的发展更不容易。从某种意义上说，企业的生存和发展靠的就是科学的管理理念。

企业规模小的时候，老板一个人几乎就可以管全部了。这时候如果过于讲究制度、流程、规则、体系，那就违背了企业发展的客观规律，锁死了快速发展的路径。当企业发展到一定规模，创业者就是有三头六臂，也没办法做到事事亲力亲为。随着企业的发展，创业者就要组建自己的团队，调动每个人的积极性，将自己从繁琐的事务中抽出身来，做好管理工作就行了。简单地理解，所谓的管理，就是管理者不必事必躬亲，而是通过别人拿结果。

万方圆是个团队意识特别强的人，他在餐饮行业创业初期，在租来的小店卖龙虾时，就有了"通过别人拿结果"的管理意识。当时外卖小店里里外外虽然都是他一个人在经营，但他还是以出让股份的形式，邀请擅长新媒体运营的伙伴加入进来。因为万方圆清醒地意识到，自己做的是外卖店，网络运营这块非常关键。专业的事情交给专业的人去做，自己把主要精力放在研发产品和后厨。毕竟做餐饮，产品味道好才是王道。

万方圆的餐饮事业刚有起色，他就开始进行公司化经营。那时候，公司的管理者除了万方圆，就是马姑娘、关姐和老万，他们都是和万方圆同甘共苦一路走过来的，他们是公司的元老级人物，为公司的发展做出了很大的贡献。他们分管着公司财务、产品研发、运营、生产等重要的板块。万方圆根据他们的特长和工作特点，分派了工作。在这个阶段，万方圆作为管理者，相对来说比较轻松，因为马姑娘、关姐和老万都是他最熟悉最信任的人。万方圆了解他们的工作能力和秉性，他们也了解万方圆的工作作风，大家齐心协力配合默契。万方圆分派下去的任务，都能得到有效的落实。

随着餐饮事业快速扩张，万方圆不得不从门店一线抽出身来，花费更多的时间和精力做管理。他的餐饮企业拥有两百多位员工，要维持这个庞大组织的正常运转，就需要细化组织结构，建立起新的管理体系。此时的万方圆在管理方面更多的是关注如何聘请到优秀的专业人才，如何划定职责范围、奖惩规章，让团队各司其职，带领公司高效地运转起来。

如何通过别人拿到更好的结果？万方圆在摸索的同时，也不断地通过各种途径学习管理的精髓和方法，渐渐地，他在管理过程中，也积累了丰富的经验。

专业的事情交给专业的人做。马云曾说，有人说他不如李彦宏和马化腾懂技术，所以认为阿里巴巴的技术最差。其实，正因为马云不懂技术，所以阿里巴巴的技术才是最好。因为马云把技术上的事情放开手交给专业人员去做。当技术人员做决策的时候，他不会横加干涉，而是大胆地说"就这么干"。

所谓"金无足赤，人无完人"，一个人能力再强，也必定会有所欠缺。在这个世界上，没有哪个人是全才，就连巴菲特、索罗斯和洛克菲勒也不是无所不能，他们只是在自己擅长的领域内做到了极致。所以，即使创业者非常能干，也不能逞强或自负，而是要把专业的事情交给专业的人去做。

万方圆认为，企业要发展，就必须变得"专业"，而专业性的来源，靠的就是让每一个岗位都由专业的人负责，让每一个员工都成为"专业的人"。当然，万方圆对"专业的人"的筛选是非常严格的，他往往是从专业领域通过高薪聘请的方式将经验丰富并且已经做出一定成绩的人才挖掘过来。

努力提高整个团队的能力。万方圆是个实干家，他是掂着炒勺一步一步成长为管理者的。他对产品研发、门店运营以及扩张等方面，都有着丰富的实操经验。他在餐饮行业就是"专业人才"，他是个凡事追求极致和完美的人，有时候他也会对下属的工作不满意："这么简单的事，你们为什么做不好？"后来他渐渐意识到，这种行为其实也不好，因为要想做好管理，首先要让团队成员成长起来。管理者带的是团队不是助手，要跟下属多沟通，了解他们遇到了哪些棘手的问题，然后通过引导、训练、赋能帮他们解决这些问题。当他们的问题被解决、能力得到提升时，整个团队的能力就都提升了。意识到自己的问题以后，万方圆有意识提高团队人员的能力。比如，他鼓励员工带着解决方案提问题，不要害怕犯错，重要的是要有解决问题的思路。

阿里"独孤九剑"中有一条叫作"教学相长"，也就是说，很多时候，这些解决问题的思路，你说出来了，错得越多，自己的提高就越大，对于每个细节的打磨就会越来越好。当大家都养成这样的良好习惯时，双方都会很高效。

重视员工培训。进行员工培训可以提高员工的工作效率，有助于丰富员工的知识，从而降低企业成本，增强企业的竞争能力。万方圆的培训学校成立以后，他对新入职的员工以及老员工，都会进行培训。那些在培训中表现出色的员工，就会得到更好的发展机会。

培训的内容主要分为以下几个方面：一是企业文化培训。让员工了解企业的历史、现状以及未来的发展规划。主要讲解公司的历史渊源、战略规划、产品体系等，让员工了解企业。二是技能培训。对员工进行专业技能的培训，提升工作效率。三是价值观培训。通过员工价值观培训，有利于员工形成同频认知，提高整体的协作效率。

管理的本质，就是通过别人去拿结果。管理者要掌握的核心管理能力，就是通过科学的方法，让别人拿出更好的结果！

党建与企业管理相融合

万方圆在企业管理中，把企业党建作为一种新的企业管理理念，融入在具体的工作中，积极弘扬党建文化，努力提高企业党员队伍和职工队伍的凝聚力。

江西红色文化闻名中外，万方圆是听着革命故事唱着红歌长大的，他对家乡的红色文化有着更为深刻而具体的理解。他认为，企业党建工作在企业管理中起着不可替代的作用，党建工作涉及整个经营管理的方方面面，与业务经营活动密切关联，企业党建工作开展成效是企业管理成功与否的关键。

企业党建工作在企业管理中发挥的功能与作用无可替代。一是激励功能。企业党建工作通过目标激励、竞争激励和成就激励等手段，激发党员和员工的积极性和创造性。比如可以通过评先评优，发挥广大党员的先锋模范作用，激发广大职工的工作热情，利用企业管理"人格化"的典型，形成学习先进、积极向上的良好氛围。二是自控功能。企业党建工作，是用看得见、摸得着的工作方式和无形的组织力量，来形成价值观念、道德观念和行为准则，引导企业和员工自我控制，促使其行为向着正确的方向发展。三是凝聚功能。企业党建工作在得到党员和员工认同后，就会形成向心力和归属感，增强职工的主人翁意识和集体荣誉感，增强企业党组织的凝聚力和战斗力。

万方圆认为，无论企业现代化管理的趋势如何发展，都离不开党的领导，离不开思想政治工作的保障。在企业内部，党建工作通过提炼企业经营理念，可以使员工形成共同的企业价值观和行为准则，不断增强集体意识和团队精神，更好地把员工凝聚起来；通过确立企业共同的发展目标，使企业发展成为员工的自觉愿望，共同推进企业的发展壮大；通过培育企业精神，可以形成具有企业共同追求、富有企业特色的鲜明口号，激发员工队伍产生强大的创造力，激励员工关注企业前途，维护企业声誉，为企业发展竭尽全力贡献自己的力量。

对于万方圆来说，如何将党组织无形的"软实力"转化为企业发展有形的"硬增长"，这是一个全新课题，他在实践中进一步探索，竭力推动两者融合。

党建理念与企业管理理念融合。党建理念包括责任、服务、创新、奉献等先进思想观念，是个丰富的宝库，将其与企业管理理念相融合，更容易被员工接受，从而形成强大的精神动力，弥补企业管理本身存在的不足与缺陷。万方圆把这些理念融入万方圆企业商学院的培训内容。他在课程中插入企业党建课程，在潜移默化之中灌输党建理念。

党建内容与企业制度融合。企业管理制度是企业党组织抓好党建工作的集中体现，它严格规定了员工在生产经营中必须遵循的行为准则。万方圆明确规定了企业员工在工作中必须遵守"六为三合"：为党、为祖国、为人民、为客户、为员工、为股东；合法、合规、合理。企业永远跟党走，就要靠制度来保证。万方圆的企业属于新餐饮的范畴，需要建立具有中国特色的现代企业制度。党在发展壮大过程中形成了一整套工作、管理、教育、奖惩等制度，这些制度和方法植根于中国的文化土壤，比各种舶来品更管用。万方圆充分借鉴和移植党内的各种管理方法，在企业战略管理、质量管理、品牌管理、财务管理、人力资源管理等方面不断创新，将党的组织观念融入企业管理，培养职工严守操作规程的习惯；将党的工作制度融入企业管理，形成制度化管理局面。

党组织与企业行政构架融合。党组织具有层级分明、职责明确、精干高效等特点，与企业的行政架构具有很好的互融性。万方圆集团随着自身的快速发展壮大，内部架构日益复杂。如何将党组织与企业行政架构对接起来，理想状态是党组织与企业行政架构互融。比如企业党组织负责人由董事长担任，企业党组织成员由董事会、监事会，与董事、监事、经理中的党员交叉兼职。如此设置，既能保证企业党务工作的正常开展，又能做到人员精干，降低企业人力成本。

党员发展与企业人才引育融合。万方圆将党员发展与人才引进、培养、使用相结合，为企业发展提供人才支撑。党组织牵头制定人才引进、培养、使用计划，把生产经营技术骨干培养成党员，把党员培养成生产经营技术骨干，把党员生产经营技术骨干培养成企业经营管理人员。

企业党建和企业管理相融合的过程中，万方圆还特别注意突出企业特点，只有适合企业的融合模式才更有生命力。企业根据自身特点形成企业党建工作模式，杜绝照抄照搬形式化、表面化的东西，将企业的优秀文化和管理风格，与学习、吸纳当代先进企业的文化精华有机结合起来，通过整合、凝练、重铸独具特色的企业党建工作。

比如，万方圆结合本支部特点组织学习、宣传和开展党内特色活动，调动广大党员、入党积极分子和员工的工作积极性、创造性，调动他们的工作热情。万方圆充分利用各种会议、宣传栏，大张旗鼓地宣传党的政策和方针，开展各项活动。万方圆集团的党支部，就建立在人力资源中心，随处可见的党建宣传牌，体现了万方圆坚定不移跟党走的决心。

永远跟党走，奋进新征程。发展就是硬道理，企业最大的政治就是学习和掌握科学发展观的理论和方法。党建工作和企业管理相互交融，立足发展新阶段，传承红色基因，有效地发挥党组织的优势，促进企业高质量发展。

管理要做好两件事

企业管理无非就是做好两件事：管人和理事。

要做事，先做人，要管好人，就要经营好"人心"。万方圆在创业初期，就很重视经营人心。那时候公司没有完善的制度，他通常会给员工一个月的时间完成指标，达到目标就给一定的物质奖励。他认为，只有真心关心员工，为他们的工作和事业提供帮助，才能得到员工们的认同，才能真正激发员工的积极性和主动性。

万方圆通过参加总裁培训班、研究优秀企业家的管理理念等方式，不断地提高自己的管理能力。通过学习他发现，那些成功的企业家，他们的管理模式表面上存在一定的差异，但是本质是相通的，追根究底，无非就是"管人"和"理事"。

万方圆在探索任正非的管理理念时受益匪浅。任正非认为，"管人"遵循的是人性和欲望的逻辑。华为之所以能一路披荆斩棘屹立行业之巅，就是因为团队既能激发欲望，也能控制欲望。

任正非认为，欲望其实是中性的，在某种程度上，欲望是企业、组织、社会进步的动力。欲望的激发和控制，构成了华为的发展史，构成了人类组织的管理史。企业管理的成与败、好与坏，背后所展示的逻辑，都是人性的逻辑、欲望的逻辑。

从心理学的角度分析，知识型劳动者的欲望可以被分为五个层面：物质饥饿感、安全感、成长的愿望和野心、成就感、使命感。万方圆根据自己对人性的理解，通过激发员工的欲望、合理控制欲望的方式来"管人"。

员工为企业工作，最基本的诉求就是赚钱，其实就是满足自己的物质饥饿感。企业是否能给员工提供相应的物质，直接决定着员工的工作积极性和去留。万方圆集团有一条不能碰触的高压线，那就是工资保密，禁止公司内部讨论工资。这意味着，员工的工资没有统一的标准，你为公司付出多少就会得到多少的薪酬。这在无形中就会激发员工的工作积极性，要想多拿到薪酬，就要更加努力地工作。

安全感是人类与生俱来的一种本能性的需求，人的一生多数都处于一种不安全的状态，越是杰出人物、领袖人物，内心的不安越强烈。华为正是因为拥有一个充满危机意识的优秀管理者，又拥有十几万内心强大却没有安全感的人，大家抱团取暖，共同面对充满未知的未来，才成就了华为"胜则举杯相庆、败则拼死相救"的文化。随着企业迅速发展壮大，万方圆让员工们看到了企业美好的前景，也教育了员工要有危机意识。要拼命往前跑，才能避免落后被淘汰。安全感是自己给的，你越努力就越安全。

通常情况下，有能力的人，都有一定的野心，对权力有比较强烈的欲望。企业招聘专业人才，就是把这些有能力的人聚集在一起。万方圆从各个平台挖掘到专业人才以后，他更多的是考虑：如何利用他们的权利欲望激发工作主动性；如何控制欲望，避免他们做出伤害企业的事情。这时候，公司的价值评价和价值分配体系就显得至关重要。当他们拥有的权利跟欲望相匹配的时候，他自然愿意发挥自己的才能和智慧。同时，公司经过培训等多种形式，强调员工必须拥有正确的价值观。公司还制定了11条"高压线"。比如，禁止员工以任何形式做出影响公司利益的行为，禁止以任何形式透露公司机密，禁止以任何形式索要、收取加盟商的利益等。警示员工不能做出伤害企业的行为，有效地控制员工的欲望。

成就感也就是荣耀感，每个人都渴望成功，都希望自己的努力能得到上级和企业的认可。员工努力工作，目的就是为了升职加薪获得成就感。万方圆懂得利用员工对物质、权力、荣誉的追求，统一员工的目标，与员工结成利益共同体。没有利益作为载体，关系既不牢固，也难以长久。"财散人聚，财聚人散"，万方圆舍得为员工花钱，让他们获得成就感的同时，发自内心地愿意为企业贡献更大的力量。

企业经营活动中，任何管理行为都是针对人、作用于人、通过人实现的。管理的主要内容、任务和方式，都是通过人来实现的。把人管好了，"理事"相对就容易了。所谓的"理事"，就是根据团队的目标，确定具体的职责划分，并制定标准化的工作流程，这是团队管理体系的基础。职责划分要让每个人明白自己要做什么、工作目标是什么、评判的标准是什么；工作流程要让每个人明白如何沟通、如何反馈、如何对接、如何协调，以系统化的流程来提升工作效率。

万方圆"管人"就是抓团队，具体就是招聘真正有能力的专业人才，通过相应的激励手段，让他们心甘情愿为企业努力工作。"理事"方面，万方圆的工作方式是"大撒手"，把事情交给专业的人去做，

至于业务怎么干，怎么去定目标，怎么去追过程，怎么拿到结果，这都是主管具体业务的管理者去执行！

他更多的是去关注结果。这样也有利于他从繁琐的管理工作中抽出身来，做一些团队其他人员无法替代的事情，比如规划企业发展的方向、搭建发展框架、经营各种资源、融资等。

优秀的管理者，必然懂得如何通过"管好人，理顺事"，带领企业更好的乘风破浪，驶向更广阔的天地！

领导者的三种格局

有一句话这样说：有能力的人跟着有梦想的人干，有梦想的人跟着有格局的人干，有格局的人跟着有大格局的人干。

意思就是，作为领导者要有格局，要能够以全面、系统和前瞻的方式审视问题、思考问题，掌握整体事物发展的趋势和规律。拥有大格局的人通常会站得更高，俯瞰事物，拥有广阔的视野，可以看清楚事物的全局。只有这样，管理者在思考问题时才会更周密，才能避免在决策中出现错误。

知名房地产商冯仑谈到自己多年来做领导的体会，他认为，管理企业其实很简单，作为领导者，做好三件事情就可以了。一是指道。给大家指

个道，把握方向。二是扛事。遇到事能够承担责任。三是牺牲。遇到难以解决的问题，牺牲自己的利益就都能摆平。

掌握了事物的精髓和规律，化繁为简，往往会取得事半功倍的效果。管理是件繁琐的事情，提纲挈领抓住关键，很多难题都会迎刃而解。

拥有把控大局的思维、有担当的魄力、愿意牺牲自己，这是管理者应该具备的基本格局。万方圆在企业管理中，非常注重提升自己的格局。

如何拥有大局思维？万方圆埋头苦干的同时，他抬头审视周围的形势，经过深度思考，做出对企业发展更为有利的决策。他从小处着手，有意培养提高自己的大局思维。

一是抽出时间去思考。万方圆是个善于思考的人，在忙碌繁杂的工作中，总要抽出时间，对当前的形式进行深度思考。

二是找个沟通的对象。万方圆是个有主见的人，但需要做决定的时候，他也担心自己思虑问题不周全。这时，他会找个人进行交流。在交流的过程中，自己潜在的一些想法可能会被激活，对方也可能会提出一些有建设性的意见。比如，他会和找他汇报工作的团队成员交流，在这个过程中，也能培养团队成员的主人翁精神。

三是选择明确的目标。很多时候，他把自己的大局思维进行拆分，分解成若干个明确的目标，这样也便于执行。比如，他决定要创建米粉厂时，他会把这个规划细分，拆分成筹建厂房、组建米粉厂小团队、采购设备等具体的小目标。探寻大局问题时，可能会遇到难以实现的目标，这时候就可以拆解目标各个突破。

四是明确执行的第一步。他制定了一个大目标以后，最先考虑的是，如何迈出执行的第一步。良好的开端是成功的一半，顺利迈出第一步，才能有效保证决策的落地执行。

五是活跃自己的思维。他有意识地让自己的思维，保持在活跃的状态。比如，他会进行愿景规划，当实现目标以后，企业会得到怎样的发展？心中有期许，就会更加努力地去实现目标；他善于通过假设排除问题，这样能让自己的思路更清晰，更清楚地看到大局和方向。

松下幸之助曾说过，作为一个经营者，一定要有担负绝对责任的心理准备才可以。不管员工有 100 人还是 200 人，就算聘用了 1000 人或 2000 人，责任还是由他一个人负。自己既然站在最高的位置上，一切就是自己的责任了，这个道理应是古今不变的。

创业是条坎坷路，所有的决策在落地执行时，都会遇到障碍和挫折。在这个过程中，领导者就需要"有担当"。管理者是企业的主心骨，要敢于担当、勇于担当。有担当的管理者才能起到表率作用，带领团队形成勇往直前的中心动力。遇到矛盾不绕道、碰到困难不退缩，这是管理者品德的体现，是精神的升华，是不屈的意志。

担当是勇于承担责任。随着万方圆事业版图的扩大，从某种意义上说，企业的成败已不仅仅只与他个人有关，还直接影响着合作伙伴、团队成员和所有员工的利益。作为企业的带头人，他深知自己肩头承担着重要的责任。企业发展遇到困难时，他必须挺身而出，积极寻找解决问题的最佳途径。比如，企业快速发展需要强大的资本支持，他就得想方设法寻求合作伙伴、贷款，遇到什么挫折他也不会轻易放弃。

担当是勇于承认错误。创业者在企业过程中站在最高的位置，拥有最大的权利。如果他的决策落地遇到了问题，本能地会认为是执行层面出现了错误，而不是自己的问题。拥有相应的权利就逃避责任，这就是敢做不敢当没有气度的表现。这样下去，就会失去员工的信任，会遭到员工的防备和抵制。最重要的是，不敢承认错误会成为一种习惯，使管理者丧失面对错误、解决问题和培养解决问题能力的机会。万方圆当年快速地在全国创办了 10 家龙虾连锁店，到了小龙虾淡季连锁店迅速倒闭。他没有把责任推诿给店长，而是先从自身决策上找原因，认为自己急功近利盲目扩张，才是导致连锁经营失败的重要原因。只有真正意识到问题，才能在以后的决策中规避问题。

担当是一种能力。担当除了需要勇气外，更需要有相应的能力。没有能力作保障，担当只能是空话大话。能力是支撑自身完成使命、正确履职的条件，是担当的底气和根基。没有能力的担当，可能会事与愿违，出现好心办坏事的后果。万方圆积累了丰富的创业经验，本身就具有强大的能力。他还不断通过各种途径学习，提高自己的综合素质和能力。

担当需要抗压能力。所谓抗压能力，就是指无论遇到了什么问题，精神上都不会垮。不是忽略压力，而是在思想上藐视，行动上重视。管理者是团队的主心骨，是发号施令的主帅，如果自乱阵脚，人心就涣散了。压力每个人都有，扛住了，灵魂得到升华；扛不住，退一步也不丢人。万方圆的抗压能力特别强，他做酱料项目时，积累的财产赔得精光，还欠了巨额债务，他都挺了过来。经历的挫折困顿越多，抗压能力就越强。

日本稻盛和夫多次强调，员工是企业主体，企业要想真正发展壮大，绝不能通过牺牲员工利益来获得利润。换言之，就是必要时，管理者就要牺牲自己的利益，来换取大家的利益。1971 年，京瓷在大阪及京都证券交易所成功上市，在此过程中，稻盛和夫毅然放弃了将从前创业者所持有股份拿到市场上出售的方式，而选择了以发行新股的方式上市。"那是一个分水岭，我认真思考了企业与经营者的真正含义，所以哪怕放弃个人利益，也要谋求公司发展。"事实证明，他的这一决定对京瓷的进一步发展起到了巨大的推动作用。

管理者要有胸怀，舍得牺牲，受得委屈。万方圆有一句管理语录："管理者的胸怀是委屈撑大的！"人的本我都含有自私、狭隘的成分，宽广的胸怀是经过后天的修炼得来的。具有宽广胸怀的前提是以企业利益为重，为了企业利益，愿意牺牲自己的利益。遇到难以解决的问题时，往后退一步，让出自己的利益；宽广的胸怀也体现在求大同、存小异，包容地处理他人不同意见甚至冲突。包容性与原则性并不矛盾，宽广的胸怀应该以原则性为保证，否则就会混淆是非。对于自己反对的人或反对自己的人，要清楚对方的优点是什么，有哪些值得肯定与学习的地方；对于自己青睐的人，更要清楚地知道对方有哪些缺点需要改进。管理者具有大胸怀，才能成大事。

管理者的格局有多大，他的企业就能做到多大。优秀的管理者，懂得不断提高自己的格局，让企业的长远发展得到有力的保障！

用人的六大原则

中国人常说"天生我材必有用"，在企业管理范畴，就是看管理者怎么用人。

创业者感叹"千金易得，一将难求"，员工们总爱抱怨"怀才不遇，天赋埋没"，两者之间的复杂关系可见一斑。

美国政治家富兰克林曾经说过，宝贝放错了地方就是废物。管理者用人，就是要用人长处，避人短处。成功的管理者往往都有一本"用人经"，就是把一个人放到一个岗位上，将他的长处发挥得淋漓尽致，让他的缺点无处发挥。

万方圆企业的稳健发展，与他的用人理念不无关系。他在如何用人方面，有自己的理念和法则。

用人唯才。万方圆集团成立以后，企业经营日益复杂，对各种人才的要求也日益提高，只有用人唯才，才能维持企业的长期可持续发展。

曾经有一位万方圆很尊重的亲戚，请求他给自己的孩子在集团安排一个管理岗位。万方圆了解了这孩子各方面的能力后，认为他不能担当管理工作，就婉言拒绝了亲戚。唯才是用，是万方圆重要的用人原则。集团那些身居要职的专业人才，一般都是院校毕业的专业对口的大学生，或者是他面试觉得品格优秀的人。专业的事情交给专业的人做，这一点万方圆深信不疑。

人品比能力更重要。万方圆认为缺乏能力的人不可怕，不够聪明也不可怕，最可怕的是品行不端的人。所以一个人专业技能再出色，一旦发现他的人品有问题，他不会继续委以重任。能力不够可以培养，不够聪明可以学习，但是一个人品差的人，能力越超群，他的破坏力可能就越大。

不以价值观论人品。彼得·杜拉克曾经说过，现代企业应该依靠共同的价值观来维系。万方圆强调，员工的价值观要和企业的价值观保持统一，企业管理不能只管员工的行为，更要管理员工的大脑，员工大脑中对行为起决定作用的往往是价值观。因此，要把员工价值观的管理放到企业管理中的重要位置。而对于企业来说，价值观则是企业文化的核心，决定着企业的经营战略和发展方向。所以就企业管理而言，要力求做到员工价值观和企业价值观尽量一致，只有这样，员工才能在工作中感受到自己价值的体现，感受到工作的意义，企业也才能持续不断地发展。

但是，在员工的主流价值观和企业价值观保持一致、人品没有问题的前提下，万方圆从不评判其私人处世问题。他认为，请人才是因为他能做什么，而不是不能做什么，要重视的是员工能做出什么成果，而不是他有什么特点。万方圆总是以"他能干什么"为出发点，注重发挥人才的长处，而不是克服其短处。金无足赤，人无完人，管理者想拥有一个优秀的"全才"，那是不可能实现的。人只能在某个或几个领域达到卓越。特别是能力出众的人，总是缺点与优点同样鲜明。德国大众公司的皮耶希骄横跋扈，但这并不妨碍他做大众公司的领路人。管理者用人最根本的目标就是出成果，既然如此，首先应该关注的是员工能贡献什么。过分关注员工不能做什么，只会打击员工的自信心。如果管理者总想着克服别人的缺点，那么就很难起到良好的用人效果。万方圆擅长有效的人员搭配，把人才的长处充分激发出来。比如一个高技术的专业人才，可能不善于人际应酬，只要安排适当，就可以发挥他的专业技能之长，而让其他擅长交际的人来补其之短。成功之道，不在于克服了多少缺点，而在于最大程度把优点发挥出来。

注重人才培养。万方圆善于挖掘招聘优秀的人才，更善于培养人才，这和马云的用人理念"用人的最高境界就是提升人"不谋而合。2002 年互联网寒冬，阿里巴巴陷入绝境，但马云依然狠砸 100 万元，为员工办了两个培训班。马云认为，人是最关键的产品，所以，我们要在三年内锻炼我们的队伍。我们盼望着三年内培养出最优秀的互联网员工。马云不仅砸钱请人培训，还自己带着高管去讲课。他和关明生讲价值观、彭蕾讲阿里巴巴的历史、李旭晖和孙彤宇讲产品与销售技巧。在这样的培训下，阿里巴巴才从"游击队"变成"正规军"，员工也跟着企业一起成长起来了。万方圆创立了万方圆大学，定期对员工进行提升培训。他通过不同的途径参加各种培训学习，然后把自己学习到的企业管理理念，融入培训教程中，提升自己的同时，也提高员工的综合素质。

正确看待失败。万方圆集团的管理语录中有一条："管理者的胸怀是委屈撑大的。"他认为，员工在工作中出现任何问题，作为管理者都难辞其咎。更不用说，如果管理者在工作上出现了失误，导致失败的结果，那么作为领导者，首先应该承认这是自己的过错，而不能把责任推给部下。很多管理者遇到员工出错，就会大发雷霆，事情没解决，还寒了员工的心。失败也是有价值的，如果懂得从中吸取教训，就可以提高自己的管理能力。万方圆认为，员工总会出错，关键是如何帮助他成长，让类似事情不再发生。公司总会遭受挫折，关键是跌倒了如何爬起来，继续前进。他认为正确对待成败，保持乐观的心态，让自己和员工都拥有一个良好的工作氛围，这个非常重要。

管人就是用人，成功的管理者都是用人高手！把人用好了，企业稳健发展就得到了有力的保障！

严格就是大善良

稻盛和夫讲过一个故事：有一个老人住在湖边，冬天，他总能看到南方迁徙飞来的野鹅。有一年，天气比较冷，有两只野鹅被困在了湖中，找不到食物，老人生了恻隐之心，每天去喂养它们。第二年，这两只野鹅不但自己回来了，还带了一群野鹅回来过冬，老人也不以为意，继续喂养它们。过了几年，野鹅的数量越来越多，它们不再赶着南下过冬，因为它们已经习惯了舒舒服服地在老人这里生活。终于有一年，年迈的老人去世了，这些野鹅又飞来过冬，但是没有人喂养它们，就这样，很多野鹅饿死了。

稻盛和夫由这个故事谈到企业管理，他提出，小善似大恶，大善是无情。他倡导严格管理员工，松散的管理对员工有害无益。华为的任正非，是一个非常严厉的领导者，他说，管理不是一团和气，不是风平浪静，该批评的时候，就必须严厉地批评。做管理，就是不怕员工走人，各级管理干部不要追求一团和气，要有批评和自我批评的作风。

毋庸置疑，企业管理中的"管人"，就是管理人性，经营人心。那么，企业是不是因此就不需要制定硬性的制度呢？很显然，并不是这样。没有规矩，不成方圆。员工不是圣人，每个人都有懒惰的一面，规章制度在某种程度上可以起到约束和鞭策的作用。

那么，如何平衡制度和人性的这杆天平呢？万方圆对此形成了自己的认知和见解。他认为，企业管理在经营人心的同时，也需要用规章制度约束员工。企业成立初期，人性化的管理会更好地笼络人心，稳固企业的根基。但是，随着企业不断发展，当企业的人员组织架构变得复杂、繁琐的时候，就需要制度去统一管理。

万方圆认为，对于一个企业来说，规章制度就如企业的灵魂。唯心主义者认为人是有灵魂的，灵魂是人的唯一实体，灵魂支配着人的思考和行为。肉体只是人的躯壳，离开了灵魂，就像一具行尸走肉。对企业来说，框架是它的躯壳，规章制度就是它的灵魂。

规章制度也是企业生存与发展的保障，一个可以传承下去的企业，绝对少不了制度。竞争激烈的市场环境下，企业有了制度，就有了公平，就意味着效率。而效率，则是企业的生命，是企业永葆生命力的良药。所以，作为管理者，在进行"人治"的同时，也需要用规章制度来管理企业，通过正确的奖罚，激发员工的积极性。

制度管人，首先必须要有好的制度。制度是在一定的环境中为了规范人们的行为而制定的一种章程，要求大家共同遵守的办事规程或行动准则。万方圆集团制定了各项规章制度，还规定了十一条不可碰触的"高压线"，它们是标杆和尺度，让员工的思想和行为能够有所遵循。

万方圆认为，企业发展需要用规章制度约束员工，但又不能让制度桎梏员工的思想。要保证员工不会因为对制度的排斥，而不愿意为企业贡献力量甚至离开企业。这就要求在制定、执行制度的时候，要坚持"以人为本"的思想。用制度管人的最佳体现是以人为本，就是要充分考虑员工的需要和追求，制定好的制度，提高员工的工作积极性，促进企业的良性发展。

公司制度要有人文关怀。肉食者鄙，未能远谋。意思是说，很多公司在设立规章制度时，只考虑自身的利益，忽略了从员工的角度思考问题。比如有的公司每个月只休两天，业务量大时，甚至连续两三个月都没有休假。员工请假看病，没有带薪假期，员工怕得连病都不敢生。在苛刻的制度下，员工根本不可能产生归属感，不会有情怀。有人会说："人家华为的规章制度是如何严格，员工是如何加班加点，我们企业这点压力都顶不住呢？"事实上，华为员工除了压力大竞争力大，收益也非常可观，具有较高的人文关怀。万方圆制定规章制度时，首先把员工的利益放在第一位。比如有一条"高压线"就是："禁止公司内部讨论工资，工资属保密范围。"这样做有效地激发了员工的工作积极性，只要努力工作，就可能拿到高工资。同时，也保护了员工的隐私。

制度要保障员工的自主性。19世纪初，美国经济不景气，拥有一份稳定的工作在当时显得非常珍贵。但是当时却出现了一个反常的现象：汽车工人的流失率极高。当时的汽车工人每天在流水线上重复工作8个小时，日复一日，完全没有自主性。自由是人的天性，如果公司没办法保障员工的自主性，便很难留住人才。现在的年轻人除了要制度引导他们发挥能力外，还要有足够的制度保障他们的自主性。公司要有相关的制度保障，让员工充分发挥主观能动性，激发他们的创造力，增强公司活力。万方圆集团有一条管理语录："你刚来可以抱怨你的手下是一群混蛋，但如果过了一年你还在抱怨，那你就是一个混蛋。"企业给了员工发挥自我创造性的成长空间，保障了员工的自主性。

领导要以身作则。在海尔，企业发生的任何一件过错，管理者都要承担80%的责任。海尔洗衣机质检员由于责任心不强，造成选择开关插头插错和漏检，被通报罚款。海尔高层敏锐地意识到质检员出现的错误，偶然中蕴含着必然。最后，分管质量的负责人自愿承担罚款，还做出了深刻的书面检查。有些公司在制定规章制度的时候，管理者往往把自己排除在外。比如公司规定员工上班不能玩游戏，不能玩手机，违反制度就得扣绩效。但是，领导如果犯错却不会被扣绩效，也不会被批评。这种不得民心的行为势必会让员工对公司失去信心。万方圆的工作理念中有一条原则就是"严己宽人"，他以身作则，如果不小心触碰了企业的规章制度，他都会主动领罚。这样会拉近他与员工的距离，也会让员工从心底里认同该制度的合理性。

岗位任务分工要科学。对于一个快速发展的企业，绩效考核显得尤为重要和必要。要让员工感觉自己的工作待遇与贡献成正比，干得多，就拿得多。这就需要企业建立完整的绩效考核制度，要让员工感觉到干多干少不一样，干好与干坏不一样。激励员工为了多拿而去多干。

规章制度看起来"无情"，背后的本质却是对员工的关爱之心。管理既不能依靠强权，也不能让员工感到恐惧畏缩。更不能无原则地迁就犯错的员工，让员工产生轻松安逸的倾向，导致员工不作为不成长，这也是一种"恶"。

小善似大恶，大善是无情。管理者要抱着对员工成长负责任的态度，制定有利于员工成长的规章制度。从而提高员工的综合素质，促进企业的良性发展！

建立有效的激励机制

市场就是企业的战场，能否战胜对手，就要看企业如何有效地激发员工的能力。在高度竞争的知识经济时代，员工激励是企业管理的核心要素和永恒主题。

万方圆在企业管理中，建立了有效的激励机制。从物质激励、精神激励、文化激励等方面出发，激发员工的工作积极性。

一是物质激励。万方圆所谓的物质激励，说白了就是愿意给钱，敢于给钱。哪怕他负债累累、捉襟见肘之际，他也敢于提供优于同行业的薪酬待遇。特别值得一提的，就是万方圆大胆实施股权激励。员工持股是对员工长期激励的有效办法，员工与万方圆之间的关系由雇佣关系转变为合作关系。万方圆的餐饮事业刚起步，他寻找合作伙伴时，就舍得让出股权；进行金钱激励时，必须反对平均主义，平均分配等于无激励。除非员工的奖金主要是根据个人业绩来发给，否则，企业尽管支付了奖金，对员工也产生不了很大的激励作用；与此同时，万方圆采用同贡献、同报酬的薪酬分配体系，最大限度地激发员工潜能。这个体系的核心在于按照员工对企业贡献度的大小制定工资。鼓励新员工多努力、多做贡献，这有利于保持员工的工作积极性。

二是精神激励。在万方圆集团，只要员工在某个方面取得了一定的进步，在公司发展的特殊节点做出突出贡献、表现出色的团队和个人就有机会获得相应的奖励和荣誉。让每个员工都可以感受实质的被重视。精神激励就是通过企业对员工的高度评价，满足员工的心理需要，激发员工奋力进取的重要手段。对于一些工作表现比较突出、具有代表性的先进员工，给予必要的荣誉奖励，是很好的精神激励方法。荣誉激励成本低廉，但效果很好。

三是文化激励。万方圆公司的核心文化是"狼文化"，其核心是互助、团结协作、集体奋斗，这是万方圆集团的文化之魂。这一文化包含多方面的内容：对于专业领域敏锐的嗅觉，对于事业不屈不挠、永不疲倦的进取精神，对于企业群策群力的团队精神。万方圆的"狼"文化，适合大部分年轻人，特别是青年大学生。因为万方圆能够提供的不仅是薪资，还有一个可以充分展现、发挥自我的大舞台。这种文化氛围的激励是对人自我价值的体现，也是万方圆公司的目标与员工个人目标达成一致的契合点，实际上是一种双赢的结果；同时，万方圆一直强调企业和员工共命运的理念，让员工感觉在企业工作，其实也是为自己服务。万方圆在企业营造一种"家庭"氛围，丰富员工的生活，提升员工生活的品质。通过各种途径，为员工提供互相交流的机会，有利于形成和谐的同事关系，满足员工社会需要和归属需要。

四是目标激励。万方圆还善于通过确定适当的目标，诱发人的动机和行为，达到调动人的积极性的目的。目标作为一种诱引，具有引发、导向和激励的作用。员工只有不断地发起对高目标的追求，才能拥有奋发向上的内在动力。员工除了金钱目标外，还有权力目标或成就目标等。万方圆很善于将员工内心深处隐秘的目标挖掘出来，并协助他们制定详细的实施步骤，引导和帮助他们努力实现目标。当员工需要迫切地实现目标时。他们就会密切关注企业的发展，对工作产生强大的责任感，平时不用别人监督就能自觉地把工作搞好。这时，目标激励就会产生强大的效果。

五是尊重激励。我们常听到管理者说"公司的成绩是全体员工共同努力的结果"之类的话，看起来管理者似乎非常尊重员工，但当员工的利益以个体方式出现时，管理者又会说"我们不可以仅顾及个人的利益"或者"你不想干就走，我们不愁找不到人"，这时，员工就会觉得"重视员工的价值和地位"只是口号。如果管理者不重视员工感受，不尊重员工，打击员工的积极性，激励效果就会大打折扣。万方圆特别重视员工的感受，他通过制定考核机制等手段，把员工利益和企业利益紧紧结合在一起。他把员工当成了企业的主人，让员工对企业产生了归属感、认同感，满足了员工自尊和自我实现的需要，调动了员工的工作积极性。

六是培训激励。随着信息化、数字化、网络化的发展，知识更新的速度不断加快，员工知识结构不合理和知识老化现象日益突出，培训激励扑面而来。虽然员工在实践过程中能够不断丰富和积累技能，但他们也还需要通过学习、培训、深造等培训激励措施，进一步积累知识、提高能力。实现自我。万方圆创建培训学校，有效地对员工进行培训激励。培训成绩优异的员工，就会大大提高升职的机会。

七是反向激励。激励并不全是鼓励，它也包括许多负激励措施，比如淘汰、罚款、降职和开除。万方圆很少用淘汰激励，他认为这是一种惩罚性的控制手段。通过批评、降级、罚款、降职、淘汰等方式，制造压力，以否定某些不符合要求的行为。万方圆认为正面的激励效果远大于负面的激励效果。

万方圆说，好的企业都会有有效激励，无论采用哪种激励方式，关键要为企业的核心员工量身定制，以核心员工为导向。没有万能的激励制度，只有合适的激励制度，才能对自己的员工产生真正的激励作用！

管理离不开沟通

卡耐基曾经说过，一个人的成功，15%取决于知识和技能，85%取决于沟通。管理者的沟通能力，很大程度上决定着他的管理是否成功。

如果管理者不擅长沟通，那么在工作中，很多向上向下的反馈都会受阻。管理是在沟通中产生的，沟通可以把不愉快的事情变成愉快的事情，把不可能的事情变成可能的事情。

万方圆善于利用沟通技巧，与员工进行高效沟通，从而达到管理目的。

善于倾听。社会心理学家所说的"霍桑效应"，也就是所谓的"宣泄效应"。说的是美国西部电器公司的一家分厂叫霍桑工厂，为了提高工作效率，这个厂请来包括心理学家在内的各种专家，在约两年的时间内找工人谈话两万余人次，耐心听取工人对管理方面的意见和抱怨，让他们尽情地宣泄出来。结果，霍桑工厂的工作效率大大提高。这种奇妙的现象被称作"霍桑效应"。在日本，许多企业建立了职工发泄室，在美国，包括麦道在内的许多公司都建立了谈心部，使员工的物质、精神压力得以及时释放，这便是"霍桑效应"的应用。让员工将自己心中的不满发泄出来，有利于良好人际关系的重新搭建，从而提高员工的生产效率。

万方圆认为，很多时候，倾听比诉说更重要。倾听是管理者与员工沟通的基础，只有管理者善于倾听员工的心声，才能产生良好的沟通效果。万方圆跟合作伙伴或者员工沟通问题时，习惯先让对方说出想法，自己则认真地倾听。这样的沟通态度，能让对方感觉到自己被尊重，从而愿意表达出内心真实的想法。

沟通的目的是认同。万方圆认为，沟通是手段，认同才是目的。无数的事实证明，员工一旦认同了管理者的人格和人品，就特别容易认同管理者的决策，接受管理者的安排；认同永远是相互的，管理者想让员工认同自己，自己首先要先认同别人；彼此在互相认同的基础上，寻找共同点开始沟通，这样更容易引起思想和情感的共鸣。比如，万方圆的团队成员都是年轻人，他与他们沟通工作之前，如果先聊几句大家都在玩的游戏，然后再切入工作话题，这样就更容易达到沟通的目的。

把握距离。沟通时，如果彼此处在对等的位置，更容易发挥效应。万方圆作为集团的最高领导人，他与员工沟通时，看起来彼此是互动的，施加影响力是双向的，但彼此所处的位置并不对称。通常情况下，万方圆处于主动的一方，员工则处于被动的一方。为了赢得员工发自内心的认同，万方圆适当调整方式，缩小与员工的心理距离和感情距离，彰显自己的亲和力，这样有利于沟通的顺利进行。然而，心理距离并不是越小越好，如果员工对自己不够尊重，反而容易适得其反。通常情况下，沟通艺术的要点，就体现在距离的把握、火候的把握和角色的把握上。

比如，万方圆和员工聊起生活中的琐事时，热情随意平易近人，员工认为他没有领导的架子，更愿意向他敞露心扉。但是他跟员工谈工作时，就非常认真严肃，把员工带入工作的状态。根据不同的谈话内容，把握不同的距离，往往能"事半功倍"。与员工沟通前，通常都要确定好"恰当的目的"。朋友之间聊天往往是漫无目的的，但是作为管理者，都是带着目的和员工进行沟通的。

万方圆和员工沟通，有时是为了了解信息、验证自己的想法，有时是为了说服对方或者激励对方。确定了沟通的目的，再确定合适的沟通方法，就会提高沟通的效率。"恰当的沟通方式"直接决定着沟通效果，是正式沟通还是非正式沟通，是个别沟通还是群体沟通，沟通的方式要与目的相适应。

万方圆与员工沟通，通常会选择一个双方都认为比较"恰当的时间"。

如果员工家里发生了不太好的事情，情绪处在极其低落的状态，这时候他只会与员工聊些安慰鼓励的话题。要是此时与对方沟通工作，那沟通效果肯定不会特别好。万方圆与员工沟通工作上的问题时，通常都在办公室或者会议室。如果想了解员工的思想状态，就会选择在茶馆、酒吧之类的休闲场所，这就涉及选择"恰当的地点"。换位思考在沟通的过程中非常重要。如果能换位思考，从对方的角度来思考问题，更容易找到有效沟通的契合点，方便管理者掌握对方的心态，进行有针对性的沟通。很多时候，万方圆和员工的沟通也会出现意见分歧。毕竟每个人看待问题的视角不同、想法不同，这都是很正常的。这时候，万方圆就会说服自己，站在对方的位置上考虑问题。或者，他也会建议对方站在自己的位置上，转换视角看待问题。沟通从心开始，如果能做到换位思考，达成共赢的思维，彼此就会更容易达成共识。

松下幸之助说过，管理企业过去是沟通，现在是沟通，未来还是沟通。管理者善于和员工沟通，就会大大提高管理效率！

管理者的管理能力，直接决定着企业未来的高度。管理是一门综合性的科学，管理者要灵活运用管理技巧，提高管理效率，确保管理质量，避免管理浪费，才能为公司的可持续发展奠定坚实的基础。

第十章
企业文化

　　企业文化的本质是一种管理文化，其核心是企业的精神和价值观。企业文化是企业家人格和智慧的外化，是企业的灵魂，是推动企业发展的不竭动力。企业家是企业文化的缔造者和践行者，只有优秀的企业家，才能创造出优秀的企业文化。

万方圆的 LOGO

万方圆集团的 LOGO，是万方圆的个人卡通形象。他穿着红色的衣服，倔强地举着剪刀手，摆出类似"V"的形状，代表着事业一定会取得胜利，给人们留下了鲜明深刻的印象。

万方圆的 LOGO，传达出万方圆人的精神：只要永不放弃，坚持下去，一定会取得最终的胜利！

万方圆开始创业，就认识到 LOGO 对于企业的重要性。他根据自己倔强不服输的性格、乐观的心态，设计了这款深入人心的卡通形象。

LOGO 是徽标或者商标的外语缩写。它是企业的符号，是企业传递综合信息的媒介，承载着企业的无形资产。在企业形象传递过程中，LOGO 是应用最广泛、出现频率最高，同时也是最关键的元素。

LOGO 对于企业员工而言，是企业文化的象征。它统一了公司的形象，涵盖了企业的整体实力、管理机制、产品和服务，通过不断的刺激和反复刻画，深深地印在了员工的心中。LOGO 对于消费者来说，是品牌传播的媒体，是品牌核心价值的极致表达。优秀的品牌 LOGO 个性鲜明，能够让人产生美好的联想，便于识别、记忆，有引导、促进消费的作用，让品牌产品在众多的商品中脱颖而出。LOGO 是消费者认识一个品牌的开端，消费者对品牌是否有记忆点，有没有兴趣，会不会产生消费欲望，很大程度上都与对 LOGO 的第一印象有关。LOGO 是企业无形资产的载体，广泛应用于企业经营活动中。它随着企业的成长，价值也在不断增长。

万方圆是品牌的创始人，直接把创始人的形象用作商标，有利于把商标和品牌发展历史联系起来。创始人可以利用自己的名气和人格魅力吸引消费者。比如，万方圆凭着自己的努力，获得了各种荣誉，在南昌有了一定的名气。那么，他就可以借着自己的名气，进一步提高品牌的影响力。同时，随着品牌的发展壮大，也会提升创始人的影响力。万方圆的品牌越做越大，无形中也可以提升他的个人影响力。

万方圆选择用自己的卡通形象作为品牌LOGO，是因为他觉得卡通形象醒目且象征着旺盛的生命力，容易吸引人的注意力。卡通以其简洁夸张变形的造型手法、鲜明艳丽的色彩、风趣幽默的表情，给人的形象赋予了艺术特征。比如肯德基LOGO的原型就是创始人哈兰·山德士，山德士上校一身西装，满头白发及山羊胡子的形象，具有鲜明的特点。

万方圆选择卡通形象作为品牌LOGO，还有一个重要的意义，那就是给传统的餐饮行业赋予现代元素。在互联网时代，卡通形象作为代言人的优势被放大了。比如，互联网巨头企业，都钟情于用卡通形象作为企业LOGO：天猫是卡通猫，腾讯是卡通企鹅，百度是卡通熊掌，京东是卡通狗。人们下意识地会把卡通形象和互联网关联在一起。万方圆是个互联网餐饮品牌，卡通形象能够更好地体现品牌的经营特征。

大卫·奥格威说过，每一则广告都是为建立品牌形象所做的长期投资。万方圆精心设计的品牌LOGO，不仅体现了品牌的核心理念，也有利于品牌形成口碑宣传，达到了免费的广告宣传效果。万方圆的卡通形象LOGO，是企业无形的资产，赋予了企业无限的价值能量！

信念是成功的秘诀

我们常说："小企业做事，大企业做人，一流企业做文化。"在这个竞争日趋白热化的年代，企业之间除了产品和服务层面的竞争，还有管理与技术方面的竞争。其中，企业文化是企业竞争的重要砝码。

企业文化是企业创始人价值观的一种体现，影响着企业的运作和形象。创始人的愿景、价值观、性格、行为逻辑就是企业文化的种子。可以说，一个企业的气质、风格、氛围和气场，就是创始人的精神面貌和行事风格的具体体现。

企业文化来自企业创始人特定的企业精神，企业关键人物往往决定企业文化内涵。当然，只有企业家精神不一定会有相应的企业文化，还需要企业家通过一定的措施和管理，将自己认同的企业价值观注入企业的实际运作中，并逐渐地被员工认可和执行，才能形成对应的企业文化。

万方圆有着永不服输、坚忍不拔的性格，他的眼界格局以及价值观，对企业的发展都起到了决定性的作用。万方圆的精神风貌和行事风格，具体体现在企业运营的过程中，形成了独特的企业文化，成为企业发展的推动器，帮助企业得到了快速的扩张和成长。

万方圆拥有强烈的信念，他把这种信念传递给所有的万方圆人：我们要相信祖国、相信自己、相信团队、相信家人！

万方圆始终坚信："跟着国家走，跟着政策走，才能真正地与时俱进，企业才能得到更好的发展！"他相信祖国的伟大，相信国家的权威，坚决不做犯法犯规的事，不侵犯员工、加盟商和消费者的利益。发展企业必须自觉遵守着这样的原则，永远跟政府保持一致。

万方圆很庆幸，自己生长在这样一个伟大的国家，赶上了好时代。正是在政府的扶植下，企业才得到了更快更好的发展。如果离开了国家的支持，离开了政策的帮扶，他将一事无成。他在享受国家扶植政策红利的同时，也会努力回馈社会。

万方圆说过：只要精神不死，就没有做不成的生意！永远要相信，自己一定能成功！

他从初中辍学闯荡世界，到创业再到建立了自己的餐饮帝国。其间，他的事业曾多次从巅峰跌入低谷，但即使一败涂地、负债累累，他的精神也从来没有垮过。他心怀坚定的信念，相信自己一定能扛过所有的失败，迎来最终的胜利。当一个人坚信自己会成功的时候，就意味着他已经预订了通往成功的门票，成功的大门已经打开了一半，接下来拼尽全力去努力就行了。

万方圆始终相信自己能解决所有的问题，就没有什么困难可以击毁他。他坚信自己能取得成功，浑身就充满了奋斗的力量。随着每一次的进步，他变得越来越自信。这样就形成了一个良性循环，让他离成功越来越近，直到取得成功。

一个篱笆三个桩，一个好汉三个帮。万方圆人始终相信，团队的力量远大于个人的力量。团队协作能激发出团队成员的潜力，让每个人都能将力量发挥到极致。但是，一加一的结果却是大于二，团队工作成果往往能超过成员个人业绩的总和。在一个团队里面，只有大家不断地共享优势，不断吸取其他成员的优势，遇到问题齐心协力共同解决，团队的力量才会被发挥得淋漓尽致。

企业需要万方圆这样足够有智慧的人来制定企业战略和布局。同样也需要每一个万方圆人，去落地执行万方圆的战略和布局。万方圆非常善于把专业的事情交给专业的人去做，把自己解放出来处理更重要的事情。企业的大船要想乘风破浪扬风远航，需要船上每个成员的高度协作和努力。相信团队的力量，会产生强大的信念，可以帮助企业战胜所有的坎坷和困难，顺利地驶向成功的彼岸。

每个万方圆人奋勇拼搏的背后，都离不开家人的支撑，万方圆对此更是有着深刻的理解。他在创业中遇到挫折时，他的家人和朋友总是无原则地站在他身后，在经济上支持他、在精神上鼓励他！可以说，没有家人朋友的支持和帮助，万方圆不可能如此迅速地建立起如此庞大的餐饮帝国。

每个万方圆人可以心无旁骛地为企业工作，都离不开家人的默默支持。家人是万方圆人努力的动力。万方圆人努力拼搏，是为了让企业得到更好的发展，也是为了让家人过上更好的生活。企业和个人的关系是"一荣俱荣，一损俱损"。同样的，万方圆人在工作中遇到了挫折和困顿，家人守好后方，就是对万方圆人最大的支持。家人的安慰和鼓励，也会给万方圆人带来无与伦比的力量。

相信是成功的起点，坚持是成功的终点，信念是成功的秘诀。相信成功的信念，比成功本身更重要！

不忘初心，勇敢拼搏

成功的企业家身上，都有一个优秀的品质，那就是勇敢！

歌德说过："勇敢里面有天才、力量和魔法。"可以说，勇敢是创业者的必备素质。美团创始人王兴谈及自己创业优势的时候表示："是勇敢吧，勇敢到傻瓜的状态了！"创业时前怕狼后怕虎，那只能一事无成。阿里巴巴当年做支付宝，面临各方面的风险，关键时候，马云说："如果要坐牢，我去！"如果马云当年不够勇敢，那就没有后来的蚂蚁金融。

万方圆人给"勇敢"这个词语，赋予了更加具体的含义：勇往前行，勇于担当、勇于创新、勇于挑战！

万方圆是个勇敢的人，他认为，既然选择了创业，那只能负重前行，勇往直前。创业没有坦途，投入了金钱、时间、经历等成本，随时还要面临一败涂地的境地。但是如果遇到挫折就放弃，那就真的一败不起了。只有咬紧牙关，勇敢地往前走，才可能有绝地反击的机会。勇敢地一直往前走，不认输，就会赢！

很多人都追求朝九晚五的安稳工作，确定性的升级与回报，这样没什么不好，随波逐流也是一种生活态度。但是，创业者不能这样，从某种意义上说，创业是逆反人性的，创业者注定是特立独行的。既然选择了创业，只能义无反顾砥砺前行！

企业要想赢得发展和未来，必须要有勇于担当、善于担当的精神。万方圆是个有担当的人，他做餐饮品牌是为了自己的事业，更是为了"让世界通过美食了解江西"，他的担当精神由此可见。

在万方圆的引领下，万方圆人形成了强烈的担当意识。担当就是承担责任，是遇到矛盾不绕道、碰到困难不退缩，是精神的升华，是不屈的意志。万方圆人不论职务高低，都承担着一份企业责任，这份责任就是岗位职责。大家要履行好自己的职责，就必须将岗位当成阵地，敢于直面职责所面临的困难，敢于正视履行这份职责所带来的得失。面对矛盾敢于迎难而上、面对困难敢于挺身而出、面对失误敢于承担责任。

勇于担当不仅需要勇气，还需要能力。如果没有能力作保障，勇于担当只是一句空话。万方圆人有敢于担当的勇气，有勇于担当的觉悟，还善于通过培训、学习等途径，提高自己的专业技能和综合素质。能力是担当的底气，没有能力的担当，可能就会出现事与愿违、好心办坏事的后果，甚至酿成大错。

创新精神是企业发展的不竭动力，是企业文化的灵魂和精髓。万方圆人勇于创新的精神，为企业注入了无限的活力。企业故步自封，跟不上时代的发展，那只能被市场无情地淘汰。万方圆用互联网思维做传统餐饮，本身就有创新精神。

创新精神对企业的发展起着举足轻重的作用，万方圆意识到，只有把创新意识融入每一位员工的工作中，才能真正形成企业的创新精神。如果每个员工都有极强的创新意识，不就是为企业发展提供了宝贵的智慧财富吗？比如，不断地创新菜品提高消费者的就餐体验，这样的创新就是有价值的，就是切实可行的。

勇于创新，需要不断地引进优秀人才。因为人才是创新的"源头活水"，人才聚集，创新才能水到渠成。勇于创新既是企业的生存发展之道，也是企业对国家、对社会的责任。而且，这种创新不仅是坚持研发新产品，还包括企业管理、经营理念、用人机制等"软件"方面的创新。企业只有形成了浓郁的创新氛围，才能激发强大的生命力，才能在激烈的市场竞争中脱颖而出。

"失败者任其失败，成功者创造成功。"人生处处充满挑战，成功的关键在于你是否敢于接受挑战，是否有挑战挫折的气魄。创业的道路布满了荆棘，只有那些勇于挑战的人，才能取得最终的成功。有研究表明，胜利者都是那些喜欢主动出击、敢于挑战的人。

万方圆人勇于向所有的困难提出挑战，遇到问题决不退缩。万方圆人的核心理念就是："我们真正的业务，就是及时解决问题。"勇于挑战是解决问题的动力和钥匙，解决掉问题排除了困难，对于万方圆人和企业来说，都是勇敢地迈上了一个新台阶。

这是一个充满机遇与挑战的时代，只有那些勇敢的人，才更容易获得成功。那些畏首畏尾原地踏步的人，最终只能一事无成。当然，勇敢不是不顾一切的鲁莽，而是以成功为目标，经过睿智理性的分析和判断之后的勇往直前。

初心易得，始终难求。只有那些勇敢的人，才真正懂得坚守和拼搏，才会获得最终的成功！

学习是成功的捷径

如果说，通向成功的路途有捷径，那这个捷径就是学习。

我们处在知识经济时代，知识更新步伐加快，技术创新层出不穷。要想把握时代的脉搏，跟上时代的节奏，个人需要终身学习，企业也需要形成浓郁的学习氛围。现代企业之间的竞争，归根到底是人才与科技的竞争，对企业而言，学习是创造能力和创新能力的源泉，是企业唯一持久的竞争力。

万方圆初中辍学就开始闯世界，颇有传奇色彩的打工经历、丰富的社会阅历，都为他积累了深厚的实践经验。他创业初期的得心应手与他的经历是分不开的。可以说，万方圆是在社会这个大熔炉里淬炼成钢的。

然而，没有经过系统的学习和教育，没有读过大学，一直是万方圆心头最大的遗憾。万方圆在事业进入稳定的发展轨道以后，恨不能一天有三十个小时用来工作，但他还是在百忙中，抽出大量的时间和精力用来学习，提高自己的综合素质。

2015 年 3 月到 2017 年 7 月，万方圆在北京外国语大学国际经济和贸易学院，进行了系统的学习。经过两年多的学习，他系统掌握了经济和贸易相关的基本理论和基础专业知识，市场经济贸易的运行机制，国家经济贸易的方针、政策和法规，中外经济贸易发展的历史和现状；提高了运用数量分析法和现代技术手段进行经济贸易分析和实际操作的能力。经过学习，万方圆对经济和贸易，形成了独有的思维和态度。他能够从更高的层次去审视各类经济和贸易现象，从本质上去分析人与人、集体与集体之间的经济贸易往来活动规律，从根本上去理解企业利润的产生与经营模式。

在此之前，万方圆只是个草根创业者，经过专业的学习和培训，万方圆了解了经济贸易的理论基础和知识，成长为一名知识型优秀企业家。他可以用更加专业和广阔的视角去对待创业这件事情。

2021 年 10 月，万方圆进入长江商学院进修 EMBA，在那里，他学习到了更多商业知识，也结识了许多优秀的企业家。一个人只有和优秀的人在一起，汲取学习他们的闪光点，才能变得更优秀。学习过程中，万方圆也积累了大量的人脉资源，这对他的创业都大有益处。

万方圆建立了餐饮品牌的供应链，餐饮供应链前端是农业产品，为了掌握科学种植的农业知识，他得空就去参加农业培训学习。他不肯放过任何学习的机会，从多方面着手提高综合素质，让自己得到了快速的成长。

万方圆除了坚持不懈地学习外，还把学习理念融入企业文化中，倡导建立学习型企业文化。万方圆人通过学习提高综合素质，学习先进的管理技能和专业技能，人员素质上去了，企业的各项运营活动就有了基础保障。

建立学习型企业文化，是企业适应时代发展的迫切需要。学习型企业文化，就是在企业文化发展过程中导入学习型组织理论，以此来引导企业成长为学习型企业的一种组织文化。

万方圆高度重视人员素质的全面提高，注重企业和员工的协调发展。他认为，学习型企业文化是一种鼓励个人学习和自我超越的企业文化，通过学习力提升创新力，从而达到增强企业和员工竞争力的目标。

为了调动大家的学习积极性，万方圆带头带领团队和员工，树立学习型价值观。相同的价值观是连接企业与员工的纽带，它约束和支配着员工的行为。要想让大家树立起积极学习的价值观，就要在员工中倡导学习理念，通过开展各种学习活动，宣传学习的意义，让每个员工明白：学习是生命的源泉、是竞争取胜的法宝、是实现人生价值的阶梯。

在万方圆的倡导下，企业为员工搭建和提供各种学习平台。万方圆集团创办的"万方圆大学"，称得上是最系统的学习平台。除此之外，为员工提供网络学习平台、图书资料库平台、培训平台、会议平台等，实实在在地为员工创造学习条件。企业拥有日趋完善的内外培训制度，为员工提供及时更新的专业知识。现代网络化的办公条件，为员工提供更多的学习机会。

学习不能是强加式的，企业如果只是把学习纳入工作计划，搭建一些硬件设施，可能会沦为面子工程。企业需要建立一种人人学习、共同进步的文化氛围，积极倡导"在工作中学习，在学习中工作"的思想，为员工创造良好的学习环境和机会，使学习成为企业的一种文化和机制。

万方圆人在长期的工作实践中，树立了终身学习的理念。万方圆人深深地意识到，只有具备了对新知识、新经验、新技术的吸收、消化和创新使用能力，才能不断提高竞争力、拓展发展空间。

万方圆以身作则以点带面，积极地通过各种渠道开展学习，让自己永远保持学习状态。他利用自己的地位和影响力，切身践行"学习是通向成功的捷径"的价值观。企业员工是企业文化的继承者，在万方圆的带领和倡导下，万方圆人充分发挥主观能动性，学习欲望旺盛，养成了通过学习解决困难的良好习惯。

万方圆集团处在一个快速发展的时期，积极营造学习型企业文化氛围、建立学习型企业文化，就显得尤为重要。万方圆人以企业发展战略为导向，通过学习充分调动大家的积极性，通过学习来解决困难促进发展，提升集团科学管理水平，加快集团前进步伐，永葆企业蓬勃发展。

专注力就是成功力

拿破仑说过，专注是人生成功的神奇钥匙。对于创业者来说，专注力就是成功力。

乔布斯于1984年被苹果公司开除，1997年重返苹果公司，当时的他发现公司的产品非常多。当时的苹果公司正在垂死挣扎，乔布斯采取的战略很简单，那就是专注！乔布斯砍掉了众多品类，只集中生产4款产品：面向消费者和专业人士，只生产各有两种型号的台式电脑和笔记本电脑。乔布斯意识到"决定不做什么和决定做什么同样重要"。

优秀的人之所以优秀，往往是因为他具备普通人所缺少的优秀品格。

万方圆的事业之所以能得到快速的发展，这与他具有极强的专注力是分不开的。

所谓的专注力，就是能够在一定时间之内专心致志于一件事情，全力以赴把这件事情做到极致。万方圆曾经说过："一切始于专注！"他首先专注于自己的梦想和目标。万方圆创业是为了赚钱，为了让家人过上更好的生活，更是为了体现自己的价值，实现自己的创业理想。当初，他积累了一定的资金开始创业，就确定了自己要在餐饮行业精耕细作。他要从一个小饭店做起，打造自己的餐饮连锁帝国。后来，随着他事业版图的快速扩张，他从草根创业者成长为有社会情怀的企业家。他对理想、价值等方面的认知已经提升到了新的境界，但是，深耕餐饮行业的初心却从来没有改变过。

万方圆创业成功的一个关键性决定，就是专注开发瓦罐汤和米粉。把时间和精力都专注在主打产品上，才更容易做出成绩，形成自己的优势和影响力，从而吸引消费者的关注。

万方圆认为，专注等于坚持。从某种意义上来说，专注就是一种坚持的过程。这是一个瞬息万变的时代，很多创业者之所以失败，就是这山看着那山高，频繁地变换创业领域，或者遇到点困难就放弃。专注于自己的选择，无论遇到什么挫折和困难都不要放弃，坚持下去，成功只是时间的问题。

在一个组织中，领导者的思想和言行会影响到其他组织成员。万方圆作为企业的领导者，他的专注力无论是否被公开陈述，都会诱发团队成员和员工的专注力。万方圆人会根据领导者关心的议题，选择自己的关注方向。这种连锁反应使万方圆肩负更多责任。他不仅要引导自身的专注力，还在更大范围内引导他人的专注力。

万方圆集中自身专注力，然后通过自己的领导力，吸引他人也产生专注力，最后获得并维系万方圆人的专注力。万方圆摸索出一套引领下属和员工产生专注力的方法。首先，专注组织氛围和文化。在企业内部倡导大家专注工作，营造相关的文化氛围，这属于内在关注。倡导大家要意识到专注的重要性，并且把这种观念融入自己的工作生活中，认真对待自己的岗位工作。只有每个人都专注地把自己的工作做好了，那企业这台大机器才能维持高速有序的运转，从而有效地提高收益。其次，专注企业所处的竞争环境，这属于对他人的专注。专注不是画地为牢故步自封，只顾埋头做自己的事情，而忽略了关注市场的变化。市场发展瞬息万变，万方圆人在专注工作的同时，还要关注市场。一旦市场发生了风吹草动，大家就要随时调整工作思维和方向，保证企业能在残酷的竞争中脱颖而出。比如，要关注竞争对手的动向、关注消费者的用餐体验和需求等，从而及时调整企业的产品结构。最后，还要专注企业所处的宏观环境，这属于外在专注。万方圆的餐饮品牌，在当地算是一个有影响力的品牌。万方圆是个有社会责任的企业家，企业也得到了政府和社会各界的支持。要想维持企业在宏观环境中的地位，万方圆人就要不遗余力，保持企业所处的优势地位，为社会创造更多的价值。

高专注力的领导者，能够平衡好内在专注、对他人的专注以及外在专注三者间的平衡，从而让企业得到更好的发展。

专注力是一种可以通过刻意练习来提升的能力，通过科学的练习，每个人的专注力都可以得到提升。具体的方法，可以从持久度、深度、集中度和切换度四个维度来进行训练。

持久度是我们专注某一件事上时间的长短。比如，大家对着电脑工作，坚持不了多久，就想喝水想去厕所，甚至想翻手机浏览网页。万方圆企业制定了相应的岗位制度，有益于员工提高专注工作的时间长度。深度指的是我们专注于某件事情时，大脑思考的深度。我们大脑思考得越深，越容易出成果。如果只是浮于表面去应付，很难解决一些复杂性的问题。善于通过深度思考解决问题的员工，往往会获得更多的发展机会。集中度简单理解，就是避免一心二用。如果我们在思考时，在不同的任务和目标之间来回切换，势必会消耗大脑的资源，从而影响大脑的集中程度，导致效率低下。切换度是从一个目标切换到另一个目标的能力。很多人专注力较差的一个重要原因，就是不能自由切换专注力。比如正在做这件事情，大脑却还陷在上一件事情中拔不出来，这样做事的效果可想而知。被称为"微信之父"的张小龙说过，乔布斯最伟大的地方在于大脑能在 1 秒钟之内，迅速清空进入新的思考目标，马化腾需要 3 秒，他自己需要 10 秒。这也就意味着，这些互联网大咖具有极强的切换度，专注力非常高！

专注力高的人更容易取得成功，具有专注力高的领导和员工的企业，更容易得到长远的发展！

"用心"是一种使命感

从字面上看，"用心"就是集中注意力。它有三个支撑点，那就是洞察入微的观察力、及时准确的判断力以及全心全意的执行力。"用心"其实就是一种使命感，就是为了一个目的而进行全方位的思考。

万方圆人给"用心"这个概念，赋予了更为深刻的含义：用心做人，匠心做事，以人为本，全心投入！

马云曾经说过，如果一辈子都做事的话，忘了做人，将来一定会后悔！优秀的企业家，都懂得做事先做人的道理。做事先做人，这是亘古不变的真理。一个人无论多聪明多能干，背景多好，如果不懂得做人，不懂得提高自身的品德修养，那么他的事业将会大受影响。所有的成功者也都有其必然性，其中最重要的一个因素就是懂得用心做人。一个人的品德决定了他的命运，一个企业的风气也决定了它能走多远。

用心做人，是万方圆人的人生价值观之一。万方圆跟身边人讲过一个故事：有一家外资企业要招聘一名技术人员，待遇十分优厚。招聘信息发布后，应聘者蜂拥而至。有个应聘者在考卷中看到问题："您所在的企业或曾任职过的企业经营成功的诀窍是什么？技术秘密是什么？"几乎没有什么犹豫，他写下了"无可奉告"几个字。最后他获得这份工作，因为他不愿意为了个人的利益，而出卖原单位的商业机密。一个人无论面对多大的诱惑，都不可出卖自己的人格。过分追逐名利，这样做只会败坏自己的品德，做出违背良心的事情来。

万方圆总跟身边的人强调："我们要守住自己的本心，守住我们做人的底线。高尚的品德是金子，它的价值远远大于任何货币资本！"在万方圆身体力行的影响下，"用心做人"成为企业的一种价值观。大家都"用心做人"，那么做出来的就是深受消费者欢迎的"良心产品"。这样的企业就会获得消费者的信赖，从而得到更好的发展。

匠心做事，是万方圆人"用心"价值观的重要内容之一。提到匠心，就不可避免地要谈到工匠精神。那么什么是工匠精神呢？有些人将工匠完全等同于手艺人，觉得就是一群卖力、笨拙且不断重复的劳动者。其实，对于现代社会而言，工匠的核心不是制作，而是心态，是一丝不苟、精益求精的精神，是对匠心、精品的坚持和追求。

可以说，成功的创业者都具有工匠精神。创业本来就是一条风险极大的路，没有资源，没有资金，没有渠道……各种问题摆在面前，工匠精神可以推动创业者坚持下去，一路升级打怪，解决各种问题。用心打磨产品，将产品或服务做到极致。

万方圆人"匠心做事"的精神，体现在他们对产品加工每个环节的精打细磨精益求精。他们不忘初心，打造精益求精的产品、渠道、品牌，将企业不断做大做强。企业每个人都本着"匠心做事"的态度。

"以人为本，全心投入"也是万方圆人"用心"的具体体现。所谓的以人为本，并不是以员工为根本，牺牲企业利益。当然，更不是牺牲员工的利益来换取企业的利益。而是企业通过资源优化，最大限度地保障员工利益，让他们没有后顾之忧，从而全身心地投入到工作中去。以人为本的真正内涵，是企业通过关爱员工，激励员工发挥最大能动性，从而促使企业健康持续发展。

万方圆紧盯市场与利润的同时，还把很大一部分的精力，放在关爱员工方面。他做到了以人为本。有一次，万方圆要参加餐饮行业的一个交流会，但是，就在同一天，他得知有个员工给家里的老人过寿。万方圆毫不犹疑地让团队的另一个管理者代表他参加交流会，自己赶到酒店，帮助员工张罗寿宴。这位员工没想到，老板会在百忙之中关注自己的家事，心里特别感动。

企业想方设法给员工提供优厚的薪资和福利，真正关爱员工的生活和工作，员工才会心甘情愿为企业全心投入。所有的员工都全身心投入地工作，企业自然就会得到稳定长久的发展。

万方圆不会把大道理挂在嘴上喊口号，他只是用心做人，踏实做事，给企业员工树立了良好的榜样。低调做人，高调做事，做人如水，做事如山，这样的领导者才能带领出高素质的员工。具有高素质员工的企业，才能得到更好的发展！

在变化中求发展

古希腊哲学家赫拉克利特说过：世界上唯一不变的就是变化。

我们处在一个日新月异的发展时代，身边的环境时刻都在变化。所谓变化，有从旧到新的变，也有从无到有的变。处在变局之中，我们面临着各种各样的现实需求，传统的思维难以应对新出现的问题，唯有准确识变、积极应变、主动求变，才能在变化莫测的形势中谋求新的发展。

从某种意义上说，创业的过程就是在风云变幻的环境中探寻正确的方向，并且拼尽全力勇往直前的过程。很多人创业之所以半途而废，往往是害怕应对突如其来的变化，或者对变局缺少正确的判断力，从而导致了失败的结局。

　　万方圆是个锐意进取的人，他擅长在动荡的形势中，准确识变、积极应变，从而杀出重围。不仅如此，他还主动求变，掌握主动权，带领企业得到快速发展。

　　准确识变，就是在"变"中找到发展的本质。变化代表着风险与机遇，准确地在变化的风口中抓住红利，还是被风撕裂成碎片，这就需要创业者对当前的新形势，有个准确的判定和认识。比如，万方圆决定在餐饮行业创业，他便意识到，随着互联网的发展，传统的餐饮行业正在面临着巨大的变革。只有搭乘互联网的快车，传统餐饮行业才能焕发出新的生命力。其实，餐饮同行都意识到了互联网对餐饮的影响，做餐饮堂食的同时，几乎都开辟了外卖版块。万方圆与同行的区别，就是敢于投入较大的成本做网络运营。他敏锐地捕捉到了网上平台的潜力和价值，他坚信只要踏踏实实做产品，通过运营提高产品的影响力，所有的投入都会得到回报。万方圆取得成功的重要原因之一，就是他对自己所处的商业环境有准确的判断。一个人只有把握时代的脉搏，并且让自己与当前的环境保持同频，顺应时代的潮流，才能得到更好的发展。

　　积极应变，在"变"中找到发展的方法。面对身边发生的各类"变化"，如果抓不住其中潜藏的机会，就会错过起飞的风口。准确识变后，我们要积极应对变化，采取有效举措，在"变化"中寻求发展的方法，把握发展的机会。很多人之所以安于现状，就是基于对未来不可知的恐惧。其实，世间万事万物的发展变化，都遵循着一定的规律。我们只要掌握了这种规律，就更容易摸索到应对变化的良好措施。万变不离其宗，最好的应对方法就是"以不变应万变"，万方圆深谙其中的道理。比如，无论他所处的竞争环境发生了哪些变化，他都坚持"用户至上"的基本原则，把消费者的用餐体验放在第一位。围绕消费者的需求不断地研发新产品，调整产品结构，其实就是在"以不变应万变"。

主动求变，用"变"找到发展的突破口。创业者根据所处环境发生的变化，积极运用措施应对变化，可以有效保证企业跟上时代发展的脚步。然而，为了应对变化而变化，是一种被动的变化，很容易被主动求变的企业抢了先机。随着事业的进步，拥有了一定的资本和资源以后，他就开始主动求变，寻求更好的发展途径。主动求变是一种承上启下的动作，梳理总结过去的经验，主动创新向上提升，没有条件创造条件，没有风口就创造风口。当然，主动求变不是好高骛远瞎折腾，而是有基础、有原则、有规划，脚踏实地遵循客观规律，最终达到求变的目标。比如，万方圆品牌连锁店发展到了相应的规模，他就及时地创建供应链，降低成本的同时提高了利润率。

万方圆的"求变"思想，为企业注入了发展活力。万方圆人受此影响，开始正确地理解"变化"，勇敢地面对"变化"。万方圆人懂得了，"变化"并不是洪水猛兽，而是挑战和机遇。只有准确识变、积极应变、主动求变，个人才能在变化中得到成长，企业才能保持发展活力，变得越来越强大！

企业的"花名文化"

近几年，企业间开始流行起一种"花名文化"。也就是公司内部，每位员工给自己取一个花名，同事之间不用真名实姓，而是以花名称呼对方。花名文化是企业价值观的一种表现形式，深受年轻人的推崇和喜欢。

万方圆集团管理层几乎都是年轻人，他们年轻活跃朝气蓬勃，喜欢用游戏或者动漫人物的名字为部门和员工起花名。集团被称为"斗罗大陆"，部门名字被称为"唐门""海神岛"等各大帮派。万方圆的花名是"唐三"，马姑娘的花名是"小舞"，还有"朱竹清""唐龙"等。

真正把"花名文化"发扬光大的人是马云。马云喜欢武侠，阿里成立之初他就给自己取花名为"风清扬"。马云说："金庸小说里的很多人物我都特别喜欢，但最喜欢的是侠客行里的石破天，他简单，他执着；另外比较喜欢的就是风清扬，他是个优秀的老师。"马云身边的人，也都有自己的花名：曾经的阿里 CEO、董事局副主席陆兆禧的花名叫做"铁木真"，阿里现任 CEO 张勇花名为"逍遥子"，阿里巴巴 18 名创始人与合伙人之一的彭蕾花名为"林黛玉"……可以说，"花名文化"在阿里被发挥得淋漓尽致。

腾讯员工则喜欢用英文名作为自己的花名，"鹅厂"新人入职前首先要做的事情，就是给自己起一个高端大气上档次的英文名。腾讯公司的五个创始股东：CEO 马化腾、CIO 许晨晔、CTO 张志东、COO 曾李青、CAO 陈一丹。他们的英文名分别是：Pony、Daniel、Tony、Kney、Charles。

互联网公司给员工起花名，原因大同小异，无非是在鼓励员工内部平等沟通，拉近人与人之间的距离。对于互联网公司来说，很多员工并不擅长表达，但是员工在取花名时却能展现自己的内心世界。花名更像是自己给自己定的标签，人的名字在出生时就被家长决定了，但花名可以自己决定，是表达自我的一种方式。

"花名文化"是互联网公司的标配，万方圆推行"花名文化"，契合企业"用互联网思维做餐饮"的经营理念。年轻的消费者群体都喜欢玩游戏，万方圆用游戏中的部落名字和人名当作花名，可以有效地拉近品牌和年轻消费者的距离，从而提高消费者的黏性。

"花名文化"可以让企业员工更加团结。年轻人喜欢玩游戏，明白在游戏中要想顺利通关解锁，就需要团队成员间互相配合。员工在企业中互相叫花名，无形间就被紧密地团结在一起，从而激发员工的核心能力，提高工作效率，为企业创造更大的价值。

"花名文化"可以让员工在企业当中有获得感，只有把企业与家文化相融合，才能让员工喜欢待在企业里面工作生活，如果一家企业的员工不想待在企业里，那么企业的经营无疑是失败的。而"花名文化"可以帮助企业做到这一点，让更多的员工愿意待在企业，也能从精神上获得更多的满足感。

"花名文化"可以让企业更有核心竞争力。员工相互团结，有了一定的获得感，那么企业管理员工就会相对容易。企业管理效率提高之后，核心竞争力就会随之提高。

一家企业的文化能否强大，主要是看企业的核心竞争力。如果企业拥有很强的核心竞争力，企业文化就会变得非常强大。万方圆集团的"花名制度"，有效地促进了企业内部文化的重塑，增加了员工对集团的认同感和归属感。"花名制度"在加强企业文化建设方面，起到了非常重要的作用。

随着市场经济快速发展，越来越多的企业家都认识到，企业文化建设对于企业发展的重要性。企业文化是企业的核心竞争力，加强企业文化建设，营造良好的工作环境，对企业发展有着重要的意义！

第十一章
社会责任

任何企业都存在于社会之中，都是社会的企业。因此，承担社会责任，是一个企业家应有的情怀。与此同时，承担社会责任，也是企业孕育机会、推动创新和创造竞争优势的重要来源。可以说，只有切实履行社会责任的企业和企业家，才符合时代要求，才能真正得到社会认可。

做有担当的企业家

稻盛和夫说:"我一直认为为他人,为社会尽绵薄之力是一个人行为的最高境界。"对于企业家来说,带领企业创造利润积累财富很重要,但是,更应该具有社会责任,尽自己最大的力量去回馈社会。

企业的社会责任的概念,首先由美国学者阿尔比恩·斯莫尔最先提出,他认为,不仅仅是公共办事处,私人企业也应该为公众所信任。1953年霍华德·R.鲍恩出版了《企业家的社会责任》一书,宣告企业社会责任观念的确立。随着社会经济的发展,关于企业的社会责任,目前被普遍接受的观点是:在现代市场经济条件下,企业在创造利润、对股东利益负责的同时,还要承担对员工、对消费者、对社区和环境的社会责任。

世界电器之王松下幸之助是日本松下电器公司的创始人。他的企业从一个3人的小作坊起步,经历了半个世纪的拼搏,发展成为拥有2.5万职工的跨国集团。在几次大的经济危机冲击下,许多企业都纷纷倒闭,松下公司却坚韧地活了下来。松下及其企业的成功,与他在商业经营中始终勇于承担社会责任这一点是密不可分的。松下创业初期,便以"永远为民众服务"为经营理念,希望通过自己的努力,方便和改善民众的生活。他以"高于他人的质量,低于他人的成本,优于他人的服务"为宗旨,以生产更实用、更方便、质量更好、价格更便宜的商品为己任,因此赢得了市场的赞誉和认可。松下公司善待员工,在物质上给职工以优厚的待遇,在日本率先实行五天工作制、男女薪酬平等制。在经济大萧条时期，许多企业因经营困难只好停产裁员，松下的做法是："工人一个不减，生产实行半日制，工资按全天支付。"同时组织员工利用闲暇时间推销商品、搞技术培训、关照顾客和检修机器等，此举获得了全体员工的一致拥护，大大增强了公司的凝聚力和抵御困难的能力。正是松下始终为民众服务的经营理念，使其成为日本的"经营之神"。

在商业经营史上，与松下一样因为承担社会责任而获得成功的企业和企业家数不胜数，李嘉诚和他的长江实业集团、比尔·盖茨和他的微软公司……人们记住的不仅是他们创造的产品和物质财富，还有他们对社会奉献的爱心。

万方圆是个有责任感的人，他对企业和企业家应该承担的社会责任，有着朴素而深刻的理解。他认为，经营企业是一种"对各种社会资源的总体性运作"。他认为，企业赚的钱来自于社会，那么企业自然就要回馈社会。

万方圆凭着高瞻远瞩的商业眼光和坚忍不拔的毅力，打造了自己的餐饮帝国，从普通创业者成长为一名优秀的企业家。他认为，企业家本质意义上的成功，不在于创造了多少利润，而是带领企业为社会做了多少贡献。

万方圆认为，企业社会责任主要分为两个方面：一方面是从企业内部看，要合法合规经营，保障员工的尊严和福利，要把企业经营好；另一方面是从企业外部看，可分为经济责任、文化责任、教育责任、环境责任等。

所有的企业都是社会的企业，要践行社会责任，首先要把企业经营好。彼得·德鲁克曾经说过：对于一个企业家来说仅仅是做得好还是不够的，还必须做好事。然而，为了做好事，首先必须做好企业。企业最基本的社会责任就是把企业做好，这是企业履行其他社会责任的前提和载体。

必须牢牢把握搞好自己的企业是最基本的社会责任的底线。

企业可以通过各种途径践行社会责任，但是最基本的层面，是端正经营态度。尽可能扩大销售、降低成本、正确决策、保证利益相关者的合法权益。符合社会道德理念和政府相关法规的行为，比如提高员工福利待遇。企业必须在遵纪守法方面作出表率，遵守所有的法律、法规，包括税法。永远把消费者的利益放在第一位，把员工利益、员工发展放在第二位，把股东的利益放在第三位，这才是一个健康的发展模式。企业从发展规划到内部管理制度，从原料采购到生产过程，从内部员工到外部客户等方面，都应该承担相应的社会责任。企业要有比商业成功更高的追求，要做到经济效益与社会效益双赢。企业要在实现盈利的过程中，承担更多更大的社会责任。

就经济责任而言，企业要为社会创造财富，提供合格的甚至优质的物质产品，改善人民的生活水平；从文化责任和教育责任方面看，企业主要为员工提供符合人权的劳动环境，教育职工在行为上符合社会公德；就环境责任而言，企业在生产的过程中，要符合环保要求。

社会责任内涵非常广泛，有社会责任感的企业和企业家要做的事情有很多。比如，在积极发展经济、协调劳动关系的情况下，努力扩大就业率。企业和企业家对劳动者就业问题不能袖手旁观。企业要在理顺劳动关系的基础上，切实为提高社会就业率做一些实事。

承担更多社会责任的企业，更有可能树立良好的公众形象；对消费者负责的企业，更有可能赢得顾客与市场；诚实守信的企业，更容易得到政府、投资方及消费者的支持。对企业家而言，企业承担社会责任，就意味着收获更好的经营环境和更多的资源支持，这是一项最长远的"投资"！

最美的逆行

后疫情时代，很多企业面临着不同以往的挑战和机遇。但是，很多企业在艰难的时刻，依然选择了去做公益。马云说，企业做大的同时肩负的是社会的使命！在这场抗疫的战斗中，中国企业家表现出了强烈的社会责任感。他们不仅慷慨捐赠，第一时间把医疗物资捐到需要的地方去；同时，他们还献爱心，为疫区的同胞以及在疫区作战的医护人员和志愿者，做一些实实在在的事情，体现了企业家的责任和担当。

春节对于万方圆来说，不是休息的假期，而是生意火爆赚钱的契机。2020 年春节前，万方圆备好了货，安排好了值班人员，准备趁着同行过年歇业大干一场。然而，计划不如变化快，一场疫情突然而至，大家的生活都受到了影响。对于餐饮行业来说，这种影响简直是致命的。随着全省开始实施隔离政策，万方圆的餐饮门店只好关门歇业。人们居家隔离，社会这台大机器几乎陷入了停止运转的状态。万方圆是个闲不住的人，强烈的责任感让他急切地想为社会尽些绵薄之力。店里有工作人员，有存货，他没有过多的犹豫，决定为抗疫一线的工作人员送爱心餐。

万方圆每天早上要做 1000 份早餐，他和店里的工作人员计划了一下，要想赶在早餐时间，把米粉分别送到一线抗疫人员手里，而且还要保证米粉是热乎的，他们就要在凌晨 3 点起床做准备。

就这样，每天早上 3 点，人们都还在睡梦中时，万方圆和工作人员就起床为 1000 份早餐做准备。5 点钟，他们把打包好的早餐装车，然后送往街道办、环卫所、交警大队、派出所、医院等抗疫战士的执勤点。

有个环卫阿姨，捧着热乎乎的米粉，禁不住热泪盈眶："太感谢你们了，你们太辛苦了……"

"你们为了抗疫不眠不休，更辛苦！"万方圆衷心地说道。

病毒无情，社会有爱。特殊时期，万方圆送的是热乎乎的早餐，更是一份暖意融融的关爱。大家互相鼓励，抱团取暖，坚定了战胜病毒的信心，这一刻，病毒好像也没有那么可怕了。

疫情肆虐，人们都居家隔离。万方圆团队却在街头送早餐，他们也是抗疫战士，是最美的逆行者。

万方圆为了送早餐，每天在外四处奔波，大大提高了感染病毒的概率。可以说，他和员工是冒着生命危险在做公益。万方圆担心自己有感染病毒的概率，做公益期间他一直没有回家。他在店里放了张行军床，实在累得不行了，就在行军床上打个盹。

深夜里，万方圆裹着大衣躺在行军床上，想到当初开始创业时，就是这样没白天没黑夜地连轴转，累极了也是这样睡在行军床上，内心不禁感慨。只要不怕苦、不怕累、不怕输，坚持下去，就一定能干一番事业。然而，什么是真正意义上的成功呢？创业的目的，是为了扩大企业规模，是为了赚更多的钱。但是，这称不上是真正的成功。企业扩大规模，如何为更多的人解决就业问题，企业赚了钱，如何更好地回馈社会，这才是一个企业家应该努力奋斗的目标。

从1月初到2月底，万方圆团队坚持每天送1000余份早餐，累计送了60000余份早餐。他每天早上按照固定的路线，把米粉送到抗疫人员的手里。看到他们吃着热乎乎的早餐，万方圆团队凌晨3点起床做早餐的辛苦，好像瞬间都得到了回报。

万方圆和他的团队，除了坚持送早餐，还参与酒精厂、消毒厂的24小时倒班生产，为社会的防疫物资供给贡献一份力量！

疫情期间，万方圆捐赠总金额高达60万元。这对于陷入困境中的餐饮企业来说，确实是一笔庞大的资金了。然而，万方圆觉得，他做这一切都是值得的，因为他尽到了一个企业家应该承担的社会责任。

疫情渐渐得到控制以后，万方圆的餐饮门店也开始营业了。但是，人们心中对病毒依然充满了恐惧，抵触堂食。万方圆心里很清楚，如果一直这样下去，他的门店会垮的。

危难关头，政府站了出来，给商户带来了希望和信心。为了刺激消费，政府领导干部都带头出门下馆子。

江西省有关政府部门发布了领导干部带头下馆子的新闻稿，建设银行了解了万方圆的困境，主动给他送去了贷款。万方圆依靠这笔贷款，维持了公司的正常运转。

经过这场疫情，万方圆体会到了党和国家的力量。如果没有国家采取各种措施严格管控，疫情就没办法在短时间里得到控制，企业就没办法正常开业经营。没有党和国家的扶持政策，企业就熬不过疫情的寒冬。永远跟党走是万方圆人永远不变的宗旨，也是万方圆做出的最正确的决定。

这场疫情，也让万方圆对于企业家如何承担社会责任有了更为深刻的理解。社会是企业家施展才华的舞台，切实履行社会责任的企业家，才是符合时代要求的企业家。只有真诚回报社会，企业才能得到社会认可，赢得社会的信赖和支持，从而不断发展壮大。

创业兴农筑梦想

万方圆的南昌万马食品有限公司，坐落于青云谱区的昌南工业园金鹰路。走进食品公司的大门，车间门口的墙壁上挂着"助农扶贫车间"的门牌。

在万方圆食品厂上班的员工，几乎都是工业园附近的居民。能在家门口上班赚钱，这让员工们感觉特别方便。员工们提到万方圆，都忍不住竖起大拇指："真的很感谢万方圆，要不是他兴办了厂子，我们就得背井离乡去打工！"

大红是万方圆食品公司的一名员工，她是青云谱区的村民。多年前，大红的老公就不在了，一个柔弱的女人，要扛起家庭的重担，实在不容易。村里很多村民，大都是夫妻俩一个人守家，一个人出门打工赚钱养家。大红家里里里外外都靠她一人操持，没办法出门打工，但是家里抬脚动步都需要钱。她只能四处打零工，拉扯着孩子艰难度日。

去年，大红的孩子考上了大学，喜悦之余，她又陷入了深深的担忧中。孩子考上大学，将来毕业了就可以赚钱，帮着她分担家庭的重担了。但是，孩子上大学的学费和生活费，这对大红来说是一笔庞大的开支，这笔钱从何而来呢？

就在大红为钱发愁的时候，万方圆向她伸出了援助之手，聘请她到公司工作。大红十分感恩，工作特别认真负责。万方圆跟她签了劳动合同，给她交了五险一金。大红勤勤恳恳工作，每个月可以领到3000—5000元的工资。大红第一次领到工资后，激动得热泪盈眶："我从来没想过，在家门口上班，每个月还能领这么多的工资！"

大红的工资供孩子上大学绰绰有余，她现在能赚钱，把孩子供到大学毕业，孩子也就能赚钱了，家里的日子肯定会越过越红火。大红对未来的日子，充满了希望和信心！

万方圆的食品公司里还有一位女工，以前她把孩子扔在家里，一直在外地打工。孩子做了留守儿童，一年到头见不到妈妈，渐渐产生了厌学情绪，还和社会上不三不四的人混在了一起。当妈的眼看着孩子不学好，忧心如焚，咬牙辞了工作回来陪孩子。可是，出门打工陪不了孩子，在家陪孩子就没有钱养家！

万方圆是个地地道道的农家子弟，小时候，父母也经常打工，把自己留在奶奶家。他深知当留守儿童的苦，所以，当他有了一定的能力以后，就想为乡邻们做一些实实在在的事情。他创办食品厂，一方面是为了创建供应链，另一方面也是想帮乡邻们解决就业问题，让大家能在家门口上班，赚钱和照顾家庭两不误。

食品厂需要的工人毕竟有限，万方圆没办法让所有的村民都到厂里上班赚钱。他想方设法，期望让村民在家里种田，也能取得满意的收入。

追根溯源，米粉的质量要想得到保障，就需要有优质的稻米。

万方圆积极引导农户通过"走出去"和"请进来"，引进新技术，有针对性地探索米粉专用稻的种植。万方圆经过精挑细选，选择了最适合做米粉的稻米，然后和农民联动种植。这一举动为年龄大、不适合打工上班的农民提供了一份收入保障。农民只要把稻米种好了，同样可以有比较可观的收入。

万方圆除了和农民联动种植稻米，还种植辣椒、萝卜、生姜等农副产品。农民不用为销路发愁，只要产品好，万方圆确保以合理的价格全部收购。

关于如何进一步"帮农兴农"，提高农民的收入，万方圆有自己的打算。

他计划以米粉发展为契机，打造生态园餐饮新模式。

万方圆计划打造农业生态园，并不是一时兴起，前期他针对生态园的起源和发展，进行了认真的考察和研究。农业生态园的商业化运行模式，起源于二十世纪九十年代的北方。当时，北方涌现一股采摘农业的观光热潮，人们驾车来到农业温室采摘新鲜的蔬菜和水果，中午顺便在温室附近就餐，逐渐形成了一种固定的餐饮模式。随着时间的推移，这种餐饮模式从小型温室发展成大型连栋温室，植物也从原本的农作物演变成后来的热带观赏植物，真正意义上的生态园餐饮逐渐形成。随着生态园逐渐完善，除了自然特色以外，生态餐饮产业逐步展现出它的艺术特色：亭台楼阁、树木繁华的造园艺术被容纳其中，中国古典园林艺术让生态园再次焕发活力。正是这种独特的艺术性，让生态园走出地域性发展的限制，在南方也开始遍地生花。

区别于传统餐饮的自然特性以及艺术特性，生态园让生态餐饮开始占领全国市场，一度掀起了全国的投资热潮。作为一种特色的餐饮模式，生态园逐渐发展起来，商业模式日趋成熟。

如今，都市人群生活节奏快、压力大，回归自然释放压力，成为现代人追求的一种新时尚。万方圆计划把生态园作为一种独特的餐饮模式，迎合并利用都市人群的需求，扩大餐饮品牌影响力的同时，达到助农兴农的目的。

万方圆将选一块适合生态园发展的土地，与村民一起美化村中环境。打造泉水鱼稻、采摘品茗、田野食趣等景点，同时动员各地商协会帮扶分销本地农家鲜蔬、土特产，打开一条村民创收的新道路。

青云谱党委、政府致力于把具有当地传统特色的米粉生产作为一项朝阳产业、致富产业加以培育、扶持和发展。万方圆响应党委、政府的号召，竭尽全力帮助农户实现就近就业，稳定增收，开启"真扶农、真富农"的新篇章。

万方圆致富不忘回报社会和乡亲，想方设法为"助农兴农"贡献自己的力量。他的行为得到了政府和乡亲们的认可，面对赞誉，万方圆说："我的兴农创业不是想证明什么，也不是为了财富，而是因为我是农村人，我就是想帮助更多乡民，不出远门就有一份稳定收入！"

不忘初心，方能致远！那些勇于担当社会责任的企业家，才能得到社会的支持，才能走得更远、发展得更好！

服务关爱退役军人

没有人民的军队，就没有人民的一切。退役军人是党和国家的宝贵财富，他们从军期间保家卫国，为建设强大国防做出了牺牲和奉献。现役军人保障服务社会，社会服务保障退役军人。国家越强大，社会越发展，越不能辜负退役军人。服务关爱退役军人，不仅是对他们献身国防的肯定，也有利于吸引更多人才投身国防和军队建设事业，激励现役军人忠实履行党和人民赋予的新时代军队使命任务。

江西南昌是人民军队的摇篮，万方圆从小就喜欢看抗日战争的电影和图书，喜欢听老红军讲战争故事。解放军保家卫国英勇奋战的故事，在他心里留下了深刻的印象。浓郁的红色革命文化，在全社会营造了尊重退役军人的浓厚氛围。"从军报国得尊崇，解甲归田受尊重"，这是让军人得到全社会尊崇的必然要求。

万方圆把关心关爱退役军人的要求落到了实处，实实在在地帮助退役军人做一些力所能及的事情，表达对退役军人的敬意和关爱。企业面向社会招聘员工时，优先招聘退伍军人。他认为，退伍军人是重要的人力资源，他们遵守纪律，有着极强的责任心，综合素质要比普通人高出很多。他们虽然脱下了军装，但是依然具备军人的素质。他们无论在生产一线、安保岗位，还是晋升到管理岗位，都能以企业发展为己任，兢兢业业为企业贡献自己的力量。同时，他们认真负责的工作态度，还能影响到其他员工，起到模范带头的作用。

万方圆时常惦记那些曾经用青春和热血保家卫国的退役军人，他一直在思考，如何更好地发挥退役军人身上的优秀品质，用成熟的商业模式帮助他们创业就业，实现自身价值。他秉持"授人以鱼，不如授人以渔"的理念，响应"助力退役军人创业就业"的政策方针，积极帮助退伍军人创业。

小耿是一名退伍军人，他在部队时间比较长。虽然每年都可以休假回来，但时间比较短，回来也是陪陪家人或者跟朋友聚聚，对社会的了解不深。退伍回来以后，他一时半会儿没办法适应社会的环境。急切地想找一份合适的工作，可是，他在部队从事的专业在地方根本用不上。三十而立的年纪，他却要从头开始。找不到合适的工作，就想自己创业。可是，琢磨过后，发现自己缺乏创业经验、缺少管理能力、缺少人脉资源，在这样的情况下创业失败的概率很大。创业一旦失败，就很难有翻身的机会，上有老下有小，作为家里的顶梁柱，他输不起。进退两难之际，他通过朋友的介绍，了解到万方圆的连锁品牌。抱着试试看的态度，在网上留下了联系方式。很快，万方圆总部就联系了他，得知他是退伍军人以后，又给了一些优惠和扶持政策。小耿的加盟店很快就开张了，在连锁总部的帮助下，加上自己努力经营，生意非常不错。

万方圆在助力退役军人创业就业的同时，不忘尊老爱老的优良传统，关爱老一辈革命战士。他多次组织团队退役军人开展志愿服务，看望慰问抗战、抗美援朝老战士，帮助家庭困难的退役军人和家庭困难退役军人，受到社会的一致好评。

行程万里，不忘来路；饮水思源，不能忘本。企业的成功归功于国家和时代，回报社会是企业家义不容辞的责任。万方圆致力于企业发展的同时，深切关注成功背后的企业社会责任，自觉发挥民营企业家的履责表率作用，心怀感恩奉献社会。将公益慈善理念融入企业血液之中，让公益理念成为企业文化的重要组成部分。积极服务退伍军人，让他们感受到来自社会的关爱和尊重，这是企业义不容辞的责任！

关注大学生成长

最近几年，随着高校不断扩招，大学生数量越来越多，加上疫情原因，社会就业压力骤增。就业问题，是党和国家都很重视的重要民生问题。

高校毕业生是重要的人才资源，促进高校毕业生就业创业，是实施人才强国、人才强省战略的重要举措。教育部高等教育司发布《关于公布2020年国家级大学生创新创业训练计划项目名单的通知》，激发大学生的创新意识和创业热情，积极推进"国家级大学生创新创业训练计划"项目的顺利实施。

然而，大学生创业难，是一个不争的事实。很多大学生创业者既不了解相关政策法规，也没有在相关企业的工作、实践经历，缺乏能力和经验，却对创业的期望值非常高。当创业计划转变为实际操作时，才发现自己根本不具备解决问题的能力，这样的创业无异于纸上谈兵。他们缺少创业经验，不了解市场，仅凭着自己的兴趣和想象，甚至凭着心血来潮就决定创业领域，着急忙慌地加入创业大军。这样做的结果，往往是一败涂地。

万方圆认为，大学生创业者在创业初期一定要做好市场调研。另外，大学生创业者资金实力较弱，选择启动资金不多、人手配备要求不高的项目，经营起来比较合适。通过加盟的方式经营餐饮，相对来说门槛比较低，比较适合大学生创业。

万方圆积极响应党和国家的号召，积极关注大学生的成长。他和江西赣才网络技术有限公司，签订了"共青千店百亿万人"大学生就业创业行动框架合作协议。

为了提高大学生创业的成功率，为了解决大学生创业缺少资金的问题，万方圆和江西赣才网络技术有限公司拟定了合作协议：万方圆集团在共青城成立该创业行动的独立公司，建设一家"万方圆"品牌的大学生创业实践示范店，开展"万方圆"品牌大学生就业创业加盟行动，成立一支"万方圆"品牌的大学生创业加盟就业创业基金。

2021年6月9日，"首家万方圆大学生创业实践示范店"在九江国际人才创业社区举行开业和揭牌仪式。示范店由万方圆提供师资、培训，江西赣才网络技术有限公司负责场地、装修、落地等，首家示范店免收5%

的经营管理费用，该费用自动纳入大学生加盟就业创业基金。活动现场，万方圆表示："非常荣幸能用这样一种方式弘扬好共青精神，以实际行动融入共青城，投身共青城的就业创业，赋能共青城的双创兴城，未来集团将争取落户共青城、深耕共青城、发展共青城。"

九江共青城高新区管委会主任杨龙兴，亲自给示范店首任店长颁发了象征创业成功的金钥匙。万方圆拟在全国100座城市开设1000家大学生"万方圆"连锁门店，帮助和带动10000名青年、大学生、退役军人等就业创业。杨龙兴和万方圆都殷切地希望，以示范店为起点，星星之火迅速展开燎原之势，万方圆连锁门店红遍全国各地，帮助大学生以及有创业意向的热血青年，顺利创业实现人生价值。

大学生就业形势虽然严峻，但国家和很多优秀企业都在为大学生的就业提供服务和帮助。万方圆这样有社会责任感的优秀企业家，积极响应国家号召，始终把稳就业、促就业作为企业的首要任务，并为此做出了很多亮眼的成绩。

万方圆认为，商人是为了利益而赚钱，企业家是靠社会责任感支撑的。万方圆呼吁有社会责任和担当的企业，携手并进，为解决大学生就业难的问题贡献自己的力量。企业也会因为大学生的加入而充满了生命力，从而得到更好的发展！

为残疾人打造爱心工场

"穷则独善其身，达则兼济天下"，这句话充满了人生智慧。人在不得志的时候，要洁身自好，注重提高个人修养和品德；人在得志显达的时候，就要想着造福天下百姓。

随着万方圆事业的发展，他就想着发挥自己的能力伸手帮扶需要帮助的人。除了帮助农民、大学生就业，他还和江西省残联联手，打造了爱心工场项目，为50名残疾人提供日间照料、庇护性就业与训练等服务。

目前全球残疾人口超过10亿，其中6亿在亚洲，我国残疾人口达8500万。他们的健康状况较差，教育程度较低，几乎没有就业机会。还更容易失业，贫困率与死亡率也比正常人高。为唤起人们对残疾人群体的关注，1992年10月，第47届联合国大会举行了首次关于残疾人问题的特别会议，将每年的12月3日定为"国际残疾人日"。

习近平总书记说，残疾人是一个特殊困难的群体，需要格外关心、格外关注。各地残联一定要充分发挥作用，特别是受新冠疫情影响，要想方设法帮助残疾人用工企业复工复产，帮助残疾人解决生活、工作上的困难，共克难关！

万方圆为了全面贯彻党中央、国务院以及中国残联关于贫困残疾人扶贫协作和对口支援工作的决策部署，深入落实对口扶贫协作工作要求，他带着企业帮扶计划方案书到了江西省残疾人联合会。

当他与残联的负责人了解了残疾人的情况，并且走访了解了一些残疾人的生活状态后，他被深深地触动了。万方圆发现，残疾人真实的生活状态，比他想象中更糟糕更艰难。

万方圆实地了解考察了残疾人的生活之后，重新完善了帮扶计划方案，下决心要和省残联一起，为残疾人打造一个设施齐全的爱心工场，为残疾人提供日间托养、庇护性就业与训练等服务。

随后，他和江西省残联负责人实地考察了方案中提出的为残疾人建设的工作场地，以方便残疾人工作生活为前提，针对打造爱心工场中的一些细节问题，进行了反复的沟通和打磨。

考虑到残疾人的身体状况、年龄、身高等差异。知道他们需要长时间坐着工作，如果操作台和椅子的高度不合适，这无疑会给他们的工作带来很多不便，给他们本来就不太好的身体带来更坏的影响。经过反复的考察和摸索，又征求了专业人员的意见，万方圆决定定制一批可以调整高度的椅子，这样就能让他们工作时坐得舒服一点。

万方圆还贴心地在工作台附近，放了桌椅当作休息区。大家工作累了，可以坐在休息区喝杯水、聊聊天，放松休息一下。另外，爱心工场还有活动区，大家可以在这里玩游戏，打乒乓球。

万方圆帮扶残疾人不是做面子工程，他设身处地为残疾人考虑，真心实意为他们做实事。他打造爱心工场，就是为了减轻残疾人家庭的负担，给残疾人提供一个舒适的社交场所和工作环境，让他们可以更加舒心地生活工作，不被残疾所困扰。

经过一年的努力，残联和万方圆打造的以托养服务为目标的爱心工场正式对外开放。打造爱心工场，只是万方圆迈开帮扶残疾人的第一步。如果没有具体的帮扶行动，爱心工场只是个空架子，起不到具体的帮扶作用。万方圆经过考虑，决定把瓦房院拌粉方便包装的项目，交给服务对象去完成。就这样，爱心工场为 50 个残疾人士提供了就业岗位。

50 个服务对象，年龄在 16—59 岁，他们大都是智障人士，智力平均在 7 岁左右。这些"大孩子"生活不能自理，在家里需要两名家长轮换照顾。但是，他们也有参与社会的社交需求，也有就业赚钱的欲望。他们也想体现自身价值，也想获得尊重和理解。如果没有爱心工场，这一切根本无从谈起。

万方圆把米粉方便包装的项目交给了服务对象，普通人一分钟就可以做完的工作，他们可能需要十几分钟。他们的行动虽然有些迟缓，但是他们的努力程度和耐心，却比普通人还要好很多。他们进度虽然慢，但是做出的包装质量都非常高。

2021 年 12 月 3 日是第 30 个国际残疾人日，托养服务中心为切实推进阳光、透明、开放、服务型托养中心建设，展示中心新形象、新面貌、新成效，提高中心社会关注度和满意度。托养中心决定在当日开展社会开放日活动，万方圆参与了残疾人的活动，和他们一起谈心、玩游戏，慰藉和鼓励他们，鼓励他们树立信心，以乐观向上的心态去面对困难、克服困难，让他们感受到了社会大家庭的温暖。

万方圆还给他们发了工资，200块钱虽然不多，但这只是个开始。有些残障人士虽然智力比普通人要低一些，但是他们也有一颗感恩之心。知道是万方圆给了他们工作的机会，他们都愿意和万方圆亲近。托养中心年龄最小的智障人士，从万方圆手里接过工资，激动得拍着手笑起来，说要用工资给爸爸妈妈买礼物。

万方圆特别理解他们的开心和幸福，他们来到托养中心之前，一直是家里的负担。现在，他们终于可以通过自己的劳动力赚工资了，可以回报家人多年的辛苦付出了。看着他们发自内心的幸福，万方圆内心也洋溢着说不出的喜悦，那是一种"赠人玫瑰，手留余香"的成就感。

然而，万方圆并没有满足自己所做的一切。他认为，帮扶残疾人的这条路他只是迈开了第一步，接下来，他还会做更多的事情，比如，他会想方设法提高他们的工资，让他们通过劳动享受到更大的成就感。同时，他还呼吁社会更多有能力的人加入进来，为江西更多的智障孩子出一份力！

残障人士和正常人一样，也需要受教育、找工作、建立家庭、进行正常的社交。全面建成小康社会，残疾人一个也不能少。在残疾人脱贫攻坚战中，企业是重要的社会力量。关心弱势群体，既是政府的职责，也是全社会的责任。万方圆人未来也将继续扶贫助残，用善意和力量，引导全社会理解、尊重、关心残疾群众，帮助困难残疾群众共享现代美好生活。

残障人士是不幸的，残缺的身体给他们的生活带来了诸多不便。然而，他们又是幸运的，因为他们生长在一个伟大的国家，生长在一个美好的时代，党和国家没有忘记他们，优秀的企业家在帮扶他们。相信在大家的关爱下，他们一定能凭着坚韧不拔的意志，战胜各种困难和障碍，重拾生活信心、重获劳动技能、实现就业创收！

爱心回馈环卫工人

我们在每天上下班的路上，常常看到穿着鲜黄色衣服的环卫工人。无论严寒酷暑，早上我们还在睡梦中时，他们就已经开始清扫街道了，直到深夜入眠，他们还在辛勤地清理垃圾。细想，如果没有这些环卫工人的辛勤劳作，我们的城市环境不可能如此干净整洁。

环卫工人夜以继日地坚守在这个不起眼的岗位上，他们兢兢业业、任劳任怨，用实实在在的行动恪守了"脏了我一人，洁净千万家"的信念，担起了一份令人尊敬的责任。

很多人习惯享受干净整洁的环境，却忽略了尊重环卫工人的辛苦付出。万方圆人把"城市卫士"的辛苦劳作看在了眼里，并且用实际行动，表达对环卫工人的关爱和尊敬。

常言道，一九二九不出手，三九四九冰上手。冬至一到，也就正式进入"数九"天，此后的天气会越来越寒冷。冬至大如年，在中国南方地区，冬至有祭祖、宴饮的习俗，在中国北方地区，冬至有吃饺子的习俗。

然而，对于辛勤劳作的环卫工人来说，冬至也只是一个普通的工作日而已。他们在数九寒天的日子里，依然起早贪黑，在寒风中扫地、捡垃圾，有时甚至顾不上吃一顿热乎饭，更不用说包一顿香喷喷的饺子了。万方圆人为了表达对环卫工人们的关怀，他们决定用爱心，给环卫工人送去冬日里的温暖。

2021年冬至早上，万方圆拌粉瓦罐汤红谷凯旋店的员工起了个大早，他们煮了一锅香喷喷的饺子，送到了环卫工人的手里。环卫工人们接过一份份热腾腾的饺子，憨厚的脸上露出了感动的笑容，他们不知道说什么好，只是不停地说着感谢的话。一份饺子虽然不值钱，但是万方圆人送出去的不仅是一份饺子，更是发自内心的关爱和尊敬。

环卫工人陈姨吃着饺子，说着感谢的话，禁不住就红了眼眶。她说，在别人眼里，扫大街是一份上不了台面的工作。吃着热乎乎的饺子，她一下子感觉自己获得了别人的尊重。在天寒地冻的天气扫大街，陈姨的手和脚都冻裂了。她每天早上凌晨4点就要从被窝里爬出来，走上寒冷的街头去工作。她也想在家里吃完早餐暖暖身子再上班，可是她起床时，家里人都还在睡觉，她担心做早餐吵到家人，只好空着肚子先工作。她平时总是倒完了垃圾，才有空吃早餐。陈姨也知道今天是冬至，但是自己根本没时间包饺子，大早上能吃上万方圆人煮的饺子，感觉特别暖心。

红谷凯旋店附近的几十名环卫工人，都聚集在万方圆的店里。一锅一锅的饺子煮熟了，一碗一碗的饺子端了上来。大家像一家人一样聚在一起，吃着热腾腾的饺子，度过了一个难忘的冬至。李叔是个老环卫工人了，他刚吃完一碗饺子，店里的员工就又给他盛了一碗：叔，多吃点，吃了饭就暖和了，干活就不冷了！

李叔搓着双手，憨厚地笑着说："让你们破费了，谢谢你们，给了我们大家在一起吃顿饭的机会！饺子真好吃，香到心底里去了……"

万方圆集团相关负责人说："环卫工人每天奔波在大街小巷，不管酷暑还是寒冬，都是起早贪黑地工作，为城市的美丽整洁默默奉献，所以在冬至这天为环卫工人献上爱心，表达最诚挚的感谢。"

万方圆说，关爱环卫工人，不能只是冬至送碗饺子。更重要的是，我们要从细节做起，不随地乱扔垃圾，尊重环卫工人的劳动成果。看到环卫工人在路上工作时，我们要文明驾驶，自觉为他们放慢车速。善待每一位环卫工人，对他们多一份理解和帮助。

地球是我家，环境靠大家。保护城市环境，创造美好新生活，不只是环卫工人的职责，更是每个人的义务。万方圆人自觉投身到保护家园的队伍中来，切实做到从我做起、从生活的点滴做起，讲文明、树新风、见行动，大家齐心协力，手牵手创建文明，心连心营造一个美好的生活环境。

参加赣青突击队

企业家踊跃报名做志愿者，也是履行社会责任的具体体现。

共青团江西省委在《关于组建赣青应急救援突击队常态化开展应急救援工作的通知》（2020年10月14日赣青发〔2020〕14号）中指出：为充分发挥青年志愿服务和青年突击队品牌，组织青年常态化投入防洪抗旱防火救灾等志愿服务，切实保障人民群众生命财产安全，经团省委、省防汛抗旱指挥部办公室、省应急管理厅研究，拟共同组建赣青应急救援突击队。

万方圆是一位具有强烈的责任心和为公益事业奉献的热情青年，他踊跃报名参加赣青应急救援突击队，积极参与每一项党支部展开的演练活动以及实战训练。

赣青突击队，是一支由青年志愿者组成的救援队伍。这支救援队反应迅速、作风优良，具备专业救援能力。万方圆作为突击队队员，积极响应党委和政府统一的号召，参加各种救援培训和演练。

万方圆在百忙中抽出时间，积极参加水域救援的培训和演练。他跟着专业的培训老师，认真地学习了近水溺水救援、冲锋舟救援、潜水救援等。万方圆和志愿者们一起，积极为在赣江野泳的市民提供安全保障。他积极参加救援培训演练的同时，还呼吁更多专业人员参与志愿活动，为更多市民提供安全保障。

江西是全国遭受自然灾害较为严重的省份之一，具有灾害种类多，发生频率高，造成损失大，抗灾能力较弱等特点。对灾区群众基本生活、农业生产、城市和交通基础设施等造成严重影响。万方圆积极参加减灾救灾的培训，进一步增强了积极参与防灾减灾的意识和专业救援能力。万方圆从常见灾害应对、应急预案制定、自我安全防护等方面，进行了专业系统的学习。他详细学习了自然灾害防治工作的重要意义、常见自然灾害及其应对策略、社区交通安全及其应急预案等知识。同时，他和队友们一起参加了"实战演练"，针对知识的重难点进行了"现场演练"和"实操巩固"。参加培训演练以后，万方圆对做好自然灾害防治工作的重要意义和有效预防自然灾害有了更深入的了解，业务素质和专业能力也有了全面提升。

万方圆还参加了大型群众性活动保障工作的培训和演练，学习了国务院颁布的《大型群众性活动安全管理条例》和公安部对该条例的相关释义。在培训演练活动中，在专业老师的指导下，模拟大型人群聚集管控现场，主要设置了入口处拥挤、重点场所疏散和有序疏散三个场景，主要突出现场引导和及时处置，围绕人群阻断、人群疏散、人员带离等项目开展演练。万方圆切实提升了大型群众性活动突发事件的处置水平，为以后义务参加大型群众性处置活动，打下了扎实的基础。

当前，志愿服务以其突出的社会效益，受到越来越多的国家、政府和社会的重视。许多国家的志愿服务活动起步早、规模大，社会效益好。它们在国内有广泛的群众基础和良好的社会声誉，已逐渐步入组织化、规范化和系统化的轨道，形成了一套比较完整的运作机制和国际惯例。当代中国的志愿服务事业，是在改革开放中诞生、发展和繁荣起来的。1993 年，中国共青团中央发起实施中国青年志愿者行动，中国志愿服务进入了有组织、有秩序的阶段。中国青年志愿者行动实施以后，志愿服务日益广泛发展，全社会对志愿服务的认知程度已大大提高。

青年志愿者突击队，树立起青年人应有的社会形象。万方圆和队友们时刻准备着，在党和国家需要的时候，他们就会义无反顾地挺身而出，担负起青年人应该承担的社会责任！

荣誉是责任和鞭策

企业家创造经济价值的同时，积极履行社会责任，就会获得社会的认可。

万方圆用5000元的创业资金，创办了市值近2亿元的集团公司。他积极履行企业家的社会责任，踊跃参加各种社会公益活动。他坚忍不拔的创业决心，以及心系社会的无私奉献，为他赢得了很多荣誉：2021年，荣获第四届南昌市新时代十大"创业人物"荣誉称号；2021年，荣获南昌市新时代十大"三创"人物创业奖；2021年，荣获第四届青云谱"青年五四奖章"；2020年，荣获"红谷滩青年五四奖章"。

万方圆获得"创业人物"荣誉称号是因为他在创业过程中，敢为人先，勇于开拓；他坚忍不拔，不畏艰辛；他用梦想改变自己，给社会温暖，给人们力量。他给人们树立起创业榜样，向人们传递创新精神。他是创业者的优秀代表。他身上所代表的力量，推动着中国经济不断地前行。

"三创"的含义是"创新，创业，创优"，万方圆获得了"三创"人物创业奖，这代表着他在新餐饮领域创业，获得了突出的成就。他在做强做大实体经济、建设"美丽南昌、幸福家园"等方面表现突出，是创业者的楷模和榜样。

中国青年五四奖章，是共青团中央、中华全国青年联合会授予中国优秀青年的最高荣誉。中共青云谱区委为了树立和表彰在服务青云谱经济社会发展中作出突出贡献的青年典型，在广大青年中营造崇尚先进、学习先进的良好氛围，引导和激励全区广大青年为建设家乡贡献青春力量，经严格评审并向社会公示，万方圆被授与青云谱"青年五四奖章"荣誉称号。

荣誉是一份沉甸甸的责任。万方圆说："我获得的荣誉，是全体万方圆人共同努力奋斗的结果，是各级党委政府正确领导和大力支持的结果!"万方圆人会把荣誉转换为责任，要珍惜荣誉，更要奋发图强，再接再厉，继续弘扬爱国敬业，遵纪守法，艰苦奋斗的精神，弘扬创新发展、敢于担当、勇于奉献的精神。万方圆人要用实际行动回报社会，回报党和人民政府的信任和厚爱。

荣誉更是一种鞭策。万方圆获得的各种荣誉，代表了社会的认可，这对他来说是一种鞭策和激励。面对荣誉，万方圆没有沾沾自喜，而是"不忘初心，砥砺前行"。他在收获荣誉的同时，回首初心，回溯既往，他很庆幸，自己在创业过程中遇到挫折和困顿时，没有轻易放弃，才取得了一些成就。荣誉激励着他继续奋勇前进，他将继续不畏艰难困苦，把企业做大做强，继续为推动地方区域经济贡献自己的力量。

面对接踵而至的荣誉，万方圆保持着清醒的头脑。荣誉只能证明过去，不能代表未来。荣誉属于过去，奋斗才能赢得未来。万方圆绝不辜负党和政府的重托，绝不辜负每一份沉甸甸的荣誉称号。他将带领万方圆人，不畏艰辛，砥砺前行，创造更大的经济价值，承担更大的社会责任!

企业是在党的改革开放政策指引下，在各级政府的关心支持下发展起来的。没有党的富民政策就没有企业家施展才能的机会。企业家是改革开放的受益者，有责任、有义务用自己的辛勤和智慧，带领员工发展企业、报效国家、反哺社会，共筑中华民族伟大复兴的中国梦!

第十三章
未来可期

　　真正的企业家，不仅能把握眼前的机会，取得阶段性的成功，还善于创造机会，勇于迎接新的挑战。创业是个过程，不忘初心，不畏未来，创业者永远跋涉在路上。

让万方圆人过上更好的生活

企业家与员工是相互成就的，企业发展好了，员工就会获得更好的收入，获得更有尊严的生活。

万方圆很喜欢稻盛和夫的一段话："只有把员工的幸福放在第一位，大家团结一心，经营者与员工的心灵产生共鸣，企业才能走出困境，才能获得健康发展。"

稻盛和夫把追求员工及其家庭的幸福，作为公司第一目标。他认为公司应该是员工获得幸福的基盘。员工家庭的满意度，代表员工的幸福感。员工的幸福感，代表着稳定的员工。而稳定的员工，代表公司稳定的无形资产。不断累积的人力资产，是公司最重要的核心竞争力。水能载舟亦能覆舟。带着家人般的情怀来经营公司，员工和公司都会变得很幸福。

万方圆说："我的三口之家是小家，父母的家也是小家，我的企业我的员工是大家。我不能因为我的小家衣食无忧，过上了幸福的生活，就懈怠下来，不去努力拼搏！"

万方圆不会忘记，创业之初，自己身无分文，为了表达从头再来的决心，他剃成光头青涩的样子。当年他身无分文负债累累时，他的目标是活下去，还清债务，让家人过上更好的生活。如今，万方圆从当初20人的万马食品，到拥有了自己小小的商业王国，他的企业有两千多名员工。让这些员工过上更好生活的责任，是一副沉甸甸的担子，压在他的肩膀上。

万方圆总说:"我就是长出三头六臂,就是一天 24 小时连轴转,我能做多少工作呢? 企业里的大小事务,还不都是员工帮我做的! 企业是个大家庭,员工都是我的家人!"

万方圆希望他的员工都能被善待。在选拔管理人员时,除了看能力和才干外,心里还另有"一杆秤",那就是待选人员是否是孝子,是否夫妻恩爱、家庭和睦,否则一票否决。这不是挑刺,万方圆认为,待选人员如果各方面都做得好,说明他有仁爱之心,那他一定也会善待部下。挑选这样的人作为中坚力量,必然会凝聚一个团结、坚强的团队。企业发展的真正动力来自于员工奋发向上的积极干劲,老板善待员工,员工自然会感恩老板,善待企业。

万方圆要努力提高员工的待遇。老板做好带头人,员工齐心协力努力干,企业才能发展得越来越好。企业赚到钱了,员工的待遇自然就提高了。

万方圆总说:"企业再难,也要按时给员工发工资。企业发展好了,头一件事情就是给员工涨工资!"有一次,有一笔款项迟迟没有到账,导致公司资金链暂时出现了周转困难。那时候,正在扩建的厂房、采购米粉设备都需要资金。但是,万方圆果断地让财务把所有的资金拿出来,按时给员工发工资。

员工在企业上班,生活来源、养家糊口都要靠工资。同时,工资也是对员工劳动付出的肯定。要想提高员工的生活质量,及时发工资非常有必要。万方圆企业的工资,在当地算是处于领跑位置。公司设立年终奖、过节费、月全勤奖、员工贡献奖、优秀员工奖等,想方设法给员工更好的待遇。

万方圆要让员工都得到成长。"让员工成长,提升他们的就业能力。"这是万方圆对人才培养的理念。在他看来,对员工最大的关心爱护,莫过于为他们提升自身能力创造种种有利条件。

万方圆认为，员工来到企业，就是企业的一员，作为企业负责人，一定要让员工感觉有奔头。

万方圆的助理涂辉，就是他一手培养起来的。有一次，涂辉雄心勃勃地说，自己一定要好好干，希望能拿年薪。万方圆被涂辉的"野心"打动了，他好像看到了另外一个自己。万方圆认为野心是成功的必要条件，人只有靠着野心，才能不断突破自己的舒适区，才能尽可能地趋近成功。人有野心不可怕，可怕的是光有野心没有执行力，只要做到知行合一，野心就是志气。万方圆把涂辉带在身边悉心栽培，如今，涂辉在很多方面都能独当一面，成了他的得力助手。

在万方圆的企业，英雄不问出处，只要你有相应的魄力和能力，企业就会给你发挥的平台。他认为，所有员工都有可造之处，企业要善于发掘其优点并利用之。他在员工培养学习方面，将继续加大投资，为员工创造良好的成长环境，让每个人的才能都得到最大程度的释放。

万方圆要在细节上更加关爱员工。万方圆说："企业要当好员工的保姆，从具体生活的每个细节关爱他们。"他一直把员工当成企业的主体、企业最大的财富。"关爱员工就是关爱企业"，是万方圆企业管理者共同的理念。

每年过年，万方圆都正常开门营业。对于春节照常上班的员工，万方圆除了发放高于平时数倍的工资以外，还为他们提供丰盛的饭菜。除夕晚上，万方圆通常都会抽出时间，与他们共进晚餐。

万方圆还打算成立困难职工救助基金会，员工在生活上遇到困难时，公司通过救助基金会，为员工提供一份保障。

好的企业家应该是企业的好家长，他要把员工挂在心上，他要让员工过上安稳有尊严的生活。万方圆经营企业是为了成就自己的创业梦想，是为了把江西的米粉发扬光大，更是为了让每个万方圆人都过上更好的生活！

让江西米粉走向全世界

生在鱼米乡，万方圆吃着米食长大。米糕略甜，米粿偏辣，米粉本身原味，可与世上百味相遇相合相变通，因此他最喜欢吃米粉。后来在餐饮行业摸爬滚打，为了研发新产品，他几乎尝遍了江西各地的米粉。他吃过南昌炒粉、铅山烫粉、景德镇冷粉、宜春扎粉、鹰潭牛肉粉，还有会昌、新余、吉安等地的米粉他也一一品尝过。

米粉对万方圆来说，是企业赖以生存的王牌产品，更是刻在骨子里的一种家乡情怀。做一个有责任、有情怀的企业家，让世界通过美食了解江西，让江西米粉走向全世界，一直是万方圆孜孜不倦的追求。

为了提高江西米粉的影响力，万方圆积极响应政策号召，买下莱蒙都会35个店面，着力打造中国米粉江西第一时尚街。为了鼓励同行商家一起来繁荣餐饮市场，他推出了免商户一年租金的优惠政策。

万方圆在莱蒙都会下沉广场，打造了全国首家以"中国米粉"为主题的综合性沉浸式文化博物馆。米粉博物馆对外免费开放。无论你是土生土长的江西人，还是外来的客人，在米粉时尚一条街享受完舌尖上的美味，再来到博物馆感受米粉的前世来生，肯定别有一番收获。

"一碗江西粉，半部中国史"，走进博物馆，一种厚重的历史感扑面而来。博物馆整体风格庄重大气，无论时光如何变幻，米粉制作工艺如何传承创新，江西人对米粉的那份情感，却是千年不变。在"米粉的前世今生"展区，米粉发展史展示墙上，贴着古朴的图片和文字解说。欣赏图片解读文字，可以了解到米粉的起源与发展。最初的米粉是米浆从带小孔的容器里滴漏出来，落在锅里，所以在历史上，米粉被叫做漏粉。到了宋代，米粉的制作手艺就逐步成熟了。

"米粉大家族亮相"展区，全国各地几十种不同形状的米粉和米粉小吃琳琅满目。地域不同，做出来的米粉成品也各有特色，湖南的粗粉、江西的圆粉、福建的细粉等。模型做出来的米粉栩栩如生，人们欣赏参观时，明知道眼前的米粉是模型展品，却依然忍不住垂涎三尺。安义手工粉为江西有名的粉。机器制粉，省时省力，品相味道也不错。但是，总感觉少了些手工制作的温情。博物馆将安义手工粉的14道古法工序用插画的方式呈现出来，播种、收割、去壳、淘洗、浸泡、磨浆、滤水、捏团、去生、冷却、榨丝、煮沸、晾晒、成品。一幅一幅古朴素雅的画，把从秧苗到米粉的每一道工序都展现在人们面前。一碗看似不起眼的米粉，饱含着农人工匠的辛苦和汗水，承载着他们的智慧与坚守！

"生榨米粉制作工具大集合"展区，摆放着从前生榨米粉的榨粉机、古风车以及老石磨等工具。以最具代表性的榨粉机为场景，深度还原了以前的制粉工艺。恍惚中，人们好像穿越到了从前的榨粉现场。那时候，时光很慢，人们为了吃一碗粉，会花费大量的时间和心思，精做细磨，才能把稻米变成柔韧耐嚼的米粉。

人们在米粉博物馆游览了米粉的发展史和制作工序后，可以在手工体验区，亲自体验用手工磨粉的过程，体会手工制作米粉的乐趣。

如今，万方圆第二家米粉博物馆正在南昌的安义县如火如荼地筹建中。米粉博物馆承载了米粉的历史记忆，展示了米粉的前世今生，让人们感受到了浓郁的米粉文化。在这里，米粉是一种美味的食品，也是历史和文化的载体。筹建博物馆，对宣传和弘扬米粉文化，有着非比寻常的重要意义。

世界米粉在中国，中国米粉在江西。万方圆把米粉当作一种产业去经营，是为了赚钱，是为了让万方圆人过上更好的生活。但这并不是他的最终目的，作为一个有情怀的企业家，万方圆所做的一切，都是为了把米粉打造成一张闪亮的家乡名片。

万方圆常说，企业家要有家乡情怀。他生长在江西，发展在江西，是家乡给了他发展的平台和机遇。当他在商业领域取得了成绩后，他要回馈家乡，带领大家一起致富，让家乡变得越来越美好。2022 年 1 月，万方圆的企业获得了江西省青年企业家协会授予的"乡村振兴贡献奖"，这份荣誉称得上是实至名归！

万方圆将致力于米粉产业，让江西的米粉走向世界，让世界因为米粉而了解江西，这将是他矢志不移的努力方向！

持续成长，不断精进

随着万方圆的事业越做越大，在外人的眼里，他早已功成名就，是个响当当的成功人士了。但是，他从未满足于自己取得的成就。他一直跋涉在创业的道路上，不断扩大事业版图，让自己保持在持续精进的状态。

万方圆努力向上毫不松懈，他对身边的人要求也很严格。马姑娘作为万方圆的妻子，一直是他的左膀右臂，辅佐他的事业。但是，万方圆认为，作为集团的重要人物之一，马姑娘应该不断成长，应该具有独当一面的勇气和能力。这样才能给员工做榜样，让大家从集团核心人物身上，看到集团的活力和希望。

为了提高马姑娘独当一面的能力，万方圆支持她开了一家火锅店。从店面装修，到人员招聘和培训，从菜品研发到开业宣传，万方圆全权交给马姑娘操作。马姑娘好像回到了当初开花店孤军作战的时刻，在独自运营火锅店的过程中，她的各方面的能力都得到了锻炼和提高。

看到马姑娘忙得团团转，万方圆鼓励她说："让你运营火锅店，赚多少钱不重要，重要的是你要让自己得到锻炼和提高！"

"强兵手下无弱将，跟了你这么多年，也不是白跟的！"马姑娘回答说。

这些年，万方圆和马姑娘的感情一直非常稳定。婚姻幸福的秘诀就是，他们在发展事业的过程中，共同成长彼此成就。万方圆在大刀阔步往前走，马姑娘当然不能原地徘徊止步不前。两个人只有保持同频，婚姻才能更幸福，事业才能发展得更好。

马姑娘是万方圆生活中最亲近的人，涂辉则是工作上离万方圆最近的人。

有人问涂辉："万董是不是很凶？"

"生活中把我当兄弟，工作上我要是出了纰漏，他就特别凶！"涂辉说。

有一次开会，涂辉因为私人原因迟到了几分钟，当着众人的面，万方圆大发雷霆："当我的助理，你就要比我来得早，回家比我晚。要是做不到，那就卷铺盖走人！"

涂辉脸憋得通红，心里有些不服气："不就是迟到几分钟吗？犯得上小题大做吗？"

涂辉的心思逃不过万方圆的眼睛，开完会，万方圆把涂辉留下来了，他严肃地说："你作为我的助理，要起到带头作用。你连最基本的规章制度都不能遵守，如果我睁只眼闭只眼，那是不是就意味着，集团的规章制度只是一纸空文？跟我越亲近的人，我要求越严格！我的要求你能做得到，你想要的福利我都会给你，如果做不到，我也不勉强！"

涂辉听了万方圆一席话，顿时心服口服，深刻地意识到自己迟到带来的不良影响。从那以后，涂辉养成了守时的好习惯，再也没有迟到过。他跟在万方圆身边，除了学到了一些生意经，更受到了万方圆人格魅力的影响，各方面都成长得比较快。万方圆没有食言，给了涂辉相应的薪酬。他从万方圆身上看到了言必行行必果的品质，死心塌地愿意跟着万方圆做下去。如今，涂辉已经给万方圆做了两年半的助理，他表示，只要万方圆愿意，他心甘情愿做他一辈子的助理。

随着企业的发展，万方圆在管理上进行了改革，他的宗旨是：能者进，混日子者走！

2021 年底，万方圆在管理上进行了大刀阔斧的改革。看起来，他对员工要求好像放松了，不强制员工打卡，工作时间很有弹性。但是，他要看员工能做什么，都做了什么。他毫不留情地开除了十几个员工，他们都是需要领导布置任务才能开始工作的人。同时，他也新招聘了 20 多名员工。他希望年轻人能给公司带来活力，哪怕是好的建议，他不需要庸碌无为、只为了混工资的员工。

万方圆曾经写下一句话鼓励自己：没有什么比勇敢更值得拥有，善于学习让我越来越勇敢！

万方圆非常乐于看到，他的员工疯狂地热爱工作，并且勇于向他提出挑战。他说：我现在的年薪是一百多万，我很乐意看到有个年轻人来和我说，我可以做得比你好，我来做 CEO，你给我开一百五十万年薪吧！

企业上至领导层下到员工，如果每个人都永不懈怠勇往直前，那么毋庸置疑，这肯定是一家充满活力和希望的企业。万方圆希望在自己的带领下，集团员工都能持续成长不断精进，大家齐心协力，让企业焕发出旺盛的生命力！

扩大事业版图要做头筹

同样都是米粉，云南过桥米线、广西螺蛳粉、湖南牛肉粉、贵州羊肉粉都颇负盛名，火遍大江南北。而江西米粉除了在江西盛行，为何在其他省份却几乎难觅踪影？

万方圆曾经研究过这个问题，他认为江西人低调内敛的性格，成就了江西米粉恰到好处的家乡味道。江西有 11 个地级市，每个地方的米粉都有自己独特的家乡味道。老表们各自安生，小店营业，处于小富即安的现状。而且，江西是农业大省，江西人都固守家园，外出开店的人非常少。沙县小吃之所以花开全国各地，就是因为沙县人不断外出开店，硬生生地将一个地方小吃做成了大型连锁店，打响了这个地方品牌。

江西米粉默默无闻，万方圆从中看到了潜在的商机。他要借着"万方圆"的品牌，把江西米粉推往全国甚至全世界。

心有多大，舞台就有多大。一个人只有敢于确定远大的目标，有一股不达目的誓不罢休的狂热劲，并且懂得脚踏实地，一步一步往前走，持之以恒地坚持下去，往往能干出一番惊天动地的事业！

万方圆在南昌的米粉产业，已经拥有了一定的知名度。但是这远远不是他的目标。他抓住所有的机会，努力扩大事业版图，提高品牌的影响力。

如今，万方圆在安义宗山，正在创建自己的又一个米粉王国。

安义宗山在南昌的最西边，是一个掩映在群山中的小村子。宗山被称为安义米粉发源地。相传公元 960 年，北宋四贤之一的工部侍郎杨靖公辞官归隐家乡宗山，借鉴北方制面的技术，始创宗山手工米粉。历经千年传承，宗山手工米粉被列入首批市级非遗和省级非遗代表性项目。如今，这里的人们把"非遗＋旅游"相结合做成当地的生态文旅名片，宗山渐渐成为当地远近闻名的米粉小镇。

安义政府为了营造良好的安义米粉产业发展环境，制定了一系列的优惠政策，比如：设立安义米粉产业园，鼓励米粉生产企业入驻产业园，重大项目采取"一事一议"政策。鼓励招大引强，对引进生产安义米粉的上市公司，另外给予企业一次性奖补 100 万元，等等。

万方圆对米粉相关的产业，一直保持着敏锐的感知力。安义宗山的发展模式以及优惠政策，让他嗅到了扩大事业版图的商机。安义政府得知万方圆是非遗美食传承者，对于发展米粉产业也有丰富的经验，便向他抛出了橄榄枝。在双方经过紧锣密鼓的筹划和准备下，万方圆·宗山米粉产业园项目拉开了帷幕。该项目总投资额 1.5 亿人民币，总建筑面积约 4.7 万平方米。该项目融合安义米粉文化，将打造一个米粉全产业链的产业园，包括米粉工厂、酱料工厂、中央厨房、预包装工厂、办公大楼以及宿舍。

万方圆为了宣扬安义米粉文化，他借鉴创建莱蒙下沉广场米粉博物馆的经验，用了短短十天的时间，就在安义宗山创建了米粉博物馆。

万方圆还把安义米粉的制作工序，融入品牌装修设计中，用万方圆红和原木色，传递拌粉瓦罐汤传统小吃的感觉。升级版品牌店的装修风格，古朴庄重，受到了加盟商和消费者的喜爱和欢迎。

安义宗山米粉产业园，目前是万方圆的事业重心所在。

他甚至打算将户口迁到安义，成为一个真正的安义人。2022 年，万方圆被推举成为江西省农村青年致富带头人执行主席，他要对得起大家的信任，要扶持当地新农村建设，把非遗米粉打造成一个响亮的招牌。

安义宗山项目的米粉工厂，将采用米粉制造的核心技术和设备工艺的全线贯通，使安义米粉工艺全程自动化和标准化。计划建设多条安义米粉生产线，配置生产设备，满足安义米粉发展需求。

酱料工厂建造标准化生产车间，具备香料、复合调味料、即食米粉生产能力。配置生产设备，建造餐饮项目研发运营中心、质量控制中心，配置现代化分析检测仪器，以及餐饮应用展示中心，满足米粉餐饮项目需求。

中央厨房以标准化生产为核心，食品安全为准则，通过自动化生产设备，统一采购原料、食材，食材检测、标准化集中制作，保证食品生产过程的品质和安全，实现主料、辅料、调味料标准化，全新流程管理信息化、配送物流智能化。

预包装工厂是安义政府和万方圆集团共同打造的宗山最大的预包装米

粉加工基地，能够有效控制源头成本，就地购买原素材，降低原材料采购价格。同时减少运输、装卸、包装、储存、配送、加工等环节，推动米粉产品原料本地化种植、供应、生产，全面提升米粉产业本地化效益，进一步促进宗山米粉生态特色食品，实现全产业链发展。

办公大楼以高起点规划、高标准建设为指导，基础设施配套完善，地理位置优越，交通便利，布局分区相对独立，便于集中开展生产经营和管理活动。

承载着万方圆梦想的安义宗山米粉产业园，从开始筹备到破土开工，以及后面紧锣密鼓地赶工期，千头万绪的工作，让万方圆耗尽了心血。

万方圆对于他的事业，始终保持着一种热情，甚至到了发痴发狂的状态。他最大的愿望，就是要做米粉界的头筹。他要让人们提到江西就想到米粉，提到米粉就想到"万方圆"。就如人们提到江西的景德镇就想到瓷器，中国是 China，景德镇瓷器是 china。

万方圆渴望通过自己的成功，带动当地经济，让人们通过勤劳致富过上更好的生活。但是，他不会急功近利，而是脚踏实地稳而准地往前走。

万方圆说，他愿意做龟兔赛跑里的乌龟，慢一点不要紧，跑久一点也没关系，因为他有足够的耐心和毅力。遇到任何问题和困难，他只会积极寻找解决方案，他始终坚信相信自己可以跑赢人生这个赛道！

寻 1000 个方圆，开 1000 家店

餐饮企业连锁发展的背后，都有其商业逻辑。万方圆的餐饮连锁店顺利度过了从 1 到 10、从 10 到 100 的阶段，他摸索出一套连锁餐饮发展的"基本规则"。

第一个阶段，是产品为王。要想把餐饮做好，无外乎产品好吃。万方

圆把米粉瓦罐汤作为"头部产品"的同时，还给消费者提供更多好吃、常吃、值得吃的产品。好的产品才能打动顾客！

第二个阶段，就是多开门店，验证产品的实力。有了好的产品，就要多开门店验证产品实力。这个阶段主要是验证产品是否经得起市场的检验，为了能够活下去，如何做能够盈利就如何去做。

第三个阶段，就是加强门店管理，实现区域为王。品牌有了10家门店后，就需要加强门店管理去提升各个环节的标准化，要找到做好门店每项工作的最优方法。比如，需要从所有门店中找出复购率最高的门店出来。然后将这个门店从原材料入库到食品安全管理、产品制作、最终出品、客户互动到客户感知各个细节方面进行深度梳理和分析，从而得出适合自己品牌的基础门店标准化流程。有了这个基础后，把这些要求给到复购率低的门店进行学习并严格执行，看看三个月后该店的复购率是否有提升。如果有明显提升，那这个优化是非常有价值的，如果没有提升，可能还需要重新优化品牌的标准化流程。

在品牌快速发展之前，加强门店管理，建立合适的标准是第一要务。所有的标准化流程一定要在实际场景中实践一遍。

品牌有了经得起市场检验的产品，加强门店管理，建立了标准化流程。这就好像在建筑一座大厦之前做好了设计图、打好了地基，接下来万丈高楼平地起就比较容易了。

第四个阶段，就是从拼产品升级到拼品牌。在大众认知里，餐饮行业的门槛不高，但是要想在餐饮行业中做大做强，做出品牌却不太容易。一个品牌想要长久立足市场，就必须要根据市场变化不断迭代优化自己的产品，持续创新，保持品牌活跃度，频繁出现在消费者的视野里。

餐饮连锁发展到这个阶段，就要不断创新，时刻保持品牌的活跃度，不断盘活消费行为、增强消费者黏性。万方圆集团发展餐饮连锁事业，不断地扩大事业版图。比如，创建米粉时尚一条街、开办博物馆、打造米粉产业园等，其实都是在提高品牌的影响力。

第五个阶段，就是拼组织力，实行股东制。一个人可能走得更快，一群人会走得更远。为了获得资本支持，为了激励员工，调动员工的积极性，餐饮连锁发展到一定阶段，可以放开股份，使得合作伙伴、供应商，甚至供应商、服务员均可入股。实行股东制，可以让企业充满斗志和活力。

万方圆的连锁店顺利地经过了从 1 到 10、从 10 到 100 的阶段，我们有理由相信，从 100 到 1000，只是万方圆品牌发展的一个必经阶段而已。

万方圆 2022 年的目标之一，就是"寻 1000 个方圆，开 1000 家店"。要让在餐饮行业创业的人们知道，加盟万方圆，跟着靠谱的人一起努力，才更可能取得成功。

连锁型餐饮企业，抗风险能力强。2020 年疫情，餐饮行业因此受到了比较严重的影响。不过，连锁型餐饮企业抗击风险的能力，显然要更强一些。中国连锁经营协会根据年度调研数据指出，从国家统计局的数据看，餐饮业 2020 年收入 3.9 万亿元，同比下降 16.6%。但是，500 家店以上的大型连锁企业，在 2020 年四季度实现同比正增长，表现好于国家统计局的数据。也就是说，规模连锁化的餐饮企业，其业绩恢复程度要好于"行业整体水平"。

加盟行业龙头企业，确保创业成功率。从事餐饮行业的人都知道，我国餐饮业整体的连锁化程度并不高。根据行业数据，2018 年餐饮行业连锁化率为 12.3%，2019 年是 13.3%，2020 年是 15%。而这一数据在美国是50%。而具体到餐饮业的几个细分赛道来看，中餐、小吃连锁的难度更高一些，很多知名品牌，不过是几十家门店，门店数量达到上百家，通常已经算是细分市场龙头。万方圆目前的连锁门店已经达到 300，称得上是细分市场的龙头企业。"背靠大树好乘凉"，加盟行业龙头企业，可以大大提高创业成功率。

创始人的认知决定企业的天花板，无论身处哪个行业，只有站在足够高的战略高度，才能把握行业趋势的变化。万方圆作为品牌的创始人，他能又稳又准地把握行业发展趋势。他丰富的创业经历，以及他取得的创业成就，为他赢得了很多荣誉。而这些在无形中都成为品牌背书，给加盟者带来成功的希望和信心！

选择比努力更重要，加盟万方圆，就意味着找准了赛道，坚持下去，肯定会跑出自己的精彩人生！

正式启动 IPO 准备工作

万方圆一直关注餐饮企业上市的情况，因为在他心里，也有企业上市的计划。在很多领域，上市不仅是一种金融手段的代名词，也是行业地位、成功与否的标志。从本质上看，上市只是一种融资手段，意味着企业会得到更多的资本支持。

万方圆查阅了大量的资料，经过研究发现，中国餐饮经历了三次"上市潮"。

第一波餐饮上市浪潮是在 2008 年左右。2007 年，全聚德、味千拉面（中国）上市，餐饮迎来首次上市潮；2008 年，全球金融危机爆发，成为餐饮与资本结合的分水岭。2009 年，以湘鄂情 A 股上市为结束标志。之后，在长达 8 年时间，再没有餐饮企业在国内上市。

第二波餐饮上市潮在 2015 年前后。2012 年，我国八条规定出台，大众餐饮受到资本关注，同年煌上煌上市；2014 年呷哺呷哺港股上市；次年餐饮企业迎来新三板潮，望湘园、狗不理等登陆新三板；2016 年百盛中国拆分美股上市，周黑鸭、绝味食品紧随其后；2017 年广州酒家上市，这是自湘鄂情 2009 年 11 月上市之后，八年来首家成功过会的餐饮企业；2018

年，海底捞港股上市；2020 年 1 月，九毛九同样在港股上市。

2022 年 1 月以来，中国餐饮迎来了第三次上市潮。包括杨国福、老乡鸡、和府捞面等在内的 6 家耳熟能详的餐饮企业更新或公布自己的上市计划。加上 2021 年下半年发布计划的捞王、绿茶餐厅、老娘舅，目前共有 9 家餐饮企业正在 IPO。

万方圆认为，餐饮企业上市潮，是国内餐饮行业发展新阶段的折射。中国虽然美食种类繁多，但餐饮行业资本化程度仍然远远落后于其他发达国家。据泰合资本统计，截至 2021 年 5 月，拥有 14 亿人口的中国，只有 15 家餐饮上市企业。但 3.3 亿人口的美国，上市餐企达到 50 家；拥有 1.3 亿人口的日本，上市餐企有 97 家。

资本化程度和规模化程度低，这也正意味着该赛道存在大量的投资和上市机会。也有专家认为，企业争相上市是餐饮赛道发展到一定阶段的必然结果。

以前，投资人对餐饮行业兴趣不大有诸多历史原因。例如企业的现金账比较多、收入成本确认难、标准化难、连锁品牌少等。但近年来，移动支付迅速普及，在上游食品科技、供应链更加成熟等因素的影响下，连锁餐饮企业越来越多，这些企业大部分都能很好地规避投资机构的上述顾虑。

在餐饮企业扎堆上市的大环境下，万方圆从企业的发展角度出发，把上市作为企业发展的里程碑。企业如果能上市，有了资本平台，更有利于企业更好地发展，对于股东来讲，也是一个很好的财富实现途径。

万方圆是个执行力特别强的人，有想法，他就会去行动。企业上市不是一件容易的事情，但并不是遥不可及的梦想。他不遗余力地在努力，让企业向着上市的方向发展。

获得政府的支持，增加了企业上市的信心。2021 年 1 月，万方圆企业正式加入了江西"映山红行动"，被列入上市后备企业资源库，成为遴选出来的重点扶植企业。有了政府的支持，万方圆对于企业上市就有了清晰的认知和规划，大大提高了企业上市的信心。

企业要想做得更强大，甚至上市，必须先进行股份制改造。2021 年 3 月，万方圆对企业进行股改，成立了股份制公司，迈开了企业走向资本市场的第一步。

同时，借助政府帮扶性政策，万方圆企业得到了迅速的扩张和发展。企业快速发展壮大，实现规模化，就能在财务上满足企业上市的基本要求。

万方圆认为，餐饮企业上市潮背后，中国餐饮行业拐点已经来临。万方圆希望正式启动 IPO 的准备工作，希望企业能够成功上市，正式进入资本市场，利用资本的力量助推企业得到更好的发展。

道阻且长，行之将至，行而不辍，未来可期。一切才刚刚开始，未来有无限可能。万方圆的企业就如清晨喷薄而出的太阳，充满着生机和希望！万方圆人走在通向成功的路上，百折不挠，永不放弃！

尾 声

这本书稿断断续续写了八个多月，我采访了万方圆以及他身边的人，翔实地了解了万方圆的创业历程，以及他过人的胆识和魄力。我在书写的过程中，也常常被他的人格魅力打动，比如守时守信，说一不二。

后疫情时代，一个餐饮企业能够存活下来，已经称得上是不容易。万方圆的餐饮企业经历了疫情的考验，而且得到了快速的扩张和发展，算是创造了属于自己的奇迹。

他在南昌红谷滩打造了中国米粉时尚第一街；为了更好地传承米粉文化，他建了米粉历史博物馆。为了区分自己米粉和市面上米粉的不一样，在尝试过安义宗山米粉之后，那种带着手工痕迹的米粉，那份筋道更有嚼劲让他下定决心要拜安义百年米粉——宗山米粉的传承人吴传平为师傅。

安义宗山米粉始创北宋初年，当时北宋四贤之一的工部侍郎杨靖公老年归隐故里，以制作米粉为生，传至杨靖公二十九代（因其膝下无子），传给了第二十九代孙女的丈夫吴锦辉。

当然，其中三顾茅庐多次拜访就不再多说了，因为万方圆就是那么一个认准目标就会去执行的人。

如今，他在安义的米粉王国，也正在如火如荼地筹建中。在疫情中逆势成长，足以可见万方圆出类拔萃的商业思维和能力。

谈到他的餐饮王国，他总是谦逊地说："我取得这点成绩，离不开政府的支持，能成长在互联网最辽阔的时代，这是我最大的幸运!"

万方圆为人低调谦虚，却拥有一颗熊熊燃烧的事业雄心。他无论做什么事情，不做则已，做了就要做头筹。有理想、有雄心壮志是成功的必备条件，如果万方圆是个小富即安的人，那么，他不可能拥有自己的餐饮王国。

万方圆有理想，他也喜欢提携有理想的年轻人。一个年轻而有野心的团队，是充满活力和希望的团队。这样一群人，才能带领出朝气蓬勃的企业。

万方圆最大的心愿，是让江西的米粉走向全世界，让世界因为米粉而了解江西。

在本书撰写结束之时，闻讯他正式成为江西安义宗山米粉的"非遗"传承人，这也意味着在米粉的王国中他将会付出更多、走得更远，他希望有一天当人们提起米粉，会脱口而出那是江西米粉，是江西的万方圆米粉!

只懂得埋头赚钱的是商人，而有家国情怀、社会责任的商人，才能称得上是企业家。真正的企业家，才能得到政府和百姓的支持，才能让企业得到更好的发展，有更长远的未来。

"一人富不算富，大家富才是真的富。"万方圆是草根企业家，他是从一穷二白的日子走过来的，他了解人们在贫穷线上挣扎的辛酸和无奈。如果说，万方圆当初创业，是为了让家人过上更好的生活，那么，随着事业的发展，让万方圆人过上好日子，通过"振兴乡村"让更多的人都过上好日子，成了万方圆不断努力的动力源泉。

一个互联网研究者提到腾讯时，他是这样描述马化腾的:"我们都知道什么是对的，什么是应该做的。但我们心力不足，总是多多少少、早早迟迟地妥协了。一个心力极其强悍的人，才能在许多年的日日夜夜里，把所有想做的，想达成的目标，毫不犹豫地一次次练习，一点点精进，一步步成长！合抱之木，生于毫末；九层之台，起于垒土。"

万方圆就是这样的人，他拥有狂热的创业激情，他百折不挠，向着目标砥砺前行。

因此我们相信，他处在迅速成长中的企业，可能会遇到各种困难和挑战，但因为那股能逆风而行的勇气，一定会有美好灿烂的未来！

图书在版编目（CIP）数据

万方圆 / 曾雅娴著. -- 南昌：江西人民出版社，
2024.5

（当代赣商丛书）

ISBN 978-7-210-15457-0

Ⅰ．①万… Ⅱ．①曾… Ⅲ．①报告文学 - 中国 - 当代
Ⅳ．①I25

中国国家版本馆 CIP 数据核字（2024）第 086738 号

万 方 圆
WAN FANGYUAN

曾雅娴　著

组 稿 编 辑：李月华
责 任 编 辑：万莲花
封 面 设 计：章　雷　胡俊超

 **江西人民出版社** Jiangxi People's Publishing House 全国百佳出版社 出版发行

地　　　址：江西省南昌市三经路 47 号附 1 号（邮编：330006）
网　　　址：www.jxpph.com
电 子 邮 箱：64114527@qq.com
编辑部电话：0791-86898650
发行部电话：0791-86898815
承 印 　厂：江西省和平印务有限公司
经 　　销：各地新华书店

开　　本：787 毫米 × 1092 毫米　1/16
印　　张：18.75
字　　数：246 千字
版　　次：2024 年 5 月第 1 版
印　　次：2024 年 5 月第 1 次印刷
书　　号：ISBN 978-7-210-15457-0
定　　价：65.00 元
赣版权登字-01-2024-140